中國古典文學研究會主編

文學與傳播的關係

臺灣學生書局印行

〈代序〉文學與傳播

李瑞騰

文學作品以文字爲其表現媒介，它最主要的目的是表情達意，而這情意之表達是否能迅速、準確而有效，其中的關鍵就在於傳播。

當文學脫離了創作母體之後，必經過所謂傳播的階段，而後始能社會化，這個社會化的過程促成讀者經由作品和作者進行對話，它可以非常簡單，也可以複雜至極，不管怎麼樣，文學作品是因此竹有了存在的意義，它的可能的功能，也是在這種情況之下產生的。

當文字發明，人類除了口頭傳播，又加上了文字傳播；當印刷術出現，文字的傳播更可以穿越時空；當印刷術愈來愈發達，雜誌和出版都成了必得經之營之的事業，文學出品傳播得更廣更久了。但文學的整體活動也因此起了結構性的變化，於是從傳播的觀點來註釋文學活動，就有其迫切需要了。

中國古典文學研究會與國立空中大學人文學系曾於民國八十一年四月間舉辦文學與傳播關係研討會，在文學與傳播關係的這個主題下，試圖從傳播觀點解釋古今文學活動，並討論如何建立文學傳播學及其分支學科，檢討傳播媒體面對文學的態度和作法，以及討論傳播與文化、電視媒介與人文教育之關係等問題，這無疑是一場整合性的知識論辯，觸及的不只是過去文學傳播史，也面對當代的文學傳播方式，甚至於討論到媒介轉換的再傳播現象。我們希望從這個會議開始，往後有更多的人來關切並研究與此相關的課題。

召開這樣一場學術研討會是我多年的心願，乃藉著擔任中國古典文學研究會理事長的機會來實踐，不過活動之所以能夠順利完成，則全賴空大出錢出力，陳義揚校長，人文學系前主任林益勝教授、現任簡恩定教授以及空大同仁的學術熱情，令人感動。時任古典文學會秘書長的周彥文教授，任勞任怨以執行會務，我將恒久感念。至於論文集的編印完成，則是現任理事長龔鵬程教授的功勞；學生書局長久以來斥資出這類毫無利潤的學術著作，令人敬佩。

民國八十四年二月二日於台北

作者簡介

唐翼明　政治大學中文系副教授
周彥文　淡江大學中文系副教授
林明德　輔仁大學中文系教授
簡恩定　空中大學人文學系教授
蔡詩萍　聯合晚報副總主筆、臺灣大學政治研究所博士班研究
李豐楙　中央研究院文哲所研究員
白　靈　本名莊祖煌，臺北工業技術學院化工科副教授
向　陽　本名林淇瀁，政治大學新聞研究所博士班研究
李瑞騰　中央大學中文系副教授
路　況　本名萬胥亭，文化評論者
李　瞻　政治大學新聞系教授
廖峯香　空中大學社會科學系副教授
沈文英　空中大學人文學系講師
沈　謙　空中大學人文學系教授

文學與傳播的關係 目錄

〔輯　三〕

〈文學與傳播關係研討會〉議程表

魏晉南北朝時代學術與文學傳播的新方式

唐翼明

(一)

中國古代在魏晉以前，文學未嘗獨立成科，孔門四科之一的「文學」只是一般意義上的學術，與後世所謂文學者大異其趣。文學的自覺起始於建安前後，曹丕在《典論·論文》中的一段話最能代表文學獨立意識的覺醒，他說：

> 蓋文章經國之大業，不朽之盛事，年壽有時而盡，榮樂止乎其身，二者必至之常期，未若文章之無窮。是以古之作者，寄身於翰墨，見意於篇籍，不假良史之辭，不托飛馳之勢，而聲名自傳於後。❶

他這裏所說的「文章」正是後世「文學」的意思。曹丕把文學的重要性提高到「經國之大業，不朽之盛事」的高度，在那個時代是了不起的見解。我們不要忘記，文學在兩漢（以及兩漢以前）是根本沒有地位的，文學家不過是皇帝的玩物，宮廷的點綴，司馬遷說：「文史星曆，近乎卜祝之間，固主上所戲弄，倡優畜之，流俗之所輕也。」❷枚皐說：「爲賦迺俳，見視如倡。」❸這些並非憤激之詞，實在是眞實的寫照。漢宣帝號稱開明，也只認爲寫辭作賦僅僅「賢於倡優博奕」而已❹。所以，像司馬相如這樣的大文豪要靠狗監的推薦才能進宮，東方朔這樣的才子在宮廷裏的待遇只與逗笑的侏儒差不多，終其一生裝瘋賣傻，揚子雲這樣的文學家兼思想家也奚落自己的辭賦，說是「童子雕蟲篆刻，壯夫不爲」❺。

這種狀況到東漢末葉才開始有所改變，漢靈帝於光和元年（公元一七八年）創設鴻都門學（校址在洛陽鴻都門，故名），以辭賦書畫爲主要課程，乃是這種改變的最初消息。但鴻都門學的創立卻引起了軒然大波，正統學者與官僚貴族群起而攻之，說是「招會群小，造作賦說，以蟲篆小技見寵於時」❻。直到「曹氏基命」的建安時代，在處於統治地位，而思想解放、作風通侻，且又富於文學才華的曹氏父子倡導之下，文學的創作才成爲一時向慕的風氣，蓬蓬勃勃地發展起來，而文學家們也受到社會的尊崇，成爲意氣風發的時代寵兒了。

但是文學的獨立成科，則還要等到兩百年後的劉宋時代。元嘉十五年（公元四三八年），宋文帝征召名儒雷次宗至京師，立儒學館於北郊雞籠山，次年，又詔命丹陽尹何尚之立玄學，太子率吏令何承天立史學，司徒參軍謝元立文學❼。於是，儒、玄、文、史四館並立，史稱「四館學」。文學之獨立成科，成爲社會的共識，實始於此。生活在這個時代的史學家范曄（三九八—四四五）在其撰寫的《後漢書》之文人傳記部份，乃於《史記》、《漢書》的「儒林傳」外增設「文苑傳」正是這種社會共識的反映。此後史書儒林與文苑（或文學）並立便大抵成爲慣例。

但同時代的人也還有沿襲成規而仍以「文學」泛指一般學術（包括文學在內）的，例如劉義慶（四〇三—四四四）《世說新語》前四篇以孔門四科名之，曰德行、言語、政事、文學，其中文學就是一般意義上的學術，而非特指的文學。值得注意的是，《世說》「文學」篇共一百零四條，卻明顯地分成兩個部分，前六十五條都是跟學術有關的（只第五十二條是例外，可能是後人誤置），而後三十九條卻都與文學有關。可見劉義慶心中已有文學別於一般學術的概念，他一方面按傳統把文學與學術都放在「文學」名下，但同時又在排列次序上把二者分開，不使雜揉，正可以看出他兼顧傳統與新變的良苦用心。

要而言之，文學與一般學術，在魏晉以前是不分的，魏晉時則在分與不分之間，南朝以後才終於獨立成科，但也還有仍舊貫而不分或分而不清的。有鑑於此，我們在考察文學傳播的時候也就很難把它與一般學術的傳播截然分開，這是本文把二者放在一起討論的主要原因。

(二)

「學術與文學的傳播」中的「傳播」，應當包含兩個向度：一個是時間上的，所謂「流傳後世」；一個是空間上的，所謂「播揚遠近」。前者造成傳統，後者造成普及。

魏晉以前，中國的學術與文學是靠怎樣的系統，以怎樣的方式傳播的呢？

我以爲主要是靠兩個系統：一個是宮廷系統，一個是學校系統。

先說宮廷系統。

遠古時代，官師政教合一，所謂「學在官守」或「學在王官」，除了「王官之學」外，沒有別的學術（自然包括文學在內），有知識的人，大都在宮廷之內。如果略去民間口耳相傳的東西不計，則宮廷可以說是文化傳承的唯一管道。後來雖然有學校系統的建立，分去一部份文化傳播的功能，但宮廷系統在魏晉以前始終是學術與文學傳播的重要渠道。

宮廷系統對於學術與文學傳播的功用主要表現在對於學術與文學作品的收集、保存與整理上。讀《漢書》〈藝文誌〉這一點看得最清楚：

漢興，改秦之敗，大收篇籍，廣開獻書之路。至孝武世，書缺簡脫，禮壞樂崩，聖上喟然而稱曰：「朕甚憫焉。」於是建藏書之策，置寫書之官，下及諸子傳說，皆充秘府。至成帝時，以書頗散亡，使謁者陳農求遺書於天下，詔光祿大夫劉向校經傳、諸子、詩賦，步兵校尉任宏教兵書，太史令尹咸校數術，侍醫李柱國校方技。每一書已，向輒條其篇目，撮其指意，錄而奏之。

那時的人，若著了書，想要得賞識與傳播，多半就只有詣闕獻書之一途。《史記》卷一二六〈東方朔傳〉云：

武帝時齊人有東方生名朔，以好古傳書，愛經術，多所博觀外家之語。朔初入長安，至公車上書，凡用三千奏牘，公車令兩人共持舉其書，僅然能勝之。人主從上方讀之，止，輒乙其處，讀之二月乃盡。

當然也可以「藏之名山，傳之其人」，但最後也還是要靠他的子孫或別的識者推薦給朝廷，才能得到更好的保存與流播。

古代學術與文學傳播的另一個重要管道是學校系統。

中國古代的學校制度建立甚早，相傳虞設庠，夏設序，殷設瞽宗，周時則天子設辟雍，諸侯設泮宮。到漢武帝時始立太學，設五經博士，同時在郡國立郡國學，地方則有鄉學，從此建立了一套完整的官辦教育制度。

除官辦學校外，還有私辦學校。戰國時，私人講學之風已盛極一時，孔、墨、孟、荀、學徒都累百上千。但那時的學徒，多是跟著老師周遊列國，並沒有固定的場所。到漢代，尤其是東漢以後，許多大儒都設帳授徒，地點固定，私人講學也就變成私立學校了。

官辦學校和私辦學校，構成一個遍布全國的學校網，成爲學術與文學傳播的最有力也最有效的管道。於是，先前主要由宮廷系統擔負的學術與文學傳播的功能到漢代以後便主要由學校系統擔負起來了。

以上便是魏晉以前學術與文學傳播的大致情形，因爲不是本文的重點，乃略述其概要如此。

㈢

宮廷系統與學校系統在魏晉南北朝時期仍然存在，自然也仍然發揮著一定的學術與文化的傳播功能。但是，這兩個系統在魏晉南北朝時期都相應削弱，宮廷是威權不振，篡亂相尋，學校是時興時廢，名多實少。因而對於學術與文學的傳播，也就遠不如兩漢之有力。

這個時候，卻有些新的傳播方式出現了，是前此所無而對後世頗有影響的。我覺得最重要的有兩種：清談與文會。下面分別來談談。

先說清談。

清談起源於漢末太學裏的「游談」之風，經過從黨錮到魏初的半個世紀的醞釀，在魏太和初年正式成形，而在正始年間達到它的第一個高潮，以後歷經西晉、東晉、宋、齊、梁、陳（北朝亦有，但不盛，亦不重要）六朝。約四百年，到隋統一中國才告消失。儘管其間隨時局與政治而有盛衰起伏，但那四百年中，清談一直是當時知識份子中最流行的、最普遍的一種學術活動與智力遊戲。

關於清談的具體細節前人與時賢都迭有論述，筆者有一本專著《魏晉清談》亦將在最近出版，此處不擬多論。我想在這裏特別指出的是：清談也是魏晉時出現的一種嶄新的學術傳播方式。

清談把兩漢太學中那種家法森嚴、一本正經、專制氣味甚濃的講經改造成一種融匯各家、平等參與，且帶有競賽的遊戲意味與心智娛樂色彩的自由論辯。清談的舉行不拘場合、不拘地點，沒有師徒之分，尊卑之別，只要有兩個論辯對手，隨時可以組成一個談坐，有聽衆固然好，沒有聽衆也無妨。而論辯的內容，幾乎無所不包，舉凡人生、社會、宇宙的哲理都在清談的範圍之內。既有儒、道、名、法等各家的舊觀點，亦有時賢提出的新命題，例如本末有無之辨、自然名教之辨、才性之辨、聖人有情無情之辨、言意之辨、君父先後之辨等等。相對於兩漢太學的講經，魏晉的清談可說是一種大解放，不僅是內容的解放，也是形式的解放。隨著這種解放，學術（其中也包括文學）便由太學生普及到一般知識份子之中，由一家（儒家）獨傳變爲百家爭鳴（這是中國歷史上的第二次百家爭鳴）、由陳陳相因（拘守師法、家法）變爲推陳出新。

讓我們從《世說新語》中舉幾個清談的例子，略對上述觀點作一證明。

《世說新語》（文學）篇第十九條云：

> 裴散騎娶王太尉女婚後三日，諸婿大會，當時名士、王裴子弟悉集。郭子玄在坐，挑與裴談。子玄才甚豐贍，始數交，未快；郭陳張甚盛，裴徐理前語，理致甚微，四坐咨嗟稱快，王亦以爲奇，謂諸人曰：「君輩勿爲爾，將受困寡人女婿。」

這是一個極佳的例子，說明當時的清談如何在遊戲、娛樂的氣氛中發揮了普及和傳播學術的功能。一個普通的喜慶聚會場合，片刻間變成一個既愉快又緊張的辯論學術的清談談坐。清談的主客雙方都是當時一流的清談家，一流的學者。郭象大名鼎鼎，無需介紹，裴遐則據孝標注引鄧粲《晉紀》云：「遐以辯論爲業，善敘名理，辭氣清暢，泠然若琴瑟，知與不知無不歎服。」可見也是一時之英。當天郭、裴二人的清談非常精彩，以致「四坐稱快」，雖然內容無法考見，但以此二人的學養與造就，他們所辯論必是當時尖端的學術問題則可以確定。聽衆中固有名士，亦有王、裴家的青年子弟，輕輕易易地就可以親眼看見，親耳聽見當世一流學者對一流問題的論辯，眞是何幸如之！這裏所體現出來的自由平等的氣氛又豈是兩漢時代那種呆板的家法森嚴的講經所可比擬？

再看幾個例子。

《世說新語》〈文學〉篇第三十九條：

林道人詣謝公，東陽時始總角，新病起，體未堪勞，與林公講論，遂至相苦。

又同篇第四十七條：

康僧淵初過江，未有知者，恒周旋市肆，乞索以自營。忽往殷淵源許，值盛有賓客，殷使坐，粗與寒温，遂及義理。語言辭旨，曾無愧色。領略粗舉，一往參詣。由是知之。

又同篇第五十三條：

> 張憑舉孝廉，出都，負其才氣，謂必參時彥。欲詣劉尹，鄉里及同舉者共笑之。張遂詣劉，劉洗濯料事，處之下坐，唯通寒暑，神意不接。張欲自發無端。頃之，長史諸賢來清言，客主有不通處，張乃遙於末坐判之，言約旨遠，足暢彼我之懷，一坐皆驚。真長延之上，坐清言彌日，因留宿至曉。

以上三例中，清談的一方是當時一流的清談家與思想家支道林、殷浩、劉惔，清談的另一方一爲總角小兒，一爲方外貧僧，一爲下郡寒士。我們從此不難想像當時清談的平等解放精神（當然是有限度的，基本還是在貴族知識分子圈中，這一點不應誤會）與普及程度。這實在是一種革命的、空前的學術傳播方式。

清談的傳播學術，也不僅限於辯論當時的口耳之間。清談之後，論辯雙方常常會把自己的觀點寫成文字，或作進一步論辯的基礎，或在朋友中流傳。例如《世說・文學篇》第七十四條：

> 江左殷太常父子並能言理，亦有辯訥之異。揚州口談至劇，太常輒云：「汝更思吾論。」

該條劉孝標注引《中興書》云：

> 般融字洪遠，陳郡人。桓彝有人倫鑒，見融，甚嘆美之。著〈象不盡意〉、〈大賢須易論〉，理義精微，談者稱焉。兄子浩，亦能清言，每與浩談，有時而屈。退而著論，融更居長。

又如同篇第五條：

> 鍾會撰〈四本論〉始畢，甚欲使嵇公一見，置懷中。既定，畏共難，懷不敢出，於戶外遙擲，便回急走。

在魏晉南北朝時代，學術藉清談而傳播而普及的深度與廣度都遠遠超過學校系統，這是中國學術史上一段很特別的經歷。

(四)

如果說清談主要是傳播學術而非文學的話，則魏晉時代新興的另外一種文人活動形式就完全是傳播文學了，那就是文會。

「文會」即文人集會，取《論語・顏淵篇》「君子以文會友」之意。一批氣味相投的文人結合成或鬆或緊的團體，這個團體內的作家友誼深厚，交往頻繁，經常舉行一些與文學有關的集會、遊宴，在創作上則互相鼓勵、切磋也互相贈答、唱和。這種風氣首見於建安。以三曹爲中心的鄴下文人集團是中國文學史上第一個這樣的團體，他們當年在鄴宮、南皮等地所舉行的集會是中國文學史上第一批這樣的集會。

先引一點資料。

《文選》卷四二載曹丕致吳質二書，其一云：

> 季重無恙。塗路雖局，官守有限。願言之懷，良不可任。足下所治僻左，書問致簡，益用增勞。每念昔日南皮之遊，誠不可忘。既妙思六經，逍遙百氏，彈碁閒設，終以六博。高談娛心，哀箏順耳。馳騁北場，旅食南館。浮甘瓜於清泉，沈朱李於寒水。白日既匿，繼以朗月。同乘並載，以遊後園。輿輪徐動，參乘無聲。清風夜起，悲笳微吟。樂往哀來，愴然傷懷。余顧而言：「斯樂難常。」足下之徒，咸以爲然。今果分別，各在一方。元瑜長逝，化爲異物。每一念至，何時可言。

又一云：

> 歲月易得，別來行復四年。三年不見，東山猶嘆其遠，況乃過之，思何可支？雖書疏往返，未足解其勞結。昔年疾疫，親故多罹其災。徐陳應劉，一時俱逝，痛可言邪？昔日遊處，行則連輿，止則接席，何曾須臾相失？每至觴酌流行，絲竹並奏，酒酣耳熱，仰

而賦詩，當此之時，忽然不自知樂也。謂百年已分，可長共相保，何圖數年之間，零落略盡，言之傷心。頃撰其遺文，都爲一集。觀其姓名，已爲鬼錄，追思昔遊，猶在心目，而此諸子，化爲糞壤，可復道哉！

《三國誌》卷二一〈王粲傳〉裴松之注亦載此二書，謂出自《魏略》，裴注於此二書外又載曹丕致吳質第三書，也提到「南皮之遊」，其文云：

南皮之遊，存者三人。烈祖龍飛，或將或侯。今惟吾子，棲遲下仕。從我游處，獨不及門。缾罄罍恥，能無懷愧？路不云遠，今復相聞。

鄴下文人集團以三曹爲核心、爲領袖，建安七子除孔融外都是這個集團的成員，此外邯鄲淳、繁欽、路粹、丁儀、丁廙、楊修、荀瑋、應璩也先後是圈中人。從曹丕的信中不難看出他們關係的密切、交往的頻繁和友誼的深厚（雖然後來由於丕植的矛盾而造成若干悲劇）。信中「妙思六經、逍遙百氏，彈碁閒設，終以六博，高談娛心、哀箏順耳」「觴酌流行，絲竹並奏，酒酣耳熱，仰而賦詩」等語說明他們的集會是以文學藝術爲主要內容的。在他們的交往與集會中，因互相啟發、互相刺激而產生不少的文學作品。例如《文選》卷二二所載的曹植、王粲、劉楨、應暘的幾首「公讌詩」顯然就是這種場合的產品。這些作品不僅在圈內互相傳閱，同時也因爲他們的地位與名氣而流傳到社會上去。這是魏晉時出現的一種新的文學傳播形式而在魏晉前沒有見過的。

我還想特別提醒大家注意曹丕信中這樣一句話：「頃撰其遺文，都爲一集。」文人爲自己朋友的作品編集，使不遺散而得以流傳，在中國文學史上，曹丕大概是第一人。

建安以後，文人結合成團體，舉行文學性的集會，在團體內互相酬答，在集會中即興創作，事後並編集流傳，這樣一種新型的文學活動方式，也是一種新型的文學傳播方式，就漸漸蔚成風氣。

西晉時有著名的以賈謐爲中心的「二十四友」❽。這「二十四友」幾乎囊括了那個時代一流的文學家，如陸機、陸雲、左思、潘岳、摯虞、劉琨、石崇、歐陽建等人。這些人除在賈謐的豪華的住邸裏宴飲❾外，還常常在石崇那著名的金谷園裏集會。《晉書》〈劉琨傳〉云：

> （琨）年二十六，爲司隸從事。時征虜將軍石崇河南金谷澗中有別廬，冠絕時輩，引致賓客，日以賦詩。琨預其間，文詠頗爲當時所許。秘書監賈謐，參管朝政，京師人士，無不傾心。石崇、歐陽建、陸機、陸雲之徒，並以文才，降節事謐。琨兄弟亦在其間，號曰「二十四友」。

這些作家在金谷園集會中究竟賦了些什麼詩，現已不可考，但《文選》卷二〇載有潘岳詩一首，題爲〈金谷集作〉。此外，我們知道金谷詩人也曾將他們的詩編成一集，名曰《金谷詩》，石崇曾爲之敘。《世說新語》〈品藻〉篇第五十七條劉孝標注曾引此敘，其文云：

余以元康六年從太僕卿出爲使，持節監青、徐諸軍事、征虜將軍。有別廬在河南縣界金谷澗中，或高或下，有清泉茂林、衆果、竹柏、藥草之屬，莫不畢備。又有水碓、魚池、土窟，其爲娛目歡心之物備矣。時征西大將軍祭酒王詡當還長安，余與衆賢共送往澗中。晝夜遊宴，屢遷其坐，或登高臨下，或列坐水濱。時琴瑟笙筑，合載車中，道路並作；及住，令與鼓吹遞奏。遂各賦詩以敘中懷，或不能者，罰酒三斗。感性命之不永，懼凋落之無期，故具列時人官號、姓名、年紀，又寫詩著後。後之好事者，其覽之哉！凡三十人，吳王師、議郎關中侯、始平武功蘇紹，字世嗣，年五十，爲首。

這樣看來，石崇之編《金谷詩》同當年曹丕之爲徐、陳、應、劉等人編集，其動機是一樣的，都是文人爲友朋編集，作爲紀念，免於散失而廣流傳。但是《金谷詩》比曹丕編的集子顯然又進了一步。第一、曹丕是爲死友編集，金谷詩編集時諸人都健在；第二、曹丕編的是各人不同時期的作品，金谷詩卻是大家在同一個場合爲同一個主題作的詩。而且看來這本詩集是在那次集會後很短的時間內就編好的[10]。這不禁使我們想起現代的學術討論會，大家在會上發表論文，會後很快就編成集子出版。我們自以爲很現代化，其實我們的祖先在一千七百年前也已經做得差不多了。可以想像，金谷園那次盛會中產生的作品通過這本集子的編輯，不僅得以保存，且很快流傳到社會上去。這樣的傳播方式與傳播速度都是空前的。

金谷之會後五十餘年，又有著名的蘭亭集會。王羲之等四十一位東晉文人以永和九年（公元三五三年）三月三日「會於會稽山陰之蘭亭」，飲酒賦詩，事後亦將各人所賦之詩編為一集，王羲之曾為之作序，就是至今傳頌的〈蘭亭集敘〉，又稱〈臨河敘〉。

蘭亭之會與金谷之會後先媲美，猶有過之，而前者受後者的影響則是非常明顯的，連不會作詩者罰酒三斗都是遵金谷之舊規。王羲之的《蘭亭集序》固然遠比石崇的〈金谷詩敘〉出名，但若取二者同讀，則王作顯然有模仿石文的痕跡，只是青出於藍，而勝於藍罷了。故《世說新語》〈企羨篇〉第三條云：

> 王右軍得人以〈蘭亭集序〉方〈金谷詩序〉，又以己敵石崇，甚有欣色。

〈蘭亭集序〉世所習知，不必贅引。《世說》此條後劉孝標注亦引該序之節文，個別字句略有出入，最後二句則為現在流行的〈蘭亭集序〉所無，因有與會人數之資料，特錄於此：

> ……故列敘時人，錄其所述。右將軍太原孫丞公等二十六人賦詩如左，前餘姚令、會稽謝勝等十五人不能賦詩，罰酒三斗。

三月三日臨水修禊本是漢代以來的舊俗，但文人借此集會賦詩，並編集流傳，則似乎是始自蘭亭。自此以後，每到三月三日，東晉南朝的文人好像就會例有集會賦詩之盛舉了。我們在《文選》卷四六還可以讀到顏延年和王元長分別於宋元嘉十一年（公元四三四年）和齊永明九年（公元四九一年）所作的〈三月三日曲水詩序〉。既云「序」，則也是編集無疑。這樣的詩集當時一定很多，可惜都沒有流傳下來，否則對我們今天來研究古代的文學傳播史一定大有幫助。

從蘭亭集會開始的習慣可稱之爲「上巳會」或「曲水會」，它的特別之處在於這是一種定期的文會，較之金谷園那種不定期的文會又進了一步，這對於文學傳播的意義當然是不言自明的。

南朝以後，各種各樣的文會便格外地多起來，「文」、「會」二字連綴成一個詞，大約也就出現在這個時候，這正是新的存有在人們觀念上的反映。下面略舉數例，不再詮說。

(1)《南史》卷十九〈謝靈運傳〉：

靈運既東，與族弟惠連、東海何長瑜、潁川荀雍、太山羊璿之，以文章賞會，共爲山澤之游，時人謂之「四友」。

(2)《南史》卷二十〈謝弘微傳〉：

混風格高峻，少所交納，唯與族子靈運、瞻、晦、曜、弘微，以文義賞會，常共宴處。居在烏衣巷，故謂之烏衣之游。混詩所言「昔爲烏衣游，戚戚皆親姓」者也。

(3)《南史》卷七十一〈顧越傳〉：

越以世路未平，無心仕進，因歸鄉，棲隱於武丘山，與吳興沈炯、同郡張種、會稽孔奐等，每爲文會。

(4)《南史》卷七十二〈徐伯陽傳〉：

太建初，與中記室李爽、記室張正見、左戶郎賀徹、學士阮卓、黃門郎蕭詮、三公郎王由禮、處士馬樞，記室祖孫登、比部郎賀循、長史劉刪等爲文會友。後有蔡凝、劉助、陳暄、孔範亦預焉，皆一時之士也。游宴賦詩，動成卷軸，伯陽爲其集序，盛傳于世。

(5)又同卷〈阮卓傳〉：

（卓）還，除南海王府諮議參軍，以目疾不之官，退居里舍，改構亭宇，修山池卉木，招致賓友，以文酒自娛。

(6)梁蕭統《昭明太子集》三〈錦帶書十二月啟太簇正月〉：

昔時文會，長思風月之交。

(7)《梁書》卷四十九〈庾肩吾傳〉：

初，太宗在藩，雅好文章士，時肩吾與東海徐摛，吳郡陸杲、彭城劉遵、劉孝儀、儀弟孝威同被賞接。及居東宮，又開文德省，置學士，肩吾子信、摛子陵、吳郡張長公、北地傅弘、東海鮑至等充其選。

(8)《梁書》卷一〈武帝紀上〉：

竟陵王子良開西邸，招文學，高祖與沈約、謝朓、王融、蕭琛、范云、任昉、陸倕等並遊焉，號爲「八友」。

最後，我還想補充一點，就是梁陳時代有一種較爲特別的文會，它是由在位的君主召集的。此風大約始於梁武帝。《南史》卷七十二〈文學傳〉序云：

自中原沸騰，五馬南渡，綴文之士，無乏於時。降及梁朝，其流彌盛。蓋由時主儒雅，篤好文章，故才秀之士，煥乎俱集。於時武帝，每所臨幸，輒命群臣賦詩，其文之善者，賜以金帛。是以縉紳之士，咸知自勵。至有陳受命，運接亂離，雖加獎勵，而向時之風流息矣。

茲舉數例如下。

(1)《梁書》卷四十九〈到沆傳〉：

高祖讌華光殿，命群臣賦詩，獨詔沆爲二百字，二刻使成。沆於坐立奏，其文甚美。

(2)同卷〈劉苞傳〉：

自高祖即位，引後進文學之士，苞及從兄孝綽，從弟孺，同郡到溉、溉弟洽、從弟沆、吳郡陸倕、張率，並以文藻見知，多預讌坐。

(3)同卷〈丘遲傳〉：

時高祖著〈連珠〉，詔群臣繼作者數十人，遲文最美。

(4)《陳書》卷三十四文學〈阮卓傳附陰鏗傳〉：

天嘉中，為始興王府中錄事參軍。世祖嘗醼群臣賦詩，徐陵言之於世祖，即日召鏗預醼，使賦新成安樂宮。鏗援命便就，世祖甚歎賞之。

這樣的文會，由於是君王發起，其聲勢與規模自然更大，雖不一定會產生什麼有價值的作品，但對於文學傳播的作用卻是不容低估的。

(五)

魏晉之際，由國社會經歷了一次對後世影響深遠的思想解放與文藝復興。清談與文會既是這次解放與復興的產物，又是這次解放與復興所憑藉的手段。清談與文會，本質上講，是魏晉知識分子一種新的活動模式，而這種模式比以往的模式更能迅速有效地傳播、普及學術與文學，因而從文化傳播的角度來觀察，是特別值得我們注意的。

附註

❶ 見《文選》卷五十二〈魏文帝典論文一首〉。

❷ 見《漢書》卷六十二〈司馬遷傳〉所錄其報任安書。

❸見《漢書》卷五十一〈枚臯傳〉。

❹《漢書》卷六十四〈王褒傳〉云：「上（宣帝）令褒與張子僑等並待詔，數從褒等放獵，所幸宮館，輒爲歌頌，第其高下，以差賜帛。議者多以爲淫靡不急。上曰：「不有博奕者乎，爲之猶賢乎已。辭賦大者與古詩同義，小者辯麗可喜，譬如女工有綺縠，音樂有鄭衛，今世俗猶以此虞說耳目，辭賦比之，尚有仁義諷諭、鳥獸草木多聞之觀，賢於倡優博奕遠矣。」

❺參見《漢書》卷五十七〈司馬相如傳〉、卷六十五〈東方朔傳〉及楊雄《法言》〈吾子〉篇。

❻見《後漢書》卷八十四〈楊賜傳〉，並參觀卷九十下〈蔡邕傳〉及卷一七〈陽球〉等傳。

❼見《南史》卷七十五〈雷次宗傳〉。

❽「二十四友」爲：石崇、歐陽建、潘岳、陸機、陸雲、繆徵、杜斌、摯虞、諸葛詮、王粹、杜育、鄒捷、左思、崔基、劉瓌、和郁、周恢、索秀、陳眕、郭彰、許猛、劉訥、劉輿、劉琨。見《晉書》卷四十〈賈謐傳〉。

❾《晉書》〈賈謐傳〉云：「（謐）負其驕寵，奢侈踰度。室宇崇僭，器服珍麗，歌童舞女，選極一時。開閣延賓，海內輻湊。貴遊豪戚及浮競之徒，莫不盡禮事之。或著文章稱美謐，以方賈誼。」

❿按《水經注》「穀水」下注引此敘作「余以元康七年」云云，則這次集會當發生在公元二九六或二九七年，而石崇死於三〇〇年，故編集必在很短時間內。

宋代坊肆刻書與詩文集傳播的關係

周彥文

一、前　言

中國的雕版印刷術到底起源於何時，已無法詳細考證出一個確切的結論，但是大體而言，若說唐代是雕版印刷術的始興時期，應該是可信的。

目前我們並沒有發現唐代以前的印本傳世，可是入唐以後，以雕版印刷的方式行世的書籍，卻屢見不鮮。元微之在唐穆宗長慶四年爲《白氏長慶集》作序時即說：

二十年間………繕寫模勒，衒賣於市井，或因之以交酒茗者，處處皆是。

元氏並自注曰：

揚越間多作書模勒樂天及余雜詩，賣於市肆之中也。

柳玭在《柳氏家訓》序中也說：

> （僖宗）中和三年癸卯夏，鑾輿在蜀之三年也，余爲中書舍人，旬休，閱書於重城之東南，其書多陰陽雜記、占夢、相宅、九宮、五緯之流。又有字書、小學，率雕版印紙，浸染不可盡曉。

甚至於我們在敦煌石窟中，還發現了在八世紀中期以後，長安有名爲「京中李家」和「上都東市大刁家」的書肆。❶可是唐代中葉以後，雕版印刷雖然技術品質尚不穩定，但是可以算是普遍了。

然而唐代的印刷品內，以佛經、曆書、陰陽五行書和韻書爲大宗，對學術界的影響不大。直到五代，雕版的技術穩定了，而且也轉移方向，將之用於學術書籍的印刷，印刷術的功效開始逐漸受到重視。可是五代時期政局不穩，爲時又短，直到宋代以後，雕版印刷的重大影響力才眞正彰顯出來。

二、觀念的轉變與坊肆刻書的興起

當印刷術在宋代蓬勃發展起來以後，中國書籍的傳播情形立刻產生了空前的變化。由於印刷術可以使一部書在雕版完成後，立刻快速的產生數百本內容相同的書籍；而且藉著數量的龐大，可以產生比以前更深更遠的影響，所以當時的統治者和知識份子，對於書籍的觀念有了革命性的轉變。從前認爲書籍只能在時間上流傳久遠的，現在卻能更進一步的在空間上也廣泛流傳。從前需要耗時手抄的書籍，現在卻可輕易購得。於是書籍不再只是記載的工具，而轉變成爲傳播的工具了。

北宋時以國子監的名義所刻的《外臺祕要方》四十卷，就是一個很有力的例證。該書的題辭說：

> （仁宗）皇祐三年五月廿六日，內降劄子，臣僚上言：臣昨在南方，州軍連年疾疫瘴癘，其尤者，一軍有死十餘萬人。此雖天命，亦緣醫工謬妄，反增其疾。臣曾細詢諸州，皆闕醫書習讀，徐《素問》、《病源》，餘皆傳習僞書，故所學淺俚，貽誤病者。欲望聖慈特出祕閣所藏醫書，委官選取要用者，校定一本，降付杭州開板摹印，庶使聖澤及於幽隱，民生免於天橫。奉聖旨，宜令逐路轉運使指揮轄下州府軍監，如有疾疫瘴癘之處，於聖惠方中寫錄各用藥方，出榜曉示，及遍下諸縣，許人抄劄……[2]

當疾病發生時，官方所採取的措施竟是刊雕醫書，可見書籍在當時的觀點是快速而有效的傳播工具，並非只是單純的一部記載醫方的書籍而已。《宋史．邢昺傳》內也記載道：宋眞宗於景德二年夏親臨國子監檢閱庫書，國子祭酒邢昺向皇帝報告當時庫存的書版數量時說：

> 國初不及四千，今十餘萬，經、傳、正義皆具。❸

景德二年是西元一〇〇五年，上距宋代開國（西元九六〇年）才四十多年。這四十多年的變化，除了國家書庫內書版大量增加外，在書籍的普遍性上也有很大的變化。邢昺又說：

> 臣少從師業儒時，經具有疏者百無一二，蓋力不能傳寫。今版本大備，士庶家皆有之，斯乃儒者逢辰之幸也。

在這項記載中，最值得注意的是「今版本大備，士庶家皆有之」這段話。它意味著宋初時期，因雕版印刷術的發展，民間學者取得書籍已不是一件困難的事。書價低廉不說，❹光是可以輕易購得品質內容已規格化的書籍，就已經是一件劃時代的事了。

書籍量產以後，在觀念上的第二個大轉變是：書籍不再只是少數人必需花費大量時間和金錢才能取得的專業用品，它變成可以成爲企業化經營的商品。於是從編輯到校勘、雕板、印刷、裝訂、行銷，可以一貫作業的民間書坊開始大量出現。僅就目前所存的資料，光是南宋，以刻書賣書爲業，有名可知的坊肆，就至少有下列三十餘家：

臨安府棚北大街睦親坊南陳宅經籍鋪

臨安府太廟前尹家書籍鋪

杭州錢塘門裏車橋南大街郭宅□鋪

臨安府金氏

金華雙柱堂

貓兒橋河東岸開牋紙馬鋪鍾家

臨安府中瓦南街東開印輸經史書籍鋪榮六郎家

中瓦子張家

錢塘王叔邊家

臨安府衆安橋南賈官人經書鋪

杭州棚前南鈔庫相對沈二郎經坊

李氏書肆

趙氏書籍鋪

行在棚前南街西經坊王念三郎家

錢塘俞宅書塾

臨安府鞔鼓橋南河西岸陳宅書籍鋪

臨安府洪橋子南河西岸陳宅書籍鋪

杭州淨戒院

橘園亭文籍書房

建安崇化坊余氏勤有堂

建寧府黃三八郎書鋪

建陽麻沙書坊
建寧書鋪蔡琪純父一經堂
武夷詹光祖月崖書堂
崇川余氏
建寧府陳八郎書鋪
建安江仲達群玉堂
臨江府新喻吾氏
西蜀崔氏書肆
南劍州雕匠葉昌
咸陽書隱齋
汾陽博濟堂
苿斐軒
葛氏傳梫書堂
閩山阮仲猷種德堂[5]

除了坊肆之外，另外還有許多民間團體也利用這種技術出版書籍，以輔佐他們推行教化，例如家塾、祠堂、道觀、寺院等；甚至於一些較富貲財的私人，也用雕板印刷術來梓行他們自認爲很有價值的書，他們並不一定要牟利，但藉著印刷術可以大量生產的特色，比較能保證書籍的內容穩定和流傳久遠。

這些民間的出版者中，道觀和寺院的刻書，雖然數量龐大，但因出版品的種類特殊，對學術界並未產生直接的重大影響。❻可是私人、家塾、祠堂和書肆的出版品，卻對學術的發展有直接的關聯。尤其是書肆刻書，因爲大量發行的緣故，引發了第三個革命性的新觀念：民間的學者對於知識的取向，已可不再受制於官府。從前由官府主導的學術走向，現在已經開始動搖，民間出版者的編輯和發行能力，已在不知不覺中逐漸爭取到了主動權，知識份子可以自由編輯他們心中認爲有價值的書籍，並藉印刷術來推廣。學術的走向，已有官府控制之外現象出現，而整個學術界的結構也爲之改觀。

南宋光宗紹熙三年洪邁自序其《容齋續筆》時說：

> 是書先已成十六卷，（孝宗）淳熙十四年八月在禁林日，入侍至尊壽皇聖帝清閑之燕，聖語忽云：近見甚齋隨筆。邁竦而對曰：是臣所著《容齋隨筆》，無足采者。上曰：煞有好議論。邁起謝。退而詢之，乃婺女所刻，賈人販鬻于書坊中，貴中買以入，遂塵乙覽。書生遭遇，可謂至榮。

婺女即婺州，亦即今浙江金華。洪邁曾知婺州，所以他的著作一完成，婺州的出版商便立梓行了他的書。婺州本並未傳世，但是我們從洪邁的敘述中，可以知道這個本子是一個坊肆刻本。一個民間的書商可以在極短的時間內將一部新書出版，並且立刻推廣流傳，甚至傳到了皇帝的手中，可見當時書籍流通速度之快了。而更重要的是，皇帝經由民間出版商的媒介，才得知了大臣的「好議論」；而且，所謂的「貴人」還會將好書「買以入」，可見民間的出版商已經有了很強勢的主動能力，可以編輯和出版官方所不會發行的書，並經由書籍的傳播，影響當時的學術界。

三、民間多角的出版走向和官府的鉗制

明代的出版事業十分發達，肇因於一個很重要的觀念，即明代自太祖朱元璋起，就鼓勵民間出版書籍。太祖在洪武元年就下令「詔除書籍稅」，而且還「命有司博求古今書籍」。❼這項詔令使明代的出版商一直有很優厚的待遇和空間，可以發揮出版界在學術領域內的影響力。但是這項禮遇對宋代的出版家來說，簡直是不可思議的。宋代政府不但極力管制當代的出版方向，甚至有將出版商發配到邊陲地帶的紀錄。

早在宋代建國之初，官方就明令禁止民間私藏有關玄象器物、天文、圖讖、七曜曆、太一、雷公、六壬、遁甲等術數類的書籍。❽由兩個例子，就可以看出宋初對術數類的學術管制有多嚴厲了。宋太宗太平興國二年時，曾下令各地收捕知天文相術者，共得三百五十一人。宋太宗經過了篩選，留下了六十八人在司天臺工作，其他的人就「悉黥面而流海島」。❾此是一例。另一例是發生在宋仁宗時，當時的司天監主簿元軫曾上書爲陰陽家請命，可是被皇帝否決了：

> 三式者，陰陽家所重，而學者絶稀。請加其俸秩，以招來之。上謂宰臣張士遜曰：陰陽家使人拘忌，又多詭怪無迂誕之說，豈若觀人事之實，以應天道也。⑩

所謂三式，指雷公、太乙、六壬。我們從元軫的上書，就可以知道這些陰陽家的學說在宋代是十分遭冷落的。元軫的提議不但沒有被接納，反而還受到了責難。

官府這樣冷落天文、陰陽，並不表示國家不重視這些學術；剛好相反，國家就是因爲太重視術數之學，怕百姓藉術數窺破了統治者的天機，所以一方面壓抑以術數求官者的俸秩，以免百姓因干祿而習術數之學；另一方面則大力禁止民間私藏這類的書籍，從根本上就斷絶了一般知識份子學習的機會。若有人私藏這類書籍，許人告發，連有功名的知識份子也無法倖免：

> （仁宗）寶元二年春正月……三司軍將耿從古告進士高肅私藏《六壬玉鈐》，事下開封府治。開封府言：肅所藏《六壬玉鈐》首尾不具，罪當末減。

雖然高肅未被定重罪，但是宋仁宗卻因此而心生警惕，藉著這個案子借題發揮，大張旗鼓的定下禁書的範圍：

> 上慮愚民或多抵冒，因召司天監定合禁書名，揭示之。復召學士院詳定，請除《孫子》、歷代史天文、律曆、五行志，并《通典》所引諸家兵法外，餘悉爲禁書。奏可。

從此以後，幾乎所有的兵書類和術數類的書籍，民間都不得收藏。⑪

其實自秦始皇下挾書令開始，中國歷代君王都明令禁止這類書籍私藏民間，這已經是十分公開而且被視爲理所當然的一種統治方法。所有的知識份子也都安之若素，也都知道不要去學這些學術，以免干犯了統治者的權威。⑫

這個彼此相安了千年之久的禁忌，到了宋代卻因雕版印刷術的興起，產生了空前的巨大變化。書籍成百上千的發行，而且衆多的出版商可以不斷的以自己的能力和觀點去編輯新書行世，這都給統治者帶來很大的困擾。於是前所未有的繁密文網，也在宋代開始出現。

上文敘述的禁書當然在禁止刊版之列，而「語詞僭越」和違法犯忌、會「搖動衆情」的書籍，也在禁例之中，這些都不必贅述。⑬比較值得注意的事情是，宋代官方幾乎是以一種大興文字獄的態勢，來對應出版商梓行學術性書籍和當代學者論者的新趨勢。所有的書籍都要經過審核，才能出版，否則一旦被查獲或遭人告發，不但要被毀板，還有可能受到責罰。若將宋代坊肆所刻、被下令毀板的書籍歸納一下，可以看出宋代嚴厲管制的書籍大致可分成下列幾類：

第一種是經、子諸書，其解說凡不合於官方認定的標準者，悉應毀板；其中諸子百家之學，若有言可采，則應統由官方頒行，否則皆在全面禁止之列。《宋會要輯稿》徽宗大觀二年七月廿五日條載：

新差權發遣提舉淮南西路學事蘇棫劄子，諸子百家之學，非無所長，但以不純先王之道，故禁止之。今之學者，程文短晷之下，未容無忤。而鬻書之人急於錐刀之利，高立標目，鏤板誇新，傳之四方，往往晚進小生以爲時之所尚，爭售編誦，以備文場剽竊之用，不復深究義理之歸，忘本尚華，去道逾遠。欲乞今後一取聖裁，儻有可傳爲學者式，願降旨付國子監并諸路學事司鏤板頒行，餘悉斷絕禁棄，不得擅自賣買收藏。從之。⑭

這樣的處理在宋代來說已是十分寬大的了。通常不合於「先王之道」的書，不但會被毀板，而且出版者，甚至撰序之人，也會受到責罰。南宋初年時程瑀編《論語講解》所受到的懲治，就是一個很好的例子：紹興廿四年十二月，右正言王珉上書說：

故龍圖閣學士程瑀，本實妄庸，見識凡下……輒取先聖問答之書，肆爲臆説。至引王質斷獄以釋弋不射宿，全失解經之體；於周公謂魯公之語而流涕，不無怨望之意。此等乖謬，不可概舉……如洪興祖者，則爲文以冠其首；魏安行者，則鏤板以廣其傳。明此之惡，蓋極於此，不可不慮也……臣竊惟陛下以聖學高明，表章六經，瑀乃敢唱爲異論，而安行輩又從而和之，若不早爲杜絕，臣恐其説寖行，害教惑衆，其禍不止於少正卯、楊朱、墨翟也……⑮

這件事的結局是：魏安行送欽州編管，洪興祖送昭州編管；其他州軍有刊行異說書籍，原未曾申請朝廷指揮者，板皆毁棄。其實整件事情的關鍵，在於程瑀「唱爲異論」，用自己的觀點去解《論語》，才造成官方的疑忌。連帶的，其他未申請出版的「異說書籍」，也都一併遭受到了池魚之殃。

第二種是私人所修的史書，或具史料價值的書，都在禁止傳播之列。《宋會要輯稿》徽宗宣和四年十二月十二日條載：

權知密州趙子晝奏：竊聞神宗皇帝正史多取故相王安石日錄以爲根柢，而又其中兵謀政術，往往具存，然則其書固亦應密。近者賣書籍人乃有《舒王日錄》出賣……願賜禁止，無使國之機事傳播閭閻或流入四夷，於體實大。從之。仍令開封府及諸路州軍毁板禁止，如違，許諸色人告，賞錢一百貫。

南宋寧宗嘉泰二年二月廿八日條載：

新差權知隨州趙彥衛言……史館成書，秘諸金匱，傳寫有禁。近來忽見有本朝《通鑑長編》、《東都事略》、《九朝通略》、《丁未錄》，與夫語錄家傳，品目類多，鏤板盛行於世。其間蓋有不曾徹聖聽者，學者亦信之。然初未嘗經有司之訂正，乞盡行索取私史，下之史館，公共考核，或有裨於公議，即乞存留，仍不許刊行，自餘悪皆盡絶。如有違戾，重置典憲。從之。

這類書籍被禁止傳播，主要觀點則在於維護君權的神聖性。同時，也怕所謂的「兵謀政術」會流傳在民間，因而妨礙了統治者的威勢。由這個觀點去推衍，就發展了這些史書或史料不但不能在民間傳播，更不能傳播到外國的禁令。早在哲宗元祐五年七月，官方就因禮部的建議，下過這樣的詔令：

> 凡議時政得失，邊事軍機文字，不得寫錄傳布；本朝會要、實錄，不得雕印。違者徙二年，告者賞緡錢十萬。

到了嘉泰二年的七月九日，還發生了「盱眙軍獲到戴十六等輒將《本朝事實》等文字欲行過界」的事件，並因此而又下詔要各州軍去書坊劈毀「事干國體及邊機軍政」的書籍。可見宋代對於私人所寫的史書或史料性書籍的管制，是十分重視的。

第三種是當代大臣的奏議和文章中有涉及時政、軍機、邊務者，爲了怕傳到外國，所以也一律禁止刊板。《宋會要輯稿》仁宗天聖五年二月二日條載：

> 中書門下言，北戎和好以來，歲遣人使不絕，及雄州榷場，商旅往來，因茲將帶皇朝臣僚著撰文集印本，傳布往彼。其中多有論說朝廷防遏邊鄙機宜事件，深不便穩。詔令後如合有雕印文集，仰於逐處投納附遞聞奏，候差官看詳，別無妨礙，許令開板，方得雕

印。如敢違犯，必行朝典，仍候斷遣訖，收索印板，隨處當官毀棄。

可是這個詔令並沒有被徹底的遵行。到了哲宗元祐五年，蘇轍奉命出疆，在北界內竟然發現他和蘇洵、蘇軾的文集在敵國中流傳十分廣泛，而這些文章中，多有討論到朝政得失和軍國利害等事，⑯所以這項禁令在蘇轍回國上書後，又被提出，甚至在元祐七年二月三日，更下詔令商賈往外蕃時，不得帶書送中國官。其實，根本不需要商賈帶書，宋代的邊禁並不嚴密，所以終宋代一朝，不斷有坊肆所刻的書籍傳入北界，同時，也不斷的有類似的禁令重複出現。⑰

除此之外，凡是會敗壞學風的，如爲應付科舉考試而編的參考書，或中式的應舉程文；還有會傷風敗俗的書，如「戲褻之文」、「教授詞訟之書」等，也都在禁止之列。

這幾類書籍的毀板禁令，恰好給我們提供了一個很有趣的現象，那就是宋代所以會有這些禁令，正表示宋代坊間有這些書籍在流傳。我們從這些書籍的類型來看，不難發現宋代坊肆所刻的書已涵蓋了經史子集的各個範圍。然而，這並不同時表示宋代的坊間可以有很大的自由空間來任意編輯他們所想要編的書，官府的鉗制，始終讓坊肆書商拉鋸在出版行爲和禁令之間。南宋孝宗時，官方甚至下令民間坊肆若未經審核，不得擅自刻書。⑱於是，找尋一條可以合法生存的出版之道，便成爲宋代坊肆書商所關心的事了。

四、詩文集的整理和出版

凡是當代的史部書籍，可以說是被禁得最嚴的一類；當代子書，和當代人注疏經書的著作，又會有被斥爲邪說、僞學的顧慮。而正經正史的古籍出版事業，又多被官方所壟斷。我們只要看王國維所整理的《五代兩宋監本考》和《兩浙古刊本考》，[19]便可以知道民間的書肆在古經史上是沒有什麼競爭市場的。因此，扣除醫藥種樹、佛經道書之外，整理和出版詩文集，就成爲宋代坊肆出版業的一大特色。

然而誠如上節所述，出版當代的詩文集，是有禁忌的。除了要避開涉及時政、軍機、邊防的文章之外，有時政治上不可預測的變化，也會如天外飛來般的干涉到出版事業。例如在北宋和南宋，都各發生了一次對出版業影響重大的文字獄：前一次是北宋末年的禁元祐黨人著作，後一次是南宋晚期的禁《江湖集》。

因黨爭而形成的元祐黨人，包括了司馬光、三蘇、黃庭堅、張耒、晁補之、秦觀、范祖禹、馬涓、范鎮、劉攽、僧文瑩等。徽宗崇寧元年的十二月，官方就已下達了「元祐學術政事，不得教授學生」的禁令。終徽宗一朝，這樣的命令一直出現，如《宋會要輯稿》宣和五年七月十三日條載：

> 中書省言，勘會福建等路，近印造蘇軾、司馬光文集等，詔令後舉人傳習元祐學術，以違制論；印造及出賣者與同罪，著爲令。

我們由蘇轍在北方都可以看到三蘇文集一事，就可以知道三蘇等人的文集在當時必定是十分普遍的。禁元祐黨人的著作，對當時的出版業來說，是一個很重大的打擊。

南宋時的禁《江湖集》更是飛來橫禍。此書的編輯者是南宋最出名的一位出版家，即杭州棚北大街陳宅書籍鋪的主人陳起。他在理宗寶慶元年時出版了這部集合當時一批平民詩人著作的詩集。朝中當權宰相史彌遠看了這部詩集後，大爲震怒，認爲他們語涉訕謗，不但下令禁毀此書，並且放逐陳起到邊疆。更可笑的是，他竟還下令知識份子不準寫詩。一時之間，出版業所受到的打擊是可想而知的了。[20]

幸好這兩件事情都很快就過去了，前者在宋欽宗即位後，後者在史彌遠死後，就都解禁了。固然出版詩文集，還會有前文所述的隱憂存在，但是相對而言，它仍是宋代坊肆刻書中較爲自由、較不致賈禍上身的出版途徑。

更值得注意的是，宋代坊肆出現了大量的整理前人詩文集的出版品。我們大可不必考慮宋代的出版商是否爲了避免文字獄而循此途徑，單就此舉在學術上的價值而論，宋代坊肆刻書對於五代以前詩文集的保存，就有不可磨滅的貢獻。

以前文屢次提及的臨安府陳宅書籍鋪所刊的前人詩文集爲例，單就目前所知，至少有下列多種：

江文通集十卷　梁・江淹撰
常建詩集二卷　唐・常建撰
岑嘉州集八卷　唐・岑參撰
李端集三卷　唐・李端撰

權德輿集二卷　唐・權德輿撰

張司業詩集三卷　唐・張籍撰

丁卯集二卷　唐・許渾撰

李群玉詩集三卷後集五卷　唐・李群玉撰

唐張處士詩集五卷　唐・張祜撰

孟東野詩集十卷　唐・孟郊撰

李賀歌詩編十卷集外詩一卷　唐・李賀撰

甲乙集十卷　唐・羅隱撰

唐求詩一卷　唐・唐求撰

于濆詩集一卷　唐・于濆撰

張濱詩集一卷　唐・張濱撰

周賀詩集一卷　唐・周賀撰

唐女郎魚玄機詩一卷　唐・魚玄機撰

朱慶餘詩集一卷　唐・朱慶餘撰

韋蘇州集十卷　唐・韋應物撰

李推官披沙集六卷　唐・李咸用撰

王建集十卷　唐・王建撰

唐僧弘秀集十卷

浣花集十卷　蜀・韋莊撰

碧雲集三卷　南唐・李中撰

這些例子，只是現在衆所周知，而且確定爲陳氏所刊的，就有這麼多。[21]所以王國維在《兩浙古刊本考》卷上說：

> 今日所傳明刊十行十八字本唐人專集、總集，大抵皆出陳宅書籍本也。然則唐人詩集得以流傳至今，陳氏刊刻之功爲多。

我們若以今日流傳的明刊本唐人詩集來比較，王國維所說，實爲確論。除此之外，其他各地所刊的五代之前詩文集還有很多，例如：

陸士衡集十卷　晉・陸機撰　宋徐民瞻刊本

黃氏補千家注紀年杜工部詩史三十六卷　唐・杜甫撰　宋・黃希、黃鶴註　宋寶慶二年建刊本

朱文公校昌黎先生集四十卷外集十卷遺文一卷　唐・韓愈撰　宋・朱熹考異　宋紹熙間建刊本

劉賓客文集三十卷外集十卷　唐・劉禹錫撰　南宋初浙刊本

增廣注釋音辯唐柳先生集四十三卷外集二卷年譜一卷附錄一卷　唐・柳宗元撰　宋建陽書坊刊本

箋註陶淵明集十卷　晉・陶潛撰　南宋末年建刊巾箱本

杜工部草堂詩箋八卷　唐・杜甫撰　南宋末年建安坊刻本

文選三十卷　梁・蕭統編　南宋紹興三十一年建陽陳八郎崇化書坊刊本

松陵集十卷　唐・陸龜蒙編　宋坊刊本

分門集註杜工部詩集三卷　唐・杜甫撰　南宋末年建陽書坊刊本

這樣的例子太多，此處就不再贅敘。重要的是，宋代的民間出版家利用當時新興的雕版印刷術來編輯、出版前人的詩文集，這項行爲，使唐代以前的詩文作品賴之以固定的型式被保存到後代，而這正是官方刻書所不重視的。民間坊肆的出版方向，正好補足了官方只重正經正史的缺點。

文網嚴密，禁令繁多，當然並不是宋代坊肆整理前人詩文集的唯一充分條件；但是，宋代的諸多禁令中，的確找不到禁止出版前人詩文集的法令條目。從一個側面的角度來看，難道不是一條又有銷售市場，又不會觸法的最佳出版途徑？

五、結　論

我們對宋代的印象，往往停留在文教鼎盛、學術發達的刻板觀念中。事實上，宋代的文網是十分嚴密的。對書籍持續的管制以外，還爲了出版品的問題，興過規模不小的文字獄。這都是我們在討論宋代學術環境時，常常忽略的地方。

而正是由於這樣的環境，卻使得宋代的坊肆出版業在嚴密的禁令中，爲了找尋安身立命之地，遂發展出來編輯詩文集，尤其是編輯前人的詩文集的途徑。

文網嚴密，可以說是由於雕版印刷術發達所帶來的副作用；而編選詩文集，又何嘗不是雕版印刷術發達後，才能提供的學術貢獻？兩者之間交互發生循環性的影響，尤其在宋代時期表現得最明顯，這是一個十分值得注意的現象。

附註

❶ 見張秀民《中國印刷史》第一章，上海人民出版社一九八九年出版。

❷ 見王國維《五代兩宋監本考》卷中。臺灣商務印書館一九七六年出版。

❸ 《宋史》卷四三〇〈邢昺傳〉。

❹ 陸心源《皕宋樓藏書志》載南宋紹興十七年刻王禹偁《小畜集三十卷》，共八冊，四百三十二版，每部定價五千文。按孟元老《東京夢華錄》卷三〈般載雜賣〉條載北宋末酒三斗價一千五百文；卷四〈雜賃〉條載「稍似路遠倦行，逐坊巷橋市，自有假賃鞍馬者，不過百錢。」同卷〈魚行〉條載魚「每斤不上一百文」。以此推之，即令物價有所波動，當時買書並不是一件奢豪的事，甚至可以說當時的書價是十分低廉的。

❺ 參見葉德輝《書林清話》卷三，世界書局一九七四年三版。顧志興《浙江出版史研究》第三章，浙江人民出版社一九九一年出版。

❻ 其實寺院和道觀所刻的經藏並非都是由民間出貲，也有由官方主持雕印的。如佛教《開寶藏》或《蜀藏》。宋神宗元豐三年，民間鳩資在福州東禪寺雕印《崇寧萬壽大藏》共六千四百三十卷。宋徽宗政和三年，民間鳩資在福州開元禪寺開雕《毗盧大藏》共六千一百十七卷。宋高宗紹興二年，民間鳩資在湖州思溪圓覺禪寺

開雕《思溪圓覺藏》共五千四百八十卷。宋孝宗淳熙二年，民間鳩資在安吉州思溪法寶資福禪院開雕《思溪資福藏》共五千七百零四卷。宋理宗紹定四年，民間鳩資在平江府磧砂延聖院開雕《磧砂藏》共六千三百六十二卷。前後共六次雕印，共累積了三萬五千一百八十一卷的佛經，所需版片估計約近百萬。這個龐大的數量對宋代雕板印刷術的發展是很有影響的。但是本文主要討論的是詩文集的發展，所以佛道藏的雕印此處略而不論。

❼ 見《明會要》卷廿六。

❽ 宋代明令禁止私家收藏這類書籍，否則送官究辦。詳見宋．李燾《續資治通鑑長編》卷十三，宋太祖開寶五年九月條。世界書局一九八三年四版。

❾ 見《續資治通鑑長編》卷十八，宋太宗太平興國二年十二月丁巳條。

❿ 見《續資治通鑑長編》卷一百二十三，宋仁宗寶元二年二月庚午條。

⓫ 見《續資治通鑑長編》卷一百二十三，宋仁宗寶元二年正月丙午條。

⓬ 有關歷代禁書的情形，可參見安平秋主編的《中國禁書大觀》，一九九〇年三月上海文化出版社出版。

⓭ 《宋會要輯稿．刑法類》中有許多這樣的例子，如仁宗景祐二年十月廿一日條載：「臣僚上言，駙馬都尉柴宗慶印行《登庸集》中，詞語僭越，乞毀印板，免致流傳……詔宗慶悉收衆本，不得流傳」。又如仁宗慶曆二年正月廿八日條載：「杭州言：知仁和縣太子中舍翟昭應將《刑統律疏正本》改爲《金科正義》，鏤板印賣。詔轉運司鞫罪，毀其板。」又如神宗熙寧二年閏十一月廿五日條載：「監察御史裏行張戩言：竊聞近日有姦妄小人，肆毀時政，搖動衆情，傳惑天下，至有矯撰敕文，印賣都市。乞下開封府，嚴行根捉造意雕賣之人行遣；從之。」參見該書第一六五冊，一九八七年北京中華書局出版。

⓮ 見該書第一六五冊、一六六冊刑法類。以下所引若未註明，皆同此。

⓯ 見宋．李心傳《建炎以來繫年要錄》卷一百六十七，高宗紹興廿四年十二月丙戌條。一九六八年文海出版社出版。

⑯ 見蘇轍《欒城集》卷四十一〈北使還論北邊事劄子〉。一九六八年臺灣商務印書館出版。

⑰ 均見《宋會要輯稿．刑法類》

⑱ 《宋史》卷三十五．孝宗本紀，淳熙七年五月己卯條：「申飭書坊擅刻書籍之禁。」

⑲ 見《王國維先生全集》續編，一九七六年大通書局出版。

⑳ 此事可參見朱彝尊《曝書亭集．宋高菊澗遺稿序》、《瀛奎律髓》寄贈類、《宋詩紀事》及《四庫全書總目提要》等。

㉑ 以上舉例乃參考中央圖書館、故宮博物院之善本書目，以及王重民先生編《中國善本書提要》，一九八四年明文書局出版；《書林清話》等書。以下舉例同此。

文學與傳播的關係

——以梁啟超《新民叢報》爲例

林明德

一、前言

儘管文學與傳播的範疇、指向、質性容或有不同，然而，在實際的運作上，兩者之間卻存有二元倚伏的辯證關係，這是不庸置疑的。

基本上，文學，乃語言的藝術，其爲文類，歷史悠久[1]，傳播（Communication），是把資訊、意見、經驗、態度，從一個人傳給另一個人，概括三要素——共同性（Commonness）、交通（Transport）、與媒介（Media），其行爲現象，由來已久，不過成爲學科，卻是半世紀以來的事[2]。

文學（藝術）就是表現，這個既簡單又複雜的命題，顯然指涉傳釋行爲或關係傳播事實。因此，韋勒克認爲，藝術是宣傳——盡力去影響讀者採納我們對人生的態度，所有的藝術家都是宣傳者。（或者，所有誠懇的、負責的藝術家，在道德上有義務成爲宣傳者。）[3]

然而，傳播（或傳釋）行爲與文學往往互爲映襯，而且是文學的一把無形檢驗尺，所謂「

言之不文，行之不遠。」❹那麼，陸機以爲文學作品能「恢萬里而無閡，通億載而爲津」❺（超空間、時間），並非無稽之談了。

這種現象，古今中外，不乏例證。這裡特以《新民叢報》爲對象，希望透過其文學與傳播的雙重關係之探索，重新思考文學與傳播的關係。

二、梁啟超與《新民叢報》

(一) 報業經驗

梁啟超（一八七三—一九二九），是個人報業（Personal Journalism）時代的典範人物，他的報業理想與實踐（報人風範、報紙風格、報刊內涵、報章文體），更使他成爲中國近代報史上的第一人。

光緒二十一年（一八九五），二十三歲的他就堅持以「言論之力」作爲「報國家之恩」❻。自光緒二十一年（一八九五）開始，到一九一一年爲止，先後創辦而且主持了九種報章雜誌，包括：

1. 中外公報（一八九五）：在北京發行，由梁啟超主持，雖僅六個月，卻「奠定了他在言論界的基礎」❼，也促使他「感慨時局，自審舍言論外，末由致力，辦報之心益切。」❽

2. 時務報（一八九六—一八九八）：在上海創刊，爲旬報，是維新派的正式言論機關。內容有論說、諭摺、京外近事、域外報譯等，以言論（如〈變法通議〉）鼓吹改革，議論明通，足以增廣見聞，激發志氣，「數月之間，銷行萬餘份，爲中國報以來所未有。」[9]他的一支筆很快的風靡了全國。湖廣總督張之洞肯定該報「實爲中國創始第一種有益之報。」[10]

3. 清議報（一八九八—一九〇一）：在日本橫濱發行，爲旬報，由梁啟超主持撰述，其特色是：倡民權、衍哲學、明朝局、厲國恥。[11]對西太后、榮祿等人之攻擊，不遺餘力。內容分六門：(1)支那人論說；(2)日本及泰西論說；(3)支那近事；(4)萬國近事；(5)支那哲學；(6)政治小說。第十一號以後又增加(1)來稿雜文；(2)政治學談；(3)詩文辭隨錄三類。報章語言較以前更爲奔放。

4. 新民叢報（一九〇二—一九〇七）：於日本橫濱發行，爲半月刊。取「大學新民之義，以爲欲維新我國，當先維新我民。」[12]從灌輸常識（如〈新民說〉）入手，內容仿外國大叢報之例，分爲二十五門，爲讀者提供世界種種的知識。[13]在九種報章雜誌中，以《新民叢報》最爲成功，爲他贏得「言論界之驕子」的美譽，至於「言論之力」影響所及，更是不可思議[14]，晚清的政治、社會、文化，……無不被攪動，而文學界也揭開了革命的序幕，「新文體」不僅得到解放，而且更趨成熟。

5. 新小說（一九〇二—一九〇五）：於日本橫濱發行，爲月刊，是中國近代新體小說的先聲。內容有論說、歷史小說、政治小說、科學小說、哲理小說、冒險小說、偵探小說、傳奇小說、地方戲本、世界名人逸事、及翻譯小說，開創了中國小說的新體例，〈論小說與群治之關係〉一文，提昇了小說的地位，喚起小說家提高國民的政治意，推動晚清小說的創作與翻譯，引發小說理論的辯駁，造成中國小說史上一個最繁榮的時代。

6. 政論（一九〇七—一九〇八）：第一期在日本東京印行，第二期以後，隨政聞社遷至上海發刊，爲月刊，內容有演講、論著、記載、社說等欄。因社員發起「國會期成會」籲請清廷速頒憲法，「政聞社爲清政府封禁，政論亦廢」⓯。

7. 國風報（一九一〇—一九一一）：在上海發行，爲旬刊。是繼《政論》之後鼓吹立憲的言論機關，所謂「本報以忠告政府，指導國民，灌輸世界之常識，造成建全之輿論爲宗旨。」⓰內容分十四門，即：論旨、論說、時評、著譯、調查、記事、法令、文牘、談叢、文苑、小說、答問、圖畫、政學淺說等，儼然是《新民叢報》的縮影。

8. 庸言（一九一二—一九一四）：於天津發行，係半月刊，乃梁啟超歸國後首創的報章。內容分四門：建言、譯述、僉載、藝林。類目有：通論、專論、雜論、講演、名著、外論、雜談、國聞、外記、史料、隨筆、談藝、文錄、說部等。重要政論如〈憲法之三大精神〉、〈暗殺之罪惡〉、〈進步黨擬中華民國憲法草案〉等，識照卓越，發人深省。

9. 大中華（一九一五—一九一六）：由中華書局發行，約聘梁啟超主持撰述三年，欲以言論之力，贊助國民從事個人、社會事業。這個雜誌，是他從政治參與回到言論界，發揮討袁力量的媒體。

從上述可知，報業經驗，就是梁啟超的生命，而「言論之力」是知識分子的天職，更是他報國的憑藉。

(二)《新民叢報》鳥瞰

在梁啟超創辦或主持的九種報章雜誌裡，影響深遠、成就斐然的，當推《新民叢報》。它於光緒二十八年（一九〇二），日本橫濱創刊，爲半月報，宗旨希望透過德智教育有助於中國的進步：「本報取大學新民之義，以爲欲維新我國，當先維新我民。中國所以不振，由於國民公德缺乏，智慧不開，故本報專對此病而藥治之，務採合中西道德以爲德育之方針，廣羅政學理論，以爲智育之原本。本報以教育爲主腦，以政論爲附從，但今日世界所趨重在國家主義之教育，故於政治亦不得不評。」⑰

《新民叢報》自光緒二十八年（一九〇二）一月一日出版，至三十三年（一九〇七）十月十五日停刊，共九十六冊，其內容分類如下：

第一年：圖畫、論說、學說、國聞短評、中國近事、海外彙報、史傳、歷史、地理、教育、學術、軍（兵）事、談叢（名家談叢）、輿論一斑、雜俎、小說、文苑、介紹新著，時局、政治、宗教、問答、法律、餘錄、生計、青年思潮、實業等二十七類，一—二十四號由光緒二十八年（一九〇二）元月一日出刊，至十二月十五日出齊。

第二年：開始分論著門、批評門，與叢錄門，包括，圖畫、論說、學說、傳記、歷史、地理、教育、學術、軍事、談叢、雜俎、小說、文苑、介紹新著、時局、政治、問答、法律、雜錄、日俄戰紀、生計、科學、事件、譯叢、實業時評、紀事、政界（局）時評、教育時評、學界時評、人物時評、群俗時評、雜評、評論之評論、哲理、附錄等三十五類，二十五—四十八號，由光緒二十九年（一九〇三）元月出刊，至三十年（一九〇四）五月一日出齊。其中，三十八、九，四〇、一，四十二、三，四十六、七、八爲合刊，四十四、五爲《日俄戰爭專號》，並有附冊《新大陸遊記》（臨時增刊）。

第三年：圖畫、論說、學說、傳記、歷史、地理、教育、學術、軍事、談叢、文學、雜俎、小說、文苑、介紹新刊、時局、政治、宗教、寫書、法律、生計、科學、事件、譯叢、實業、紀事、日俄戰紀（爭）、附錄、國聞雜評、哲理等三〇類，四十九—七十二號，由光緒三十年（一九〇四）五月十五出刊，至三十一（一九〇五）十二月十五日出齊。

第四年：圖畫、論著、雜纂、雜俎、文藝一（小說）、文藝二（文苑）、譯述、記載、雜錄、批評等十類，七十三—九十六號，由光緒三十二年（一九〇六）一月一日出刊，至三十三年（一九〇七）十月十五日出齊。其中，以論著、小說、文苑、雜俎、譯述、雜錄、記載等類爲主，其他已不復多見，出現每號卷首的圖像也從八十九—九十六號，付之闕如，至於小說的創作或翻譯，也在八十六號起停刊。⑱

從《新民叢報》統計表可以看出專欄的趨勢是呼應其創刊宗旨的，當中，又以圖畫、論說（著）、學說、歷史、傳記、談叢、雜俎、小說、文苑、譯叢、紀事爲主，其他則隨時制宜，靈活運用。因此，能夠抓住時代脈博，主導社會風氣。

由於叢報宗旨發人深省，內容分門別類，加上語言恣肆雄放，因此，出版之後，深得人心，銷路節節遞增，第二十二號告白：「本報開辦未及一年，承海內外大雅不棄，謬加獎勵，發行總數遞增至九千份。」倘若再根據梁啟超所說：「清廷雖嚴禁（新民叢報、新小說），不能遏，每一冊書，內地翻刻本輒十數。」⑲則閱讀群當在十萬人左右，其「激人之腦質」，發揮「言論之力」，則爲不爭之事實。至於銷售地區分佈國內外四十九縣市，九十七處，遠及雲、貴、陝、甘等地，可見其風行之一斑。

《新民叢報》由梁啟超擔任總撰述，第一年的論述文字，大概一人負責，「每日屬文以五千言爲率」；第二年以後，聘請撰述，「得海內碩學能文之士數人相助爲理，各任專門，議論更歸實際，思想益求繁頤。」估計撰述者百人之譜，然而，梁啟超的文字仍佔二分之一以上，大約有二百五十萬字。

初期政論，態度溫和，「從灌輸常識入手」；後來，因爲清廷「故態復萌」，所以論調日趨慷慨激烈，甚至鼓吹自由平等、民權革命；癸卯（一九〇三）以後，梁啟超遊美返日，言論態度又轉變，專言政治革命，「對於國體主維持現狀，對於政體則懸一理想，以求必達也。」[20]並且與《民報》的革命論戰，從乙巳（一九〇五）到丁未（一九〇七），三年之間，不下百餘萬言，爲中國政治思想史留下輝煌的辯證紀錄。

《新民叢報》的規劃與表現，毋寧是中國報業史的里程碑[21]，其成就約可從幾方面來談：(1)圖文報導，具體的視覺經驗，開展讀者的視野；(2)知識系統，透過分門別類，灌輸評騭並行，論述譯叢兼刊，以培養洞見力；(3)中西映襯，情融理暢，往往新人耳目。黃遵憲致任公書云：

> 《清議報》勝《時務報》遠矣，今之《新民叢報》又勝《清議報》遠矣。驚心動魄，一字千金，人人筆下所無，卻爲人人意中所有，雖鐵石人亦應感動。從古至今文字之力之大，無過於此矣者。[22]

黃氏的意見正可印證上述的觀點，然而，其字裡行間又可解讀出《新民叢報》語言（媒介）的功能與角色來。

㈢ 探索「新文體」的魅力

從中國散文發展史上看，晚清「新文體」的出現，的確是嶄新的氣象，它不僅光耀當時的文學界，也見證大時代的面影。尤其是，它上承桐城派古文的餘緒，下開五四白話文的先聲，在文體的蛻變過程，扮演極爲重要的角色。

在維新派裡面，眞正提出散文界革命的，當屬譚嗣同與梁啟超二人，不過，爲中國流血的第一烈士譚嗣同，殉於戊戌政變（一八九八），因此，充實並發揮「新文體」的美感，則有待梁啟超的表現了。

早在戊戌以前，梁氏的文章就已不是桐城派古文所能範圍的。他受到康有爲的影響，精研《宋元學案》、《明儒學案》、《傳習錄》等書，對語錄體相當熟稔；他也受到譚嗣同的影響，研索佛書，對於佛學辭彙、佛經翻譯文法，頗爲留意；加上，他融會唐宋八大家、桐城派、李漁與金聖嘆文筆，又翻陳出新㉓，因此，當時寫的時務文章，經常會出現上述的形影。一八九八年，他亡命日本，多年的「日本經驗」——「自此居日本東京者一年，稍能談東文，思想爲之一變。」（三十自述）文體又得到再次的解放。他在《夏威夷遊記》曾透露「余既戒爲詩，乃日以讀書消遣，讀德富蘇峰所著《將來之日本》，及《國民叢書》數種。德富氏爲日本三大新聞主筆之一，其文雄放雋快，喜以歐西文思入日本文，實爲文界別開一生面者。余甚愛之，中國若有文界革命，當亦不可不起點於是也；蘇峰在日本鼓吹平民主義甚有功，又不僅以文豪者。」

梁啓超的胸襟與抱負，大概可見。他曾私淑德富峰，並以「中國德富蘇峰」自期；他那「筆鋒常帶情感」的「新民體」，便是得自那位以Thomas Babington Macaulay（一八〇〇—一八五九）自比，而洋洋得意的德富蘇峰。

「新民體」的糾葛性格：於此可見。「新民體」是當時人對《新民叢報》文章的稱呼，一般又稱之爲「新文體」。梁氏曾自白個中奧秘：

> 啓超夙不喜桐城派古文，幼年爲文學，學晚漢魏晉，頗尚矜鍊，至是自解放，務爲平易暢達，時雜以俚語韻語及外國語法，縱筆所至不檢束，學者競效力，號「新文體」。老輩則痛恨，詆爲野狐，然其文條理明晰，筆鋒常帶情感，對於讀者，別有一種魔力焉。㉔

後來，胡適親身驗證梁氏「這種文字在當日確有很大的魔力」，並且探索構成「魔力」的原因是：

(1) 文體的解放，打破一切「義法」、「家法」，打破一切「古文」、「時文」、「散文」、「駢文」的界限。

(2) 條理的分明，梁任公的長篇文章都長於條理，最容易看下去。

(3) 辭句的淺顯，既容易懂得，又容易模倣。

(4) 富於刺激性，「筆鋒常帶情感」。㉕

胡適獨到的觀點，不愧爲梁氏「新文體」的知音。

「新文體」誕生於風雨飄搖的晚清，表面上看來，是受到維新思潮的影響，然而，往深層探索，卻發現更爲複雜的現象；具體的說，公羊學者與經世致用的學者之文風與寫作理念，隱約是「新文體」作者的心靈導引。梁氏曾在《清代學術概論》流露：

(1) 鴉片戰役以後，志士扼腕切齒，引爲大辱奇戚，思所以自湔拔，經世致用觀之復活，炎炎不可抑，又海禁既開，所謂「西學」者逐漸輸入，……於是以其極幼稚之「西學」智識，與清初啟蒙期所謂「經世之學」者相結合，別樹一派，向正統派公然舉叛旗色。(二十)

(2) 晚清思想之解放，自珍確與有功焉，光緒間所謂新學家者，大率人人皆經過崇拜龔氏之一時期。初讀《定庵文集》，若受電然，稍進乃厭其淺薄。然今文學派之開拓，實自龔氏。(二十二)

(3) 今文學之健者，必推龔魏。……後之治今文學者，喜以經術作政論，則龔魏之遺風也。(同上)

(4) 今文學運動之中心，曰南海康有爲，然有爲蓋斯學之集大成者，非其創作者也。……

最初所著書曰《新學僞經考》，……諸所主張，是否悉當，且勿論。要之，此說一出，而所生影響有二：第一、清學正統派之立腳點，根本搖動；第二，一切古書，皆須重新檢查估價。此實思想界之一大颶風也。（二十三）

(5) 有爲第二部著述曰《孔子改制考》，其第三部著述曰《大同書》。若以《新學僞經考》比颶風，則此二書者，其火山大噴火也，其大地震也。……有爲政治上「變法維新」之主張，實本於此。（同上）

就上述資料，大致可以歸納出三點看法，即：

(1) **經世致用**

顯然，這是由顧炎武所開啟的觀念，希望使學問與社會的關係密切，也就是「實用主義」的發揮，顧氏對晚明帖括派、清談派所下的針砭，也影響到「清代儒者以樸學自命以示別於文人。」㉖

梁氏以爲晚清數十年，「以經術而影響於政體，亦遠紹炎武之精神也。」㉗指的就是「經世致用」的觀念。

(2) **公羊學的傳承**

梁啟超在《清代學術概論》把二千多年的「公羊學」傳承，作了係聯，勾勒系譜，以詮釋清代，特別是晚清有識之士「引公羊義譏切時政，詆排專制」的理論憑藉。

「公羊學」自東漢喪亂以來，幾乎成爲絕學。到了清代中葉，因緣際會，頓成顯學，而且大放異彩，其中以「常州學派」爲重鎮，首倡者是莊存與（一七一九—一七八八），後進劉逢祿（一七七六－一八二九）薪火相傳，他的門人龔自珍（一七九二－一八四一）、魏源（一七九四－一八五六）兩人加以發揚光大，所以，梁氏以爲「今文學之健者，必推龔魏。」咸、同之際，王闓運主成都尊經書院，傳「公羊學」於廖平。光緒十六年（一八九〇），廖氏到廣州，康有爲大受他的影響，於是，著有《新學僞經考》、《孔子改制考》等書，以作爲與抵派的理論基礎。康氏以「公羊」的微言大義，傳授譚嗣同、梁啟超，後來兩人儼然是維新論政的中堅。

(3) 維新派散文的根源

龔自珍、魏源二人所處的時代，清廷已呈現「陵夷衰微」的局勢，然而，全國正「沈酣太平」，於是慷慨「以經術作政論」，「引公羊義譏切時政，詆排專制。」

他們的表現結果姑且不論，但這種經世致用的觀念，加上以經術作政論的行爲，已被晚清維新派所繼承，並且發揚光大，康、梁盛言變法，就是最好的實踐範例。

這三者一脈相傳又互爲激盪，卻是「新文體」的嫡傳血緣；「新文體」之所以具有政論性格，以此。

三、結　論

梁啟超的報業理念與實踐，締造了中國報業的新紀元，也使他成爲近代中國報業之第一人。

他提出理想報章的四種條件：一曰宗旨定而高，二曰思想新而正，三曰材料富而當，四曰報事確而速，㉘歷久彌新，堪稱大衆傳播準則。

對報業的職責，其分析更是鞭闢入裏：「報業者，實薈萃全國人之思想言論，或大或小，或精或粗，或莊或諧，或激或隨，而一一介紹之於國民。故報館者，能納一切，能吐一切，能生一切，能滅一切。西諺云：『報館者，國家之耳目也，喉舌也，人群之鏡也，文壇之王也，將來之燈也，現在之糧也。偉哉！報館之勢力。重哉！報館之責任。』」㉙

至於「條理明晰，筆鋒常帶情感，對於讀者，別有一種魔力」、「摧陷廓清，以變其腦質」的劃時代媒介——新文體，更掀起了散文界與傳播界的革命。

梁啟超一生發表的文章，大概在二千萬字左右，坊間結集出版的《飲冰室專集》、《飲冰室文集》兩種，約有二百多萬字。其中，有關「新文體」（或說理、或議論、或政論、或雜文，……）的文章，約佔一半。所以，他不愧是位散文大家。

由於他學殖深廣，往往盤根錯節於古今中外的識域，終於綻放出繁複的奇葩——新文體。從我們的探索過程可以知道，新文體之於《新民叢報》，不僅是媒介功能的傳遞，也是文學美感的呈示。

在文學與傳播兩個範疇裡，梁啟超運用二元映襯，產生交集，造成互動，因此，他既是傳播家也是文學家，而「新文體」此一媒介就是最好的見證。史學家Alan Richardson曾說：

學養（scholaship）、理解（understanding）、與文學技巧（literary skill），爲史學家

的三個必要條件。㉚

其實那也正是傳播家的三個必要條件。

附　註

❶ 見王夢鷗《文學概論》。

❷ 見李金銓《大衆傳播理論》〈第一章導論〉。

❸ 見韋勒克、華倫著王夢鷗、許國衡譯《文學論——文學研究方法論》。

❹ 見《左傳》襄公、二十五年。

❺ 見陸機〈文賦〉。

❻ 見《飲冰室文集》〈吾今後所以報國者〉。

其言論分別見於下列各篇：㈠光緒二十二年，〈論報館有益於國事〉；㈡光緒二十三年，〈蒙學報演義報合敘〉；㈢光緒二十三年，〈知新報敘例〉；㈣光緒二十四年，〈清議報敘例〉；㈤光緒二十七年，〈清議報一百冊祝辭並論報館之責任及本館之經歷〉；㈥光緒二十八年，〈論小說與群治之關係〉；㈦光緒三十三年，〈政聞社宣言書〉；㈧宣統二年，〈國風報敘例〉；㈨民國元年，〈鄙人對於言論界之過去及將來〉；㈩民國四年，〈吾今後所以報國者〉。

❼ 見張朋園《梁啟超與清季革命》八：〈言論界的驕子——自報章發售數字看梁啟超言論的影響〉。

❽ 見《飲冰室文集》，〈鄙人對於言論界之過去及將來〉。

❾ 見《飲冰室文集》：〈清議報一百冊祝辭並論報館之責任及本館之經歷〉。

⑩ 見《時務報》第六冊。

⑪ 同❾。

⑫ 見《新民叢報》第一號。

⑬ 詳見附錄〈統計表〉。

⑭ 見周作人《中國新文學的源流》：第五講〈文學革命運動〉。

⑮ 見《飲冰室文集》：〈蒞報界歡迎會演說辭〉。

⑯ 見《國風報》第一冊出版，宣統二年一月十二日申報廣告。

⑰ 見《新民叢報》第一號。

⑱ 同⑬。

⑲ 見《清代學術概論》：二十五。

⑳ 同⑮。

㉑ 《新民叢報》四十八號原報廣告云：「本報自壬寅年開辦以來，于茲兩載，其條例精密，議論嶄新，爲國民之警鐘，作文明之木鐸，且開我國叢報界之先河，居我國叢報界之魁首。此海內外君子之所公認而無庸再贅者也。」可以參證。

㉒ 光緒二十八年四月黃公度致飲冰室主人書，收於《梁任公先生年譜長編》。

㉓ 見周作人《中國新文學的源流》：第五講〈學革命運動〉。

㉔ 同⑲。

㉕ 見胡適〈五十年來中國之文學〉。

㉖ 見《清代學術概論》：四。

㉗ 同㉖。

㉘ 同❾。

㉙ 同❾。

㉚ 見"History Sacred and Profane"一五九頁。

五四新、舊文學傳播的評議

簡恩定

自民國六年（西元一九一七年）一月，胡適在《新青年》發表〈文學改良芻議〉一文後，標舉「文學革命」的新文學運動，便如火似荼的展開，予舊文學幾近無情的打擊。然而舊文學的擁護者亦不甘示弱，擺出衛道者的姿態，對新文學及其提倡者，全力反擊。在新、舊文學兩派的論爭過程中，出現一種新興的利器——雜誌、刊物。這些雜誌、刊物不但刊載基本成員的言論，也多保留「通信」一欄，容納讀者的反映投書。刊載基本成員的言論，是要讀者分享他們的文學思想與主張；容納讀者的反映投書，是企圖與讀者建立共識。如此一來，已經符合傳播的意義範疇。因此，五四新、舊文學的論爭，其實就是傳播效果的競爭。換言之，如何製造傳播效果來吸引讀者的注意，並引起共鳴，乃是決定新、舊文學論爭的重要勝負關鍵之一。本論文即嘗試從此觀點，檢視五四新、舊文學的論爭過程。

「引起注意」與「失去注意」

新文學運動雖然始自胡適的〈文學改良芻議〉一文，但是眞正點燃烈火的卻是陳獨秀。陳獨秀如何點燃這把熊熊的火炬？他所採用的方法即是傳播行爲中的「引起注意」。首先，陳獨秀寫了〈文學革命論〉來回應胡適的〈文學改良芻議〉。就標題而言，胡適的〈文學改良芻議〉語氣和緩，仍有協商的餘地；但是陳獨秀標舉的〈文學革命論〉卻是口氣斬絕，絕無可商。如此震撼性的標題，必然迅即吸引讀者的注意力。原因是中國歷史上的文學改良運動不知凡幾，卻絕少以「文學革命」爲名提出。即以宋朝石介抨擊楊億之烈，也不過以〈怪說〉爲名來予以指斥，並無標舉「文學革命」，陳獨秀何以會標舉「文學革命」之名，周策縱先生於所著《五四運動史》中有云：

> 陳獨秀從一開始就一直是熱心的反袁分子。但是他由不成功的二次革命經驗中體會出，只有在中國人民，尤其是青年人覺醒之後，只有在舊社會和舊文明有了基本的改變之後，中國才有解脫軍閥桎梏的可能。（龍田出版社七十三年十月再版，頁六五）

原來陳獨秀曾於民國二年（西元一九一三年）參與討伐袁世凱的二次革命，此次革命雖然失敗，但是卻使陳獨秀省悟「只有在舊社會和舊文化有了基本的改變之後，中國才有解脫軍閥桎梏的可能。」陳獨秀何以有此省悟？原來自民國四年（西元一九一五年）袁世凱廢共和到民國六年（西元一九一七年）的張勳擁溥儀復辟，都先假尊孔爲名，並附會扭曲儒家思想，替恢復帝制建立理論依據。一時之間，尊孔被視爲復辟的手段而大受當時知識分子的不滿，陳獨秀即嘗於〈尊孔與復辟〉的短文中說：

照孔聖人的倫理學說，政治學說，都非立君不可；所以袁世凱要做皇帝之先，便提倡尊孔。（《獨秀文存》卷二〈隨感錄〉）

在此種感憤中，對於獨尊中國並影響文學創作思想的儒家文化，便興起廢革之心。因此在民國五年（西元一九一六年）十一月寫成的〈憲法與孔教〉一文中，便直接指出：

吾人倘以爲中國之法，孔子之道，足以組織吾之國家，支配吾之社會，使適於今日競爭世界之生存，則不徒共和憲法爲可廢，凡十餘年來之變法維新、流血革命、設國會、改法律，（民國以前所行之清律，無一條非孔子之道。）及一切新政治、新教育，無一非多事，且無一非謬誤，應悉廢罷，仍守舊法，以免濫費吾人之財力。萬一不安本分，妄欲建設西洋式之新國家，組織西洋式之新社會，以求適今世之生存，則根本問題，不可不首先輸入西洋式社會國家之基礎，所謂平等人權之新信仰，對於與此新社會新國家新信仰不可相容之孔教，不可不有徹底之覺悟，猛勇之決心；否則不塞不流，不止不行。（《獨秀文存》卷一）

這種直陳利害的單向式比較推論，在中國剛接受日本所提廿一條事件屈辱之後提出，迅即在痛恨帝國主義侵凌的熱血青年中引起共鳴，爲「文學革命」理念的推行先作張本。[1]接著陳獨秀更在〈文學革命論〉中，將政治革命所以失敗之因，歸咎於盤踞中國社會精神中根深底固的倫理、道德、文學、藝術的垢污深積，其言謂：

吾苟偷庸懦之國民，畏革命如蛇蝎，故政治界雖經三次革命，而黑暗未嘗稍減。其原因之小部分，則爲三次革命，皆虎頭蛇尾，未能充分以鮮血洗淨舊汙，其大部分，則爲盤踞吾人精神界根深底固之倫理道德文學藝術諸端，莫不黑幕層張，垢污深積，并此虎頭蛇尾之革命而未有焉。此單獨政治革命所以於吾之社會，不生若何變化，不收若何效果也。(《獨秀文存》卷一)

換言之，欲達政治革命之效，必先行倫理道德文學藝術的革命。倫理道德革命的方式，是推倒尊孔的傳統觀念；文學的革命則爲「曰推倒雕琢的阿諛的貴族文學，建設平易的抒情的文學；曰推倒陳腐的鋪張的古典文學，建設新鮮的立誠的寫實文學；曰推倒迂晦的艱澀的山林文學，建設明瞭的通俗的社會文學。」人盡知傳統文學的主要思想內涵，大多源自儒家的倫理道德範疇。陳獨秀如此主張，顯然意在斬斷構築舊文學內涵的根本，以達成文學革命的目標。

陳獨秀此種主張，正好符合傳播原理中，閱聽人的「選擇性的暴露」(selective exposure)。原因是彼時全國知識青年，正將中國所受於帝國主義的欺凌恥辱，全部歸罪於軍閥的貪婪無能和舊式官僚的守舊而不知變通，陳獨秀的「文學革命論」一經揭櫫，自然成爲愛國知識青年選讀的傳播內容。譬如曾毅即於民國六年(西元一九一七年)四月出版的《新青年》三卷二號的〈與陳獨秀書〉中云：

僕於友人處，得讀所爲〈文學革命論〉，甚佩甚佩，立起如市，購得貴誌全冊。又讀胡君適所爲〈文學改良芻議〉，竊不禁大喜。中國文學壞濫久矣，得足下之偉論，衝盪而振刷之，一掃黃茅白葦之習，使吾人精神界，若頓換一新天地。由此浸灌成長，僕知後來者之視足下，亦將如今人之視孫、黃輩爲政治革命之前驅也。

又張護蘭於《新青年》三卷三號〈與陳獨秀書〉中亦云：

中國文學倘不革命，即中國科學亦永無發達之日。以中國現在之文字，學現在世界之科學，欲其進步，殆絕不可能之事。

由此可見，「文學革命」一經陳獨秀提出，正如一陣旋風，橫掃整個中國文壇。然而「文學革命」的理念傳播，如果僅是與陳獨秀志同道合的人相互應合，不免有標榜之嫌。但是逼得舊文學的擁護者，氣急敗壞的出面應戰，就可以算是完全的「引起注意」了。❷

首先是林紓於民國八年（西元一九一九年）五月，發表〈致蔡鶴卿太史書〉，指斥北京大學覆孔孟、剷倫常，並盡廢古書，行用土語爲文字。然而林紓實未詳細參閱新文學提倡者所發表的言論，僅就其間截取一、二段文字以爲口實。因此，蔡元培很輕易的在〈答林琴南書〉中一一的加以反駁。林紓這種反應，對於舊文學而言是極爲不利的。因爲透過媒體的傳播，很容易讓讀者認爲舊文學的擁護者，在爲己身的理念辯護時，並非客觀的剖析論述，而是已經「預存立場」（predisposition）。換言之，林紓所以指斥新文學運動，並非眞正洞察新文學倡導者的主張有何缺失，而是執拗於本身生長的文化背景。

繼林紓之後，與新文學提倡者展開論爭的爲「學衡派」。所謂「學衡派」，是因《學衡雜誌》而得名，主編爲吳宓，民國十年（西元一九二一年）在南京創刊。「學衡派」的健將，除了吳宓外，還有梅光迪、胡先驌。他們與林紓最大的不同是精通英文，而且都是留美歸國的學人，再加上他們在《學衡雜誌》第一期的〈弁言〉所提出的四義：「一誦述中西先哲之精言，以翼學。二解析世宙名著之共姓，以郵思。三籀繹之作必趨雅音，以崇文。四平心而言不事謾罵，以培俗。」看起來十分冠冕堂皇，因而迅即成爲新文運動的最大阻力。

首先是胡先驌〈中國文學改良論（上）〉一文中，對新文學運動者提出質疑。姑且不論胡先驌此文內容，是否對讀者產生說服力，單就文章標題而言，就已對「學衡派」的主張立場不利。須知自民國六年（西元一九一七年）胡適發表〈文學改良芻議〉一文以後，所謂「文學改良」云云，幾近爛腔熟調，胡先驌再以此命題，引起讀者注意的效果便不大。再者，胡先驌爲了指斥胡適、陳獨秀的文學革命說，於首段云：

> 自陳獨秀、胡適之創中國文學革命之説，而盲從者風靡一時。在陳、胡所言，固不無精到可采之處，然過於偏激，遂不免因噎廢食之譏，而盲從者方爲彼等外國畢業及哲學博

士等頭銜所震，遂以爲所言者，在在合理，而視中國文學，果皆陳腐卑下不足取，而不惜盡情推翻之。殊不知彼等立言，大有所蔽也。彼故作堆砌難澀之文者，固以艱深以文其淺陋。而此等文學革命家，則以淺陋以文其淺陋，均一失也。而前者尚有先哲之規模，非後者毫無文學之價值者，所可比焉。某不佞，亦曾留學外國，寖饋於英國文學，略知世界文學之源流，素懷改良文學之志，且與胡適之君之意見多所符合，獨不敢爲鹵莽滅裂之舉，而以白話推倒文言耳。（引自台北業強出版社所印《中國新文學大系》第二冊《文學論爭集》，頁一〇三）

胡先驌這段文字，至少在傳播上犯了兩個錯誤。第一，以「盲從」來指責所有贊從「文學革命」的讀者，並謂讀者「爲彼等外國畢業及哲學博士等頭銜所震，遂以爲所言者，在在合理。」這種言論，顯然是「預存立場」而忽略了讀者本身具有「選擇性的理解」（selective perception）的習性。方蘭生先生於《傳幕原理》書中指出：「閱聽人在理解一個訊息的意義時，在心理上所願望的目標、情緒、需求、知識背景往往影響他所察覺事物的形態、長度和面積等人爲因素。」（台北三民書局七十七年十一月再版，頁二三四）也就是說當閱聽人在接觸到一則傳播資訊時，往往會依本身的祈求、情緒、願望和知識背景，作出見仁見智的選擇和理解。胡先驌爲了指斥胡適、陳獨秀、遂一併罪及其他讀者，而不顧讀者「選擇性的理解」的習性。第一，自言「某不佞，亦曾留學外國，寖饋於英國文學，略知世界文學之源流。」顯然意在抬高自身的身價而忽略先與讀者建立共同性。在這種違反傳播原理的論述過程中，當然很難引起讀者的注意與共鳴。

胡先驌的錯誤，也同樣發生在梅光迪手上。梅光迪在《學衡》第一期發表的〈評提倡新文化者〉開端即云：

> 國人倡言改革，已數十年。……。其言教育哲理文學美術，號爲「新文化運動」者，甫一啟齒，而弊端叢生，惡果立現，爲有識者所詬病。惟其難也，故反易開方便之門，作僞之途，而仗浮薄妄庸者，得以附會詭隨，窺時俯仰，遂其功利名譽之野心。夫言政治法制之失敗，盡人皆知，無待余之嘵嘵。獨所謂提倡「新文化」者，猶以工於自飾，巧於語言奔走，頗爲幼稚與流俗之人所趨從。

在這篇文字中，尚未論證所指「新文化運動」弊端叢生之處，正先指責附合者爲「浮薄妄庸」，再呵斥趨從者爲「幼稚與流俗」。這種不考慮從讀者的認知著手來予以改變的態度，就傳播原理而言，是「指使」（compliamce）而非說服。既是「指使」，可見梅光迪對於表達自己意見的重視，遠超過與讀者達成共識。

透過以上的分析比較，可以發現，新、舊文學的論爭，在內涵理論的析辯之前，就已經分出勝負。簡言之，善用「引起注意」的傳播效果，是新文學倡導者致勝的秘訣，而「失去注意」則是舊文學所以欲振乏力的主因。

文字媒介傳播的選擇

就傳播的效果而言，凡是雙方的共同經驗重疊範圍愈大，則傳播的效果必然相對提高，反之則必然降低。所以在村夫愚婦前，只能歌下里巴人而不能唱陽春白雪，道理亦在此。但是傳播的主要目的，就是要讓閱聽人分享、同意傳播者的思想與觀點。換言之，村夫愚婦雖然只能欣賞下里巴人，但是若有需要，傳播者必須克服一切障礙，使村夫愚婦也能聽懂陽春白雪。然而，存在於傳播者與村夫愚婦（閱聽人）之間的障礙，要如何去克服？方蘭生先生於《傳播原理》書中指出：

> 我們所要談到的傳播內容，若欲達到所冀求的效果，就必須儘量降低經驗上的差距。尤其在佈達一種新事物，新觀念時，克服語言與文字的障礙，製成人人能懂、能讀、可讀性（readilable）高的內容，才是減除經驗障礙的最好辦法。（頁一五三）

如果以這種理念來檢視新、舊文學論爭過程中的文字媒介，必然會發現，誰能克服文字的障礙，使社會大衆多能看懂，當是最後的勝利者。

新文學運動的倡導者，如胡適、陳獨秀在發難初期，雖然肯定白話文學的地位，但是由於習慣使然，如〈文學改良芻議〉、〈文學革命論〉等，仍用文言寫成。但是到了第二年（民國七年）四月，胡適在《新青年》第四卷第四期發表〈建設的文學革命論〉，不僅全用白話寫成，而且還提出「國語的文學──文學的國語」的主張：

> 我的「建設新文學論」的唯一宗旨只有十個大字：「國語的文學，文學的國語。」我們所提倡的文學革命，只是要替中國創造一種國語的文學。有了國語的文學，方才可有文學的國語。有了文學的國起，我們的國語才可算得真正國語。國語沒有文學，便沒有生命，便沒有價值，便不能成立，便不能發達。這是我這一篇文字的大旨。

爲了闡述這種主張的眞確性，胡適甚至認爲，中國二千年的文人所做的文學都是死的，原因是用已死的語言文字寫成，所以作出「死文字決不能產生活文學」的結論。至於死文字何以不能產生活文學？胡適的解釋是：

> 一切語言文字的作用在於達意表情；達意達得妙，表情表得好，便是文學。那些用死文言的人，有了意思，卻須把這意思翻成幾千年前的典故；有了感情，卻須把這感情譯爲幾千年前的文言。明明是客子思家，他們須説「王粲登樓」、「仲宣作賦」；明明是送別，他們卻須説「陽關三疊」、「一曲渭城」；明明是賀陳寶琛七十歲生日，他們卻須説是賀伊尹、周公、傅説。更可笑的；明明是鄉下老太婆説話，他們卻要叫他打起唐宋八家的古文腔兒；明明是極下流的妓女説話，他們卻要他打起胡天游、洪亮吉的駢文調子，……。請問這樣做文章如何能達意呢？既不能達意，既不能表情，那裏還有文學

呢？（〈建設的文學革命論〉）

所謂「達意達得妙，表情表得好，便是文學。」就是說文學作品透過文字媒介傳播時，修辭必須恰如其分，不可造成讀者在閱讀時的障礙。胡適此種主張，是極具意義的。須知文學作品是作家心靈的映現，而此種心靈映現的主要傳播媒介則是文字。換言之，透過文字媒介的傳播，讀者方得以體會作者的心靈活動而進入其情感世界；如此一來，作者的思想才得以分享給讀者，而讀者也才能夠明瞭作者的用心而與之共鳴。但是文字媒介的傳播，往往是單向而間接的傳播，因此很容易在作者與讀者之間，形成一個「心理距離」（psychological distance）。所以，當作家在從事文學創作時，如果沒有愼選文字媒介，便會形成傳播時的障礙。關於這點，胡適於民國七年（西元一九一八年）七月在《新青年》第五卷第二期中，回答朱經農〈新文學問題之討論〉文中有云：

來書說，「古人所作的文言，也有長生不死的。」你所說的「死」，和我所說的「死」，不是一件事。我也承認《左傳》、《史記》在文學史上，有「長生不死」的位置。但這種文學是少數懂得文言的人的私有物，對於一般通俗社會，便同「死」的一樣。

由此可見，胡適所以極力主張以白話來作爲文學作品的文字媒介，就是想要避免文學作品成爲少數人的私有物，也就是要排除文學傳播時可能形成的障礙。爲了讓白話能順利的推行，胡適和錢玄同、朱希祖、馬裕藻、周作人、劉復等六人，於民國八年（西元一九一九年）十一月，聯合草擬〈請頒行新式標點符號議案〉一文呈報教育部，並在文中申明理由謂：

> 我們以爲文字沒有標點符號，便發生種種困難；有了符號的幫助，可使文字的效力格外完全，格外廣大。綜計沒有標點符號的大害處約有三種，小害處不可勝舉。㈠沒有標點符號，平常人不能「斷句」，書報便都成無用，教育便不能普及。此害易見，不須例證。㈡沒有標點符號，意思有時不能明白表示，容易使人誤解。……㈢沒有標點符號，決不能教授文法。（引自台北業強出版社出版之《中國新文學大系》第十冊《史料、索引》頁二三八—二三九）

細看這三條理由，全是爲了避免文字媒介在傳播給讀者時，形成傳播障礙而發。胡適等人的建議，終於被當時的教育部接受，而於民國九年（西元一九二〇年）二月，通令採用新式標點符號。此事對新文學倡導者而言，可說是一大勝利。

接下來討論舊文學的擁護者，如何堅持以文言爲傳播的媒介。林紓嘗有〈論古文白話之相消長〉一文，主旨在於強調「古文者白話之根柢，無古文安有白話」的理念，但是用以指斥白話家的言論，反而替白話家張勢而不自知：

> 然今日斥白話家爲不通，而白話家決不之服，明知口衆我寡不必再辯，且古文一道，曲高而和少，宜宗白話者之不能知也。（引自台北業強出版社出版之《中國新文學大系》第二冊《文學論爭集》頁八〇）

如此言論，本來意在反諷白話家的浮華淺薄，但是「古文一道，曲高而和少，宜宗白話者之不能知也。」之語，正好落入白話家指責古文的口實中。胡適等人所以思欲革除古文，倡導白話，正因古文的曲高和少，不易爲社會大衆理解接受。僅此一點，已可看出，舊文學的擁護者似乎並未察覺處境的艱難，而仍一味擺出高姿態。緣於此故，林紓在舉證反駁白話家之時，根本沒有考慮如何選用文字媒介來與讀者建立共識，譬如下列的文字：

> 白話至《水滸》、《紅樓》二書，選者亦不爲錯，然其繪影繪聲之筆，真得一肖字之訣。但以武松之鴛鴦樓言之，先置朴刀於廚次，此第一路安頓法也。其次登樓，所謂楂開五指向前，右手執刀，即防樓上知狀將物下擲，楂指正所以備之也，此第二路之寫真。登樓後見兩三枝燈燭，三數處月光，則窗開月入，人倦酒闌，專候二人之捷音，此三路寫法也。既殺三人，酒血書壁，踩扁酒器，然後下樓，於簾影模糊中殺人，刀鈍莫入，寫向月而視凜凜有鬼氣，及疾趨廚次取朴刀時，則倏忽駭怪，神態如生，此非《史記》而何？試問不讀《史記》而作《水滸》，能狀出爾許神情耶？

就古文的造詣而言，林紓此段評論可謂妙極形容。但是以古文評論原本白話的水滸片斷情節，已經使得原作精神大失，一般通俗社會的讀者，又何以領略林紓讀水滸的心得？更何況必指後代凡描寫事物神態如生的作品，皆來自於《史記》，豈非抹煞後人的獨創性！再看胡先驌於〈中國文學改良論（上）〉的主張：

且古人之爲文，固不務求艱深也。故孔子曰，辭達而已矣。今試以左傳、禮記、國語、國策、論、孟、史漢觀之，除少數艱澀之句外，莫不言從字順，非若書之般庚、大誥、詩之雅、頌可比也。至韓、歐以還之作者，尤以奇僻爲戒，且有因此而流入枯槁之病者矣。此等文學，苟施以相當之教育，猶謂十四、五齡之中學生不能領解其義，吾不之信也。

此等言論，以現代眼光看來，可謂不值一駁。因爲當今已施以相當教育的中文系畢業生，也未必看懂左傳、禮記等書。胡先驌又云：

不特詩尚典雅，即詞曲亦莫不然，故柳屯田之「願嬭嬭蘭心蕙性」之句，終爲白圭之玷。比之周清真之「如今向漁村水驛，夜如歲，焚香獨自語」，同一言情，而有仙凡之別。

這種評語，根本不瞭解柳永詞的特色。柳永於當時能獲得「凡有井水處皆能歌柳詞」的稱譽，正在俚俗而非典雅。換言之，柳永詞的內涵，由於與通俗百姓較多重疊的共同經驗，所以比其他詞家作品，更具傳播效果。再者章士釗的主張。

章士釗於民國三年（西元一九一四年）五月，在日本東京創辦的《甲寅雜誌》，目的是反對袁世凱專政。章士釗創辦《甲寅雜誌》的宗旨，全見於第一卷第一號的〈本誌宣告〉第一條：

> 本誌以條陳時弊、樸實說理爲主旨。欲下論斷，先事考求，與曰主張，寧言商榷。既乏架空之論，尤無偏黨之懷，惟以己之心，證天下人之心，確見心同理同，即本以立說。故本誌一面爲社會寫實，一面爲社會陳情而已。

章士釗有沒有在《甲寅雜誌》中，眞正「一面爲社會寫實，一面爲社會陳情」，盡到傳播人的責任？舉《甲寅雜誌》第一卷第三號〈通訊〉欄中，回答張爾田〈論孔教〉四函的內容來看：

> 前後四函，以次諷誦，心長語重，讀後神爲之移者久之。惟愚所主張，終有當求諒於足下者，以足下不貴苟同，請更瀆陳之。愚之不滿意於今之倡立孔教者，非於孔子之道有所非難，特謂彼等之意，確以耶教入據中華，漸爲上流人士所歸，而因假藉孔學，樹爲宗教，以相抵抗。且憑政治強橫之力，號稱國教，籠罩全邦，加異教者以無形之壓迫，

甚且亂其已堅之信仰，是則期期以爲不可者也。……。愚非耶穌之徒也，久居耶教之邦，與奉耶教者日相接，而深歎其言忠信、行篤敬，遠非吾秉禮之邦所能夢見。……。即求之本邦，凡奉耶穌篤誠不貳者，其律己嚴明，處事勤奮，已遠非儒言儒行者所能及之。事實昭然，斷非愚一人之筆墨所能顚倒。

從上述討論孔教的內容來看，章士釗確實在盡力作好爲社會寫實及陳情的責任。因此，一直到第十期停刊的二年中，《甲寅雜誌》是頗受好評的。

但是到了民國十二年（西元一九二三年）八月廿一、廿二日兩天，章士釗卻在《上海新聞報》發表〈評新文化運動〉一文，公開指斥由新文學運動轉化而成的新文化運動，他的理由之一爲：「號曰運動，必且期望大衆徹悟，全體參加可知。獨至文化爲物，其精英乃爲最少數人之所獨擅，而非士民衆庶之所共喻。」換言之，章士釗認爲所謂文化的精英，一般社會民衆根本無能參與釀造。這種「預存立場」的觀念，使得民國十四年（西元一九二五年）七月在北平復刊的《甲寅雜誌》❸，公開表示，凡來稿必須「文字務求雅馴，白話恕不刊布。」瞿宣穎更於復刊的《甲寅雜誌》第一卷六號中云：

是知欲求文體之活潑，乃莫善於文言。緣其組織之法，粲然萬殊，既適於時代之變遷，尤便於個性之驅遣。百鍊之鐵，可化爲繞指之柔；因方之珪，亦倏成遇圓之壁。若八音之繁會，若五色之錯呈。世間難狀之物，人心難寫之情，類非日用語言所能足用，胥賴此柔韌繁複之文言，以供噴薄。若泥於白話而反自矜活潑，是真好爲捧心之妝，適以自翹其醜也。

以此種理論思欲抬高並肯定文言的價值，實在令人發笑。《甲寅》諸人既想說服一般大衆，接受所云文言的重要，卻又不屑與社會大衆建立共同性。須知傳播者所發出的理念與訊息，如果無法與受播者的經驗重疊而建立共同性，傳播的效果便會大大降低。傳播效果不佳，意味著附和的讀者必定不多，而無法形成氣候。新、舊文學的論爭至此勝負已是非常明顯。

結語

當我們回顧這段新、舊文學論爭的歷史時，除了慨嘆舊文學擁護者的不知變通之外，對於新文學的倡導者，爲達目的所作的傳播行爲，亦有檢省的必要。因爲新文學運動初起之時，倡導者爲了要引起大衆的注意，往往擺出一付斬斷傳統，揮刀斷流的姿態。胡適、陳獨秀、錢玄同和傅斯年，甚至都有以拼音文字代替中國字的提議。這種驚世駭俗的主張，雖然引起大衆的注意而達到傳播的效果，但是也貽留不少的禍害。因爲就傳播原理而言，一個訊息自傳播者發出，在影響多數閱聽人之前，都必須借助所謂「意見領袖」（opinion leader）來替它「轉播」。而且，這些隱藏在人群中的「意見領袖」，傳播訊息的效果往往比原始傳播者有效和直接。但是這些「意見領袖」卻極可能只被新文學運動的口號吸引其注意力，而忽略了去體會形成新文學運動的思想過程及社會文化背景。因此，當新文學倡導者以驚世駭俗的傳播行爲，來達到傳播效果的同時，這些「意見領袖」也正將自以爲是的錯誤訊息傳播給社會大衆。於是全國上下全都捲入一片推倒傳統的風潮中，卻多不知其所以然。舊社會的傳統是推倒了，但是時至今日，中國人的社會似乎仍未形成一種大衆認可的新規範。討論至此，可以確認，善用傳播行爲，是五四新文學運動得以成功的重要因素之一。但是只重視傳播效果而忽略可能造成的負面影響，卻使中國文化傳統幾乎面臨斷層的命運。在媒體充斥的現代社會，回顧這一段歷史經過，所有的文化傳播者是否該有所戒惕！

附註

❶ 陳獨秀雖然極力排孔，但是並非眞的以爲孔子之道一無可取。《獨秀文存》卷三〈通信〉中的〈再答常乃悳〉論孔教有云：「孔學優點，僕未嘗不服膺，惟自漢武以來，學尚一尊，百家廢黜，吾族聰明，因之錮蔽，流毒至今，未之能解；又孔子祖述儒說階級綱常之倫理，封鎖神州。斯二者，於近世自由平等之新思潮，顯相背馳，不於報章上詞而闢之，則人智不張，國力浸削，吾恐其蔽將只有孔子而無中國。」由此可見，陳獨秀極力排孔，實有推原禍始的含意。至於目的，則在爲文學革命張本。

❷ 新文學運動者爲了要引起大衆的注意，曾由錢玄同以「王敬軒」爲假名，故意寫了一篇〈文學革命之反響〉，登在民國七年（西元一九一八年）三月出版的《新青年》四卷三號，內容極盡荒唐可笑。如云：「四卷一號更以白話行文且用種種奇形怪狀之鉤挑以代圈點。貴報君子，工於媚外，惟強是得，常謂西洋文明勝於中國，中國宜亟起效法。此等鉤挑，想亦是效法西法文明之一。但就此形式而論，其不逮中國圈點之美

觀，已不待言。中國文字，字字勻整，故可每字之旁施以圈點。西洋文字，長短不齊，於是不得不於斷句之處誌以符號，於是符號之形式遂不能不多變。其在句中重要之處，祇可以二鉤記其上下，或亦周密點，乃誌於一句之後。拙劣如此，而貴報乃不惜舍己以從之，甚矣其惑也。」以這種理由攻擊新式標點，乃是故意醜化舊文學的擁護者。隨後，再安排劉復來痛駁「王敬軒」的言論。如此一來，不僅吸引大多數讀者的注意而達到傳播效果，也使得舊文學的擁護者氣急敗壞的應戰。

❸ 《甲寅雜誌》在民國三年（西元一九一四年）五月初創時，爲月刊。民國十四年（西元一九二五年）七月復刊，則改爲周刊。

台灣文學傳播模式的觀察

蔡詩萍

一、

文學與傳播是屬於文學社會學的研究，它可以讓文學觀察者明瞭，文學作品除了是創作者個人的一種心智勞動外，在其脫離了作者成爲一個獨立的成品後，是如何流通、傳布，以達成傳播的效應。

傳播學者早就說過，人類社會之所以有文明，仰賴的便是人與人之間的傳播行爲；傳播是人類活動的表現❶。人類的傳播行爲仰靠的媒介極廣，並不限於文字、語言，就像傳播學者宣偉伯（W. Schramm）所指出的：人的傳播幾乎大部分不靠語文，手勢、表情、聲音的抑揚頓挫、吻唇、握手，乃至於髮型的長短等等，無非都寓有表達情意的傳播作用❷。

所以，傳播（communication）研究的範圍，並不限於文字媒介的層面，文字的傳播作用僅僅只是人類傳播（human communication）中的一環，雖然它對人類文明的進化，產生過（到現在仍然具有）無可倫比的歷史關鍵性作用。

可是當我們提到「文學」與「傳播」的關係時，卻似乎必須把我們探討的範圍限定在文字媒介的使用層面，以及文字媒介如何在構成「文學」這概念和領域時其傳播的過程。這其中的道理很清楚，文學迄今爲止仍靠文字爲主要的媒介，透過文字創作者傳達一定的信念，也經由文字讀者接納或進入創作者的所要營造的氣氛，在作者和讀者之間，確實存在一種人際的傳播行爲，文字是一種訊息或資訊（informations）的媒介。

然而，文學與傳播的關係，是不是這麼簡單呢？在創作者和讀者之間，扮演「傳播媒介者」的中介項還有那些？是不是只要創作者憑藉其個人對文字的天賦，經過心智的創造後寫出成品，讀者即能憑靠自己的領悟能力，直接去詮釋作者的信念或意圖？這其中有沒有其它被我們忽略的過程？而那些過程實際上正主導了整個文學領域的發展？在九〇年代傳播科技迅速發展，消費文明蓬勃佔領人類各種價值體系之際，文學傳播的媒介是不是仍然單靠文字，單靠文字印刷成品，而別無其他媒介？若答案是否定的話，這種文學新傳播媒介的出現，又會對文學社群（literature community）的結構和價值觀構成什麼樣的衝擊呢？這些議題顯然都需要細心的去面對。

國內的傳播學者曾指出，以「傳播」這個中文名詞來翻譯英文的communication並不很恰當，因爲英文中的 communication 語出拉丁字源 communi，具有建立「共同性」（commonness）的意涵；但中文的「傳播」只意味由給方到受方，缺乏互惠回報的意義❸。然而有趣的是，「傳播」這個在傳播學者看來並不十分恰當的名詞，對我們瞭解「文學」與「傳播」的關連現象，卻反而有提綱挈領的畫龍點睛之妙。台灣文學無論是從日據時代以前的舊文學到新文學，或是光復初期大陸文學的移植，乃至於一九四九年後國府撤退來台文學的本土發展經驗，都呈現出相當一致的共同性，那就是文學領域的「傳播過程」，甚本上都存在著單向的傳播模式，亦即由「給方」（傳播者）傳播到「受方」（讀者）。這種單向傳播模式，並不因爲其形成的原因不同而有所差異。換句話說，新舊文學也罷！新文學中的寫實主義、現代主義也罷！即便是反抗霸權（hegemony）的新論述也罷！它們都呈現了單向的由「給方」到「受方」的傳播模式，這是我們探究台灣文學與傳播之關係時，不能不先注意到的特色。

二、

由於台灣文學的傳播過程具有前述濃厚的、單向的由「給方」到「受方」的特性，使得我們在釐清台灣文學的傳播模式時，可以相當程度的接受傳播學者拉斯威爾（H.Lasswell）設定的傳播公式，也就是「五W」公式：

誰（Who）→說什麼（Say What）→透過什麼管道（In Which Channel）→向誰（To Whom）→產生什麼效果（With What Effect?）

在拉斯威爾公式中，必須區別的五組概念分別是：誰（傳播者）、說什麼（訊息）、透過什麼管道（媒介）、向誰（接收者）、產生什麼效果（效果）。拉斯威爾的公式批評者頗多，論者或者批評其公式太強調傳播具有「說服」目的，且假定訊息通常都有「效果」，因而比較適用於「政治傳播和宣傳」[4]；有的批評則指出拉斯威爾忽略了社會制度對媒介的鑄造、影響，同時忽略了把持媒介的社會團體（如政黨、財團），使用媒介之意圖的探討；更嚴重忽略了「回饋」（feedback）或「誰回話」（Who talks back?）的問題，使得傳播成爲單方向而非雙向的行爲❺。

對拉斯威爾公式的批評，都十分有道理，實際上都恰是拉斯威爾的「五W」公式中相當薄弱的一環，筆者並無必要在這裡爲拉斯威爾辯護。但是從批評者對拉斯威爾公式特色的強調，其實反倒間接印證了這個公式對解析台灣文學的傳播過程，確有一定的觀察作用。綜合各方批評，我們可以分別就四方面來聯繫拉斯威爾公式與台灣文學傳播過程的關係。

其一，批評者指出拉斯威爾公式過於強調「傳播」的「說服」目的，假定訊息通常帶有「效果」；若從台灣文學的發展過程來看，台灣新文學的歷程與中國現代白話文運動、新文學運動，實有微妙的歷史共通性，同樣皆視文學爲社會改革的先導或媒介，文學傳播的用意本就帶著濃厚的「說服」目的。台灣文學的這個傳統，並不因爲文學社群陣營的分化而有所差異，國民黨的「三民主義寫實文學」與鄉土文學的寫實主義，其欲「啟蒙人心」的「說服」目的，有著本質上的相同性。自然，在八〇年代興起的本土性「台灣文學論述」，其「說服」讀者的用心亦是昭然若揭的。就連表面上看起來，似乎與政治宣傳無涉的現代主義作品，其實也以不同的論述策略，企圖向讀者說明文學創作者擁有全然的創作自由。整體來講，整個現代主義「是通過異化的人，人的精神創傷和變態心理來表現壟斷資本主義混亂顛倒的社會關係」，這種特點使現代主義文學也「具有一定的揭露資本主義社會現實的作用」❻。台灣的現代主義作家在承受來自官方和民間寫實主義陣營的雙面夾擊下，他們也一直未放棄一貫的寫作信念，事實上從他們一再的辯解過程中，我們可以發現他們對創作者個人的創作自由和風格的堅持，無非仍是建立在讀者的支持上，而讀者的支持其實就是靠作者（給方）所傳遞給讀者（受方）的訊息而定的。

其二，批評者指拉斯威爾公式比較適用於「政治傳播和宣傳」，但這種帶有濃厚單向式的傳播界定，卻很適合分析台灣文學，「支配性論述」與「反支配論述」（dominant discourse & anti-dominant discourse）各自對文學陣營中的動員現象，這點與第一點是前後呼應的。

其三，批評者認爲拉斯威爾公式忽略了對「媒介」本身的注意，也就是對媒介擁有者（財團或政黨）使用媒介的意圖探討太少，這是非常好的批評；在筆者看來，這雖然是「五W」公式中的弱點，但卻絕非不能補強。「霸權」（hegemony）的政治意涵與「閱讀大衆」（reading public）的市場誘因，應能適度的解釋台灣文學傳播過程中，「媒介」所扮演的重要角色。

其四，關於「回饋」或「誰回話」的問題，固然是拉斯威爾公式中同樣忽略的環節，可是這樣的缺點卻也在分析台灣文學的傳播過程中，讓我們看到台灣文學傳播過程中的菁英色彩，使得文學傳播形同創作者對讀者的一種訊息給予、一種啓蒙教化，讀者的回饋管道不僅欠缺，回饋的地位亦從來不受重視。

除了這四方面的補充，可以充實拉斯威爾公式對瞭解台灣文學傳播過程的不足外，另外有兩個傳播研究中常用的概念，也應該在此提出，以便和拉斯威爾公式相互運用，截長以補短，那就是「製碼」（encoding）和「解碼」（亦可稱「譯碼」，英文爲decoding）。在傳播學裡，「製碼」屬於傳送者，是指「將訊息轉換成適用於傳送方法和預定接收者的語言或訊號」；「譯碼」則屬於接收者，是指「對訊息的轉換，以便得出其中的意義」❼。「製碼」和「解碼」的提出，提醒我們必須注意在傳播過程中，給方是如何設立自己的訊息，並設定自己想要傳遞的受方；反過來看，受方又是如何解讀給方傳遞的訊息，並找出其意義。從「製碼」到「解碼」，媒介扮演了很吃重的中介角色；同時，一個最理想的傳播行爲，透過「製碼」和「解碼」的穿針引線，也能讓我們認識到應該是傳送者（給方）和接收者（受方）共同創造意義的過程。

三、

台灣文學史若從具有現代意義的新文學萌芽期算起，也就是從一九二〇年代起❽，迄今已有七十餘年。這期間台灣經驗了日據時期的後半段，抗日運動轉入文化抗爭的型式；一九四五年台灣光復，光復的欣喜和「二二八」的頓挫，以及大陸國共內戰的激化，構成四〇年代台灣文學曇花一現的過渡特性；五〇年代國府爲了鞏固政權基礎，在政治上實行一黨獨大，在意識型態上全面打壓社會主義，文學領域內則由官方文藝團體支配文學發展，這就是五〇年代的「反共文學」；六〇年代是針對五〇年代支配論述起反動的反支配論述年代，現代主義是這個年代知識社群主流的喜好；七〇年代則是台灣文學史上極重要的轉捩點，現代主義的典範在本土化意識衝擊下，面臨極嚴苛的挑戰，然而本土化的鄉土文學陣營並非全然沒有遭遇阻攔，來自官方文藝團體或傾向官方文藝政策的反撲力量，爆發了一場世紀性大辯論「鄉土文學論戰」。

八〇年代以後，整個文學動向則顯現更爲詭異的圖象，鄉土文學陣營分化，「台灣論述」和「中國論述」配合著反對運動和兩岸關係的突破，各自找到理論和實踐的立足點；官方的文藝政策幾乎已完全喪失指導功能，八〇年代文學的市場化，則衝破了既往由知識菁英主導閱讀興味的取向，改由「閱讀大衆」的口味導引出版界，「純文學」和「通俗文學」的界域消泯，文學傳播也走上更多樣、更媒介導向的新年代。

從前述極其精簡的台灣文學史的分析來看，台灣文學的發展過程，一直有相當鮮明的「論述」（discourse）主流。日據時代的新文學運動、五〇年代的反共文學、六〇年代的現代主義、七〇年代的鄉土文學、八〇年代的「台灣文學」主體性辯論等，都是每一時期內主導文學社群的重要「典範」。

就像孔恩（Thomas Kuhn）在分析「典範」（paradigm）的功用時所說的：「當科學社群接受了一個典範之後，它也同時接受了一個判準，以之來選擇研究的問題，那就是：在典範的保證下，它們必然有答案。大致而言，只有這種問題科學社群才會承認是科學的問題，才會鼓勵它的成員來研究。其它的問題（包括許多以前認爲是標準的問題）均被排斥；它們不是被當成玄學問題，就是被認爲是其它學科的事，或本身頗有疑問而不值得花費時間去研究。」[9]因此典範至少值得我們注意它的二種特性，其一是典範如何形成？其二是典範形成後的權威性。這兩個特性如果就「知識社會學」的角度而言，往往又和「知識與權力」的糾結關係是脫不了干係的，這在台灣文學的發展歷程中，尤其可以顯見。

如果我們借用拉斯威爾的「五W」公式，逐一精簡的羅列出台灣文學史中幾個顯著的「論述」結構，將更能清楚看出不同典範的遞移，是如何以「幾近」相同的傳播模式，不斷重覆推陳的。

首先我們可取其大要，異中求同的列出自日據時代起迄今，幾個明顯的論述典範：一、日據時代台灣新文學；二、五〇年代反共文學；三、六〇年代現代主義；四、七〇年代鄉土文學；五、八〇年代台灣文學主體性論述。這幾個論述或者是源於民族自覺（日據時代台灣新文學運動），或者是基於政治環境的介入主導（反共文學和台灣文學主體性論述），或者是以反支配論述的角色出現（現代主義之於反共文學、鄉土文學之於現代主義），在論述中心的典範一旦確立後，其傳播的網絡亦大致成形。我們可以用一幅表格羅列如下（圖表一）：

	誰（傳播者）	說什麼（訊息）	透過什麼管道（媒介）	向（接收者）	產生什麼效果（效果）
日據時代新文傳運動	張我軍、賴和、楊逵、楊雲萍、楊守愚、張深切……。	反對舊文學、台灣話文建設運動提倡鄉土文學。	發行《台灣青年》、《台灣民報》，作家出資辦刊物，如《南音》、《台灣文藝》、《台灣新文學》等。	雜誌和報紙的讀者，甚至只是文學同好。	促成台灣覺醒，產生規模宏大的抗日民族文學[10]。
50年代反共文學	「中國文藝協會」和大陸來台作家。	提倡三民主義文化建設、完成反共抗俄使命；文學作品多以反共和大陸鄉土人情爲主。	舉辦文藝研習班，倡導軍中文藝，成立「中國青年寫作協會」、「台灣省婦女寫作協會」、	一般大衆外，另針對青年、婦女和軍中愛好文藝者。	和三〇年代的寫實主義傳統徹底斷裂：而台灣本土的日據新文學傳統又因語文和政治因索中

			定期徵文，刊行《文藝創作》月刊，主要副刊仍以官方報紙爲主。		斷。
60年代現代主義	《現代文學》作家羣。	主張以「橫的移植」代替「縱的繼承」；引介西方存在主義、意識流、超現實主義理論。	發行《現代文學》。	知識份子。	迎合了六〇年代青少年的心理需要，試圖脫逸出現狀之外去尋求更大的心靈空間⓫：也爲台灣文學的全面西化立下了里程碑⓬。
70年代鄉土文學	陳映眞、葉石濤、王拓、尉天驄……。	主張鄉土文學是現實主義文學，是寫實主義文學；台灣的鄉土文學應以台灣爲中心。	《夏潮》、《仙人掌》、《中華雜誌》、《中國論壇》	除一般讀者外，也直接把批評矛頭指向西化的現代主義和官方的文藝政策。	引發「鄉土文學論戰」，更爲日後的台灣文學主體性論述開了歷史先河。
80年代台灣文學主體性論述	陳芳明、彭瑞金、宋澤萊、高天生……。	主張台灣文學有主體性，「台灣文學」並非邊疆文學，或僅是中國文學的分支。	《自立副刊》、《民衆副刊》、《文學界》、《台灣文藝》以及「前衛」、「自立」等具鮮明本土意識的出版社。同時亦建立了	向具本土意識的讀者訴求，同時也與反對運動團體關係日愈密切。	形成文學社羣的分化日愈嚴重，文學的政治化已不可避免⓭。

「巫永福評論獎」和「吳濁流文藝獎」的本土評價體系。

從表一簡要的分析可以歸納出幾個特點：

第一，台灣文學的典範論述，太多帶有強烈的菁英色彩和使命感。不管是「反帝」的日據新文學，或「反共抗俄」的反共文藝，或以間接方式反對官方文藝指導的現代主義，或既反西化又反官方教條的鄉土文學，或要爲台灣人建立主體性的「台灣（文學）論述」，無不具備菁英的自我期許和抱負。這連帶的造成他們對市場化的不重視，同時使他們的創作理念趨向「嚴肅文學」。

第二，台灣文學的傳播過程，在七〇年代以前，多以雜誌爲主要媒介，報紙副刊由於在戒嚴體制下多半少有異議色彩，因此除了純文學素材外，比較不能滿足具批判意識的作品和論述（當然符合官方文藝政策的作品、論述例外），雜誌自然填補了這個眞空，應時而起，前仆後繼形成台灣文學發展的關鍵角色。

第三，台灣文學在市場化未興成主導力量之前，其傳播過程一直受到政治環境的制約。政治因素的介入，迫使文學社群中的菁英分化成三類陣營：支持體制者、反抗體制者、順從體制者。這些不同文學社群擁有自己的媒介、自己的評價體系，使得其所堅持的典範得以在相對封閉的社群內保持。

第四，由於八〇年代以前，文學的主流基本上是由「中心論述」所主導，因此「閱讀大衆」的角色並不凸出。這就使得台灣文學的傳播過程中，居於重要地位的「守門人」（gatekeeper）角色更形曝露其被政治動員的效果。在傳播研究中，「守門人」原是訊息從給方傳到受方過程中，重要的訊息篩選人⓮。放在文學傳播的脈絡中來看，「守門人」角色包括評論家、出版商、官方文宣檢查系統、媒介主事者等等。由於台灣文學的泛政治化傳統，我們可以發現無論是在「支配論述」或「反支配論述」中，「守門人」都成了推波助瀾的介入者，他們過濾訊息的主要判斷，常常是政治立場的偏向，或儘可能不砥觸體制內的禁忌。

第五，八〇年代以後，台灣文學傳播的新里程碑其實不是菁英論述的互爭典範，而是「閱讀大衆」的興起。閱讀大衆成了主導文學書市的主要因素後，文學傳播網路中一向不重視的「回饋」，有了較大的改變，因爲訊息接收者透過不購買行爲所表現的「回饋」，對書市中的出版商而言，是極大的壓力。書不好賣自然會影響到作家出書的機會。從八〇年代「張曼娟現象」的出現，我們已然看到商品市場上強力促銷的手段，成功的運用到文學傳播的網路中來。

附註

❶ W・宣偉伯《傳媒・信息與人——傳學概論》余也魯譯述，香港，海天書樓，一九九〇年五月修訂四版 頁四。

❷ 同❶頁四。

❸ 徐佳士、李金銓都有這個看法，見李金銓《大眾傳播理論》，台北，三民書局，民國七十九年三月修訂六版，頁四—五。

❹ 楊志弘、莫季雍譯《傳播模式》Denis McQuail & Sven Windahl 原著，中譯本，台北，正中書局，民國七十八年初版二印，頁十七—二十。

❺ 李金銓前揭書，頁十九。

❻ 廖星橋《外國現代派文學導論》，北京出版社，一九八八年十二月一版，頁十九—二十。

❼ 楊志弘、莫季雍譯，前揭書，頁六。

❽ 葉石濤《台灣文學史綱》高雄文學界雜誌社出版，民國七十六年二月一日初版，第二章。

❾ 孔恩原著，王道還編譯，《科學革命的結構》，台北允晨文化實業股份有限公司，民國七十四年六月一版一刷，頁九一—九二。

❿ 葉石濤同❽，頁二十。

⓫ 蔡源煌〈台灣四十年來的文學與意識型態〉，收於《海峽兩岸小說的風貌》，台北雅典出版社，民國七十八年四月初版，頁四十九。

⓬ 蔡源煌，前揭書，頁五十。

⓭ 蔡詩萍〈一個反支配論述的形成〉，收於孟樊、林燿德編《世紀末偏航》，台北時報文化出版有限公司，民國七十九年十二月初版，頁四五一—四七五。

⓮ John Hall, The Sociology of Literature, Longman Group Limited, 1979, p.101

屏東東港温王神話與王船祭

——兼論民間文學的傳播及其社會功能

李豐楙

從傳播學的觀點考察屏東東港地區的王爺傳說，可說是一個典型的民間文學的傳播過程。在傳播的理論與實踐上，其傳播模式就是「誰對誰說什麼，經過什麼通道，和產生什麼效果」。針對這一過程，可以分析傳播來源的特質、傳播內容的形式或體裁，蠡測閱聽人的特性，並檢驗其效果，由此建立一個社會價值、文化體系的瞭解。依據此類傳播理論分析民間文學的流傳與採集，同樣可以發現在訊息的傳遞、解讀方面多有相互契合之處。也就是田野工作者深入其採集、訪問區，從事與報導人接觸、採錄，然後紀錄、整理成爲田野誌，試著從中解讀出其中所蘊含的社會文化意義，以便公諸於研究同好或讀者群。其程式就是來源（誰說、發訊人）→譯成符碼（爲什麼、符契化）→通過（使用方法、接觸）→訊息（是什麼、表達內容）→符碼還原（產生效果、表意過程）→接受者（對誰、受訊者）。❶此次即以臺灣南部屏東東港地區的王爺傳說與信仰作爲一個個案，進行採錄，並進行內容分析。由於以往的研究有將王爺從海上來的特質，諸如瘟神的統治者、代天巡狩者，從比較民俗學加以考察，解說爲環東海諸地區的陌人之類的宗教現象。❷它被視爲一種海洋神的文化圈內的共通現象，確有值得深考的必要。在此將較集中地以東港溫王爺作爲考察的範圍，期望能從其豐富而歧義的關係，解讀出其中所蘊含的社會人文意涵，以及民俗的美學趣味，用以說明民間文學在傳播過程中，其傳承、分化及創造所賦予的意義。

一、流傳、分化與定型——溫王與王爺傳說

在民間文學中，與信仰、習俗有關的一類，是和一般通俗的民間說話有其異同之處的。它通常傳播於信仰圈或祭祀圈內，並隨著神明信仰的分布流傳於不同區域，然後又適應當地的自然、人文環境而調整，變易出新的神話、傳說。所以有關王爺傳說的流傳與分化，自有一種屬於王爺信仰區域的傳說特質；而諸如東港地區的溫王及其他千歲的傳說，又具有當地移民開發史的獨特意義。這些傳說原本早在福建泉州地區既已存在，不過遷移到東港後，因應新開發地域的自然、人文環境，王爺傳說與祭典儀式逐漸由內地化轉變爲地方化，成爲臺灣南部較具特色的信仰習俗；又隨著社會文化的劇烈變遷，有關王爺的神格及其職司也隨之發生變化，形成臺灣王爺信仰中饒具特色的一支，頗受民俗學者的注意。東港東隆宮三年一科的祭典，是環繞著王爺、王船而展開的例行性宗教活動，不過相較於其他系統的王爺信仰與王船祭典，卻產生一個讓民俗學者倍感困惑的問題，就是溫王爺及例需迎送的諸千歲，其神格到底是驅瘟的王爺？抑是由厲鬼、瘟神轉化而成的王爺？在臺灣南部衆多的王爺傳說中，類此王爺神格的認定問題，其實也就是在王爺傳說的流傳、衍變中，民間社會在不同的歷史文化脈絡中所賦予的一

種解釋。

對於臺灣南部的王爺傳說除民間口述者外，也逐漸有見載於廟誌而成爲書傳的情形，不管何種情況其傳播經過都極其錯綜複雜，因而出現諸多異說。由於多樣且多變化，因此神話傳說所表明的王爺神格、職司，與王船祭典也就有相互解釋的密切關係。目前學界對王爺傳說的解讀，比較值得注意的說法中，較狹義的爲鄭成功父子及其部屬的影射、轉化說，此說倡自連橫《臺灣通史》（卷二十二宗教志），認爲臺灣居民基於感念而又不敢公開崇拜鄭成功，因而在清廷的高壓下假借王爺以祀故主。近年石萬壽採信其部分說法，認爲三老爺系統的朱王爺爲鄭成功；而一般王爺仍爲瘟神。❸而蔡相煇則較集中地解釋：王爺及相關的代天巡狩、送王船都是臺人爲懷念鄭氏，並演爲儀式行爲。❹後一種說法的涵蓋性較低，實在不能周延地解說所有的王爺神話。

第二種則爲瘟神說，它是較早被提出且流傳較廣的。日本民族人類學者前島信次曾提出瘟疫神及送瘟風俗之後，成爲較有力也較有影響力的說法。❺而曾景來也曾綜集不同的傳說加以歸類，從冤靈、怨靈說加以解說。❻其後劉枝萬博士持續對臺灣的瘟神信仰、瘟神廟作廣泛的考察；並選用南鯤鯓廟的五府王爺、臺南縣西港鄉瘟醮祭典兩個個案，分析其爲瘟神廟、瘟王的神格特質，成爲目前較爲普遍的通說。其主要的論點就是瘟神的原始形態是死於瘟疫的厲鬼，其信仰爲一種較素樸的靈魂崇拜，經不同階段的演化，演變爲逐瘟之神、護航之海，並擴大其職能爲醫神、保境安民之神、萬能之神。❼這是較弘觀地解說王爺傳說的一種說法，雖非完全針對東港的王爺傳說，卻也頗具有影響力。

民俗學者對於東港的王爺傳說與迎送儀式一向頗多注意，近年即有平木康平在紀錄臺灣的王爺信仰時，即採取劉枝萬之說強調其複雜的要素，爲一種複合的神明的總稱；而東港所迎送的王爺，也是從怨靈演化爲監督人間社會的善惡，並能解厄消災的守護神性格。[8]至於以較長期的時間從事田野調查的，則美國康豹（Paul Katz）曾作溯源性的考察，並得出温王等三十六王爺神格的結論，說「祂並不是瘟神而是一個典型的厲鬼—就是死不瞑目」。[9]類此怨靈、厲鬼說都是學者以etic的立場，從學理所作的解說，其中值得探討的問題，其實涉及東港王爺傳說的流傳、紀錄，及其相互解釋的迎送儀式的關係。因此要討論這些詮釋理論的正確與否，勢需重新解讀有關東港温王傳說的文本。

由於在福建地區有關温王爺的傳說資料，既未見載於府志、縣志等文獻資料，也未見於目前的口述資料中，所以這段溯源性研究仍有文獻不足徵的遺憾，[10]而渡臺之後早期的方志、筆記中也是付之闕如。不過從東港的移民開發，東隆宮的創建、遷移，應可發現相關的傳說事跡就在這種情況下，被民間廣泛地流傳，其間也有被筆錄的機會。從臺灣漢人移民社會的形成，由於來臺時間、原鄉生活方式等，就傾向於泉籍多佔有近海的港口地帶。東港位於屏東平原西南端的臨海地帶，正是下淡水溪、東港溪與後寮溪合流入海的典型港灣區域，所以清朝初期，閩粤移民較早來此墾拓時，雖是各籍人士俱有，而仍以泉州府屬的同安、晉江、南安、惠安等四縣居民爲最多。所以當時奉祀温王爺的香火來此，並擇定東港溪東—即新園鄉鹽埔村建廟，應即是泉籍四縣人爲主所作的決定。按照臺灣瘟神廟的興建慣例，如果是屬於外地漂來的王船，因而興發建廟奉祀的，就近於瘟神性質的王爺系統，也會有屬於同一系統的王爺傳說。不過在東港王爺的祭祀圈內並未提及此類王船漂著說，而是屬於香火移來說，應是早期移民從原鄉的祖廟中請來溫王爺；在新移民地開墾、定居後，初期只在家中或小草寮內奉祀，等安居後聚落逐漸形成，因而就有興建較公衆性廟宇的倡議，類此東隆宮沿革史是符合臺灣史上移民與廟宇的關係的。所以有關溫王爺的傳說也應從原鄉，隨著信仰傳播至此，兩者是密不可分的。

根據諸神傳說的流傳與採錄的一般情況，從口頭的傳播到被採錄，其時間大多經過頗長的一段，由於方志對於地方性的民間信仰，通常只採錄及廟宇本身，而對於所奉神明有關的神傳都較少紀錄，因而諸神事蹟就減少了被筆錄的機會。因此在民間文學的傳播過程中，未經紀錄前是屬於集體創作的，其傳承性固然極爲強韌，但變易性卻也較強，文人多以採錄者的身分經由訪問、紀錄，而成爲某一階段的定著化；但原本的傳說卻仍會繼續流傳下去，甚至跨越空間的限制，而在不同的地域再一次被紀錄，就有可能會出現不同的版本。關於溫王爺的傳說在東港地區的流傳，應是曾歷經長時期的口述階段的，但它既是與信仰儀式有關，就不像一般純粹的民間傳說任其不斷地口頭創作，而會有當地人採錄耆宿之言，整理爲一標準化的「版本」，作爲廟誌或祭典手冊的王爺傳記。類此情況曾由吳朝進編成《東港沿革與東隆宮溫王爺傳奇》，在民國六十八年經由聖誥「請示溫王爺示意准許」，而在編輯時也曾參用鄭南昌原著，並輯錄文獻及口頭傳述等資料而成。⓫而較具代表性的即是一種經由東港地方人士所寫定的〈東港溫王爺傳〉，及民國六十三年經屏東縣政府編列爲古蹟，在鐵牌上所頒示的碑文，都是屬於地方頭人及當地百姓所認可的版本。⓬因而類此「定著化」在地方信仰史上是具有標幟性意義的，它標幟著一種信仰的穩定化，也顯示地方信仰的本地化，成爲該類神譜內一支較定型化的說法，形成一種類似文化層中的化石狀態。

類此收錄於《平安祭典專輯》內的〈温王爺傳〉，從傳文的體例言，雖似一篇模仿正史傳記體，並參用道教神仙傳的神傳筆法，其實可視爲民間傳說温王事跡的擬史傳體。這是民間廟宇對於所奉祀的諸神，較常採用的神傳筆法，敘述一位歷史人物或傳說人物由人而神的歷程：先以徵實的手法敘述傳主的出身、經歷事跡，然後轉入敘述其如何成神的神蹟。類此由人而成神的歷程使傳文的本身富於神聖、神秘性，形成神仙傳記的敘事風格：

東港東隆宮主神王爺姓温，名鴻，字德修。生於北朝隋煬帝大業五年（公元六〇九年）歲次己巳年十一月一日。屬山東濟南府歷城縣白馬巷人。書香門第，自幼聰穎，稍長文武兼備，交遊廣至四方，風雲聚會。適逢於唐朝貞觀年代，皇帝李世民微服出遊，遇險困危，温鴻捨身救駕，功居其首。皇帝賜他進士出身，其時救駕者共三十六人，一併賜封進士，且與之義結金蘭。皇帝酬功任他出仕山西知府，到任後政通人和，清廉愛民，興學育才，地方大治，民稱父母。時值鄰近地方匪寇作亂，勢甚猖獗，民不聊生，官兵出剿無功，群臣乏策，最後皇帝派温鴻統領軍隊討伐，三十六進士亦領精兵一同進剿。温鴻用兵如神，舉兵直搗匪穴，匪酋授首，群匪四竄，主師下令招撫，數萬叛軍來歸。自此國泰民安，温鴻班師回朝，受上賞，策封王爺。

太平盛世，三十六進士奉旨巡行天下，宣揚大唐德威。一次，乘船出巡，不幸在海上遇險，三十六人都罹難，無一倖免。據當時生還水手與侍從目睹，有聞仙樂飄奏，海上即

> 時呈現一片祥雲紫氣，咸認温鴻之死乃解脱而成神。貞觀皇帝得聞此一訊息，痛失功臣之餘，復信其成神之説，乃追封「代天巡狩」，頒旨全國建廟奉祠，春秋致祭，敕封永享人間香火；下旨建巨船，名爲「温王船」，內奉温王爺及其結義兄弟之神位。清醮畢，送入海中，王船上有御書「遊府吃府，遊縣吃縣」；且敕告天下，凡温王船所到之處，百姓府官一體奉迎，均應殺豬宰牛設祭，大事拜拜，以慰温王在天之靈。

這篇傳文較諸以前專輯內所收的，可發現修訂了部分文字，在己未科所載的「出生於唐朝貞觀年代」，被改成隋大業年間，確是較合理的推算。鐵牌上的記事即依據傳文而寫成的：

> 東隆宮建於清康熙年間，主祀温府王爺（正名温鴻），爲唐代貞觀年間三十六名進士之一。奉派山西知府，屢建功績，歷升候等爵位。是時天下太平，三十六進士奉旨巡察各地，不幸在海上遇風沉船，無一倖免。皇上聞知，痛失賢良，頒旨建廟，春秋祭祀。

温王爺及輪值蒞臨的千歲事跡，從口傳到筆錄，從不同階段的採錄中逐漸形成廟方請温王降示允准的定本，類此過程正是民間諸神定著化説法中反映出來的神祇意識與信仰表徵。

在温王傳所採用的神話語言中，敘述温王爺由人而成神的經過，這一神話文體雖有仿襲正史傳記體之處，但由於傳文重點所在乃在神異、神蹟，就成爲典型的王爺傳模式：其構成的情節單元（Motif，一譯母題）在三十六進士傳説系統中，具有許多共同的母題的：

(1)奇異能力與出身母題：在出身譚部分由於採用擬史傳式的，所以沒有異生譚神話；但仍強調其高貴的身分與能力，所以任官後的表現完全展現「文武兼備」的特長。

(2)三十六金蘭母題：在神話學上「三十六」爲一神秘數字，中國人喜好這類聖數，如三十六天罡之類。基於中國社會的橫向倫理關係的擴及習慣，結拜兄弟就是典型的同胞意識的契約關係，爲了合理化三十六王爺的迎送儀式，必需解釋其組合的因由。從溫王爺的敘述角度，強調好交遊的性格，結拜、救駕，尤其同日死，更是「義」意識的具體化。

(3)救駕母題：在傳說中帝王或親王的微服出巡，是締結關係的情節單元之一，意謂主人翁的身分轉變的契機，是由「白身」而向「王爺」轉變的開始。李世民則爲箭垛式人物，此緣於其歷史形象與民間文學的傳述，而成爲帝王神話中較常登場的被神話化的人物。

(4)殉難母題：王爺神話爲了解說王爺的輪流值年，而有共同殉難的情節單元，不管三十六或三百六十均需在關鍵事件中解決，採用水難則與濱水的環境、迎送的儀式，取得進一步的關聯。

(5)代天巡狩母題：從生前奉地上帝王之旨到卒後奉玉帝之旨，解說了「王爺」的名義，及擁有神力、靈力的特殊旨意，這是王爺信仰的迎送王爺的儀式，及輪值年分的分巡問題。以神話語言模擬代替皇帝出巡御查的經驗，對無形的他界進行巡狩任務。

文體的結構，可以構成各具本地風光的組合，然而其中所隱含的結構性意義，更與中國的宗教、祭祀文化有密切的關係。

對於溫王爺神格的認定問題，由於神傳所設定的唐初時代，在有關唐代的史料，如新舊《唐書》及衆多的唐人筆記中，目前不易尋獲溫鴻的傳記資料；就是移民所自的泉州四縣的方志中也仍未發現相關的記載。在文獻不足徵的情況下，則東港地區所認定的事跡，也就反映出神話、儀式的焦點，就是「三十六」的金蘭結契，實與請王、迎王的諸千歲輪值有密切的關聯。將王爺傳說中的神格放置在臺灣民間所流傳的傳說譜系中，就可發現它是屬於一個大傳說系統中的分支，而並非孤立地形成的。目前所知的王爺傳說有集體成神說與個別成神說兩系；而集體的數目又有三百六十與三十六兩系，對於其中的關鍵「殉難母題」，可分作三種類型：

(1) 誤殺說：時代（唐朝或明朝）、皇帝爲起意試法者（李世民或李隆基；明代皇帝）、法術施行者（葉法善或張天師）、試法經過（命三百六十進士入藏地窖或在隧道中吹奏樂器）、法力誤殺（試法時被斬殺）、成神因由（敕封立祠以祀之）。

(2) 溺斃說：時代（明初）、死因（三百六十進士航海遇風溺斃）、成神因由（朝廷憐之或百姓爲航海而祀）。

(3) 殉職說：時代（明或明末）、死因（進諫或被誣繫獄而死、不降滿清而自殺身亡)、成神(皇帝或玉帝敕封)。

不管何種類型都指出其特質爲集體死亡及成神，劉枝萬解說爲發生大瘟疫時大量疫死的現象，因此所形成的神，「係包括許多姓氏，形成雜姓群聚之複數神」。[13]這些傳說中的第一種誤殺說，明顯是轉化自唐人的筆記小說，因而登場的人物諸如李世民、李隆基等帝王；葉天師、張天師等道教人物，俱成爲命令施術及施術的箭垛式人物，將年代定位於唐代，其實是中國人對於遙遠的、興盛時代的懷念情結。第二種殉職說顯然是明遺民、移民意識的歷史記憶，構成忠臣、義士而死後成神的形象。東港的三十六進士傳說融會部分的因公殉職與航海遇風溺斃的說法，它採用三十六的成數，自是中國神秘數字的傳統，但也符合三乘十二的倍數，適宜解說有十二位被封爲巡察大臣的輪值數目。

東港王船祭的活動，以請王始而以送王終，其間主要的活動都與千歲爺前來「代天巡狩」有關。不管是王府內的請宴、境內的巡繞，尤其是最後的乘坐王船遊天河(或地河)。類此巡狩的方式及其意義，在〈温王爺傳〉中就可發現一些解說：有貞觀皇帝「下旨建巨舶，名爲温王船，內奉温王爺及其結義兄弟之神位。」這些温王船送入海中，到處巡遊，「凡温王船所到之處，百姓府官一體奉迎」。其代天巡狩只是接受血食祭拜，以慰温王等的在天之靈？還是王船所及，風濤平靜，造福地方？温王爺的香火是隨移民而遷來，東港海岸上「發現神木漂來，神靈顯示温王欲在台灣定居，放棄飄浮生涯」。温王定居後，這些奉旨欽點來巡的千歲爺依科前來，成爲代替天帝巡狩的祭典儀式。「巡狩」的制度乃是古代天子宣揚德威、巡視疆域的大事，其政治意義顯示統治者對於王土、王民的巡察，具有多方面的意義：諸如恩威所及的國境、實地理解地方輿情、確保封域內的綏靖、對地方吏治的察考等，成爲帝制中國帝王擁有天下的象徵動作。古史傳說中就有帝舜巡狩四方的記載，秦、漢一統天下以後，王朝也有巡狩的大事作爲當權統治的象徵，爲歷朝帝王所承續。這就是史家所謂的：古者天子五載一巡狩，周於四岳；諸侯王三載一朝覲，絡繹不絕。類此三年、五載的巡狩制度，卻因天子每一巡幸，則儀從過衆，耗費無窮，徒增百姓稅收的負擔；而諸侯的朝覲也常有舟航傳置，疲於奔命之病。乃改由天子選派大臣於適當時機巡視，宣達上意，採納下情。就是代天子巡狩、代天巡狩，爲帝制中國的官僚體制中的一種成規、制度，稱爲巡按、按察。「代天巡狩」的官僚體制也反映在道教的思想中，道教形成其神靈世界時，也建立一套天界宮廷的制度，在玉皇大帝統御之下，仙官神吏、將軍功曹，各有職司；而下界的山川境域也都各有職掌者。因此凡有功烈於民者常是領有玉帝敕封的職位，其中即有稱爲王爺、千歲的。至於按照巡狩制度而形成的，就是玉帝派遣仙官神吏來巡察下界。《道藏》所收的三洞道書就常有一種造構模式：說大道君或玉帝登座說法時，有仙官報告下界有事，帝派遣某位眞人或神君下凡。於是有位仙聖領旨下降凡間，體察人間的是非功過，獎善懲惡。通常都會降下道經、符文，幫助世人驅除妖氛，清淨宇內，然後回返天上繳旨覆事。在民間盛行的通俗小說、戲劇中就常以神仙道化爲故事情節，表現神仙世界的玉皇大帝關心民瘼，常遣仙聖下凡考核，所以代天巡狩是神聖化的帝王巡按、玉帝仙吏的民俗信仰。

臺灣民間在理解王爺代天巡狩的祭祀意義時，始終與驅送瘟疫有密切的關係，所以常有瘟醮、送瘟的名稱。東港對於王爺來巡的神聖任務，祭典委員會在平安祭典前所進的表文中說是「俯念塵寰疾苦，疹疫妖災」，因而全鎮庶民虔敬懇求的就是王駕既至，五府千歲能以祂的大神力，使得温王爺的轄區內：「穿窬匿跡，魍魎潛形，合境康泰，萬類康寧。」類此疹疫、魍魎等可怖懼的歹物，它包括的凡有人間、陰界所有不守法的，通通成爲王爺所要懲罰的對象。而每科輪值來巡的就是「天河宮代天巡狩五府千歲」，請水、請王後大千歲一經降駕，也在代天府前張貼榜文，表明自己是「查察下界人間發榜示事」。乃「欽奉萬天聖王　金闕至尊玉皇大天尊玄靈高上帝（玉陛下）提點某某科代天巡狩由二甲進士出身欽加王爵」，這樣長的榮銜正是官員身分；尤其自稱「大藩」及「發府前曉諭」的公文書語氣，都是模擬自巡按大臣的官吏習慣。在代天巡狩期間，家家戶戶均需謹言慎行，以免犯忌；而對於集體的譴責、懲罰，就有「天譴」的意義，玉帝對於不信道法、悛惡不改者，作個人或集體的懲罰；對個人的獎善懲惡，也就表現爲神祇賜福於善人而讓惡人自食惡果。東港的祭典也與其他的王爺廟一樣，舉行諸般王駕出巡、王船繞境及和瘟拍船，將各種瘟疫、邪祟遠送出境，藉以達到「合境平安」的願望。⑭

從東港在海邊請水後所進行的一系列儀式，直到燒王船送王，可以發現温王與蒞境的千歲爺固然是三十六結契的金蘭，但千歲爺作爲代天巡狩的主神都具有如下的特徵：

(1) 從天上被派遣而來

(2) 從海上登岸降駕

(3) 定期來訪人間（澎湖也有不定期的）

(4) 王爺是嚴威的神明，人們對祂敬畏有加。

(5) 王爺的神聖任務固是獎善懲惡，但更偏於對邪惡之人、物的驅送。

類此傳說是通過儀式再現，定期地一再演出，讓當地人期待從海上來的千歲，在儀式後又回到海上去。

鈴木教授從比較民俗學指出：類似的王爺是屬於神話中的陌人，是環東海諸地區的民俗信仰──一種海洋神信仰。[15]從帝制中國的信仰習俗言，王爺是「從天上派來的」；但在環東海地區包括浙江、福建及廣東，以至於臺灣，其儀式都逐漸轉變爲「從海上來的」，不管是東港的海上溫王船傳說，或是南鯤鯓、西港等的「坐船來的神」，都一致地採取相近的迎請於海邊、並用船送走的儀式。因此從比較民俗的觀點，可以發現海洋民族不僅有海上的交通，可能在文化上也有傳播的關係。從民間文學的流傳、分布言，相近的自然環境也會有幫助同一類型傳說、儀式傳播的情況。所以東港的溫王傳說固然保持代天巡狩的傳承，卻也因應海洋文化而變易、分化，終於成爲定型化的驅瘟之神兼有海神性格的王爺信仰。

二、敕封與解化──王爺成神傳說的結構分析

在中國民間社會中所流傳的驅瘟傳說，或在閩、臺地區流傳的王爺出巡送瘟傳說，對於王

爺的數目既可多數、也可單數，並非一定採用集體同日死的敘述模式；重要的在於死因所具有的一致性，就是意外的死亡。學者對此所提出的怨靈說、厲鬼說等不同說法，其實都涉及中國人的生死觀、祭祀觀，這是中國信仰史的關鍵問題。所有出現的王爺成神傳說，不管是誤殺、溺斃、殉職或為民犧牲，都是冤死、冤靈，一種非自然、非正常的生命終結的方式。在神話敘述中縱使有部分會讓理性主義評為荒誕、不經，所敘述的事件也常具有非現實性、非經驗性。不過深入思索這些神話式敘述就可發現其中既隱藏而又暴露諸多深刻的意義，那是醞釀王爺成神傳說的神話文化，一種根深蒂固的原始思維。

神話、信仰的出現，自古至今，在庶民社會中是為了解決人類的生活困境：其中最主要的問題就是生存和秩序。它是知識人或現代人想要以理性解決的，而原始人或較保持素樸、野性思維習慣的，則仍以其較獨特的方式嘗試解說宇宙、生命等終極問題。中國民間基於陰陽對立、互補的思考模式，易於形成一組組二元對立的結構觀念，用以解說宇宙、人生。對於生命終結的終極問題，在中國人的宗教觀的形成史上，對於死亡及死後世界，儒家思想的創建者孔子以理性主義的立場，「未知生，焉知死」，採取存而不論的方法對待；但在他所建立的思想、制度上，禮制是社會制度的理論與實踐，五禮中多與信仰習慣有關，尤以吉禮、凶禮為最，這是周因於商因於夏，又與俗（常民或較原始的宗教習俗）具有相互依存的關係，經孔子及後來儒者所訂定的一套生活習慣。儒家哲人雖不明言諸禮與死後的靈魂問題，但其禮儀之後卻隱藏著古中國人的深層結構，具有一組組對立的結構性意義，爾後成為中國社會的集體意識：就是要「知死」，如何才是自然而正常處理的死？在此可以找出一組組的對立性概念，為典型的二元對立思考模式：

自然／非自然

正常／非正常

自然就是自己如此，在時間次序的流動關係中，能與過去、未來順遂地承接，構成秩序；在空間位置的依存關係上，能與周圍的環境適應，排列成序。所以凡自然死亡即爲生命的順時終結，且在適當的空間，所謂「壽終正寢」者，就是自然狀態、不違天年。而對立的非自然，就是橫逆、非命，爲不順天年；或死非其所，死於他鄉。正常就是依據常規而處理，使生命終結後，按照正規、正當的禮俗，讓靈魂有所憑依而不致漂蕩無依，能進入祖先行列中使其有所安頓，得享有子孫的奉祀。反之則死後無所憑依，爲孤魂滯魄的孤幽狀態，即爲非自然、非正常的狀態。

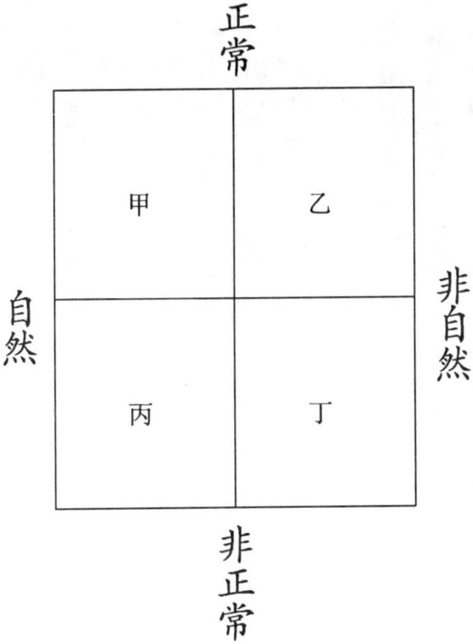

將這兩組對立而運轉的結構用以思

索生命的終極問題，就可發現在民間傳說、信仰習俗的深潛之處，確是潛藏著這些結構，將它圖示化即爲一生命終極圖：從兩組對立的結構又可對分爲四個象限，用以說明生命終結時靈魂的歸屬、憑依，乃是形成四種不同的狀態：

甲組：自然死亡、正常處理

乙組：非自然死亡、正常處理

丙組：非自然死亡、非正常處理

丁組：自然死亡、非正常處理

甲組是指生命能順應時間順序，自然終結，所謂壽終正寢、內寢，得享天年者；而死亡之後，又遵禮成制，按照其身分、地位，得以成葬，使靈魂有所憑依，其神主得享香火，甚或血食一方而有祠廟。乙組則是指在生命的時間次序中，因不可抗拒的原因而提早終結，類此意外的情況：凡有因諸般天災人禍，如疾疫、災害而遭受橫逆；也有因爲忠義、公理而奮勇犧牲。在死後則不管其死有輕重，皆能獲得正常處理，使靈魂也有所憑依，有神主之位。丁組則指自然死亡，卻無法得到正常處理，諸如無後嗣以奉祀其神主，也較不能如常得享香火，其中多指無嗣的情況，這就是中國人特別著重「無後爲大」的宗祧問題。至於丙組即爲凶厲之屬，凡意外、橫逆的死亡，而靈魂或因枯骨曝於荒郊而無法依葬制入土爲安，或因集體死亡而冤靈不得憑依、安定。中國古來即對此特別注意，官方對於境內無主者即有祭厲的官祀；而在民間則有普渡孤魂滯魄中元的習俗，尤以未婚而早夭的女性，在中國的男性中心社會中，當需借由冥婚、建姑娘廟而獲得解決。

對於溫王等三十六進士的神格問題，諸家所提出的解說：到底是怨靈、冤靈？抑是厲鬼、瘟神？就可將其置於這一圖表中加以思索，從儒家所整理的士禮裏仍可見它與原始宗教的信仰習俗有相互依存的關係，而它流傳下來在閩南地區，經由朱熹《文公家禮》的影響，出現類似張汝誠編《家禮會通》、呂子振編《家禮大成》，作爲民間日常行禮的範本。而它又隨著移民群被帶到臺灣，也就成爲祭禮、喪禮中的主要依據。因而要論定三十六進士之靈爲鬼爲神，就需要深入思考其背後所據的禮、俗義理架構，然後始能嚴密區別其爲鬼爲神的分際。從圖表中的四象限來分析傳說中的三十六進士之死，正是可歸屬於乙類：即非自然死亡而正常處理。對於「死亡」儒家一向所抱持的「不言」態度，是比較從理性主義承認其生命終結的事實。因此對於意外的死亡，諸如航海溺於海上的情況，就會形成所謂的「溺斃說」；不過對於同一屬於溺海而死的非自然狀況，儒家又從教化觀點加以區別，類此巡海而亡的情況乃是因公而殉職，屬於爲國犧牲、奉獻者，而非尋常的橫死、暴亡之類，即是死有重於泰山的義烈犧牲。

對於諸神的成神之道，中國更重要的另一種解說觀點則是道教形成後的教義中，在三品仙說中有天仙、地仙及尸解仙三等：許多因修練、奉獻而獲得尸解的，如藥解、兵解、火解、水解及劍解、杖解等，都可解化形體，魂靈成神。[16]有關溫王的傳文中曾提及生還水手及侍從所見所聞的景象：乃是仙樂飄奏、祥雲紫氣，正是表現出諸王爺已完成人間的任務而解化成神，即可返回天庭述職。所以東港本地人和廟方所認定的是神化的義理，乃傳承自道教及民間信仰的尸解成仙說，並非一般禮俗定義下的「死亡」。類此莊嚴地解說死亡的嚴肅意義，除是道教基於其修練的神聖、神秘體驗，將死亡神聖化；也是民衆對於生前有功烈者的尊崇態度：以成神聖的果位來彌補其千古缺憾，並致以衷心的敬意，而不忍承認其爲死亡的事實。因而王爺之死並非尋常的死亡，爲冤爲怨，也並非死爲厲鬼不得瞑目，而是解脫形體度化成神，這就是爲何在傳文中特別強調其神異、神靈性格，以突顯生前死後的神化。

關於王爺成神後的處理方式，也是確定神格及職司的要件，就是人間帝王在祭法中將其列於祀典、敕封賜額，以及天上玉帝的玉賜加封。一屬儒家及官方的認可，一屬道教神譜學的神界架構。從孔子依周朝禮制建立理想化的禮學起，基本上認定「國之大事，惟祀與戎」（左傳成公十三年語），所以五禮以吉禮爲首，強調宗教權、祭祀權也與政治權、統治權有關，在政、教兩權的運用中，帝王既是人間的統治者，也可擁有制定「祀典」行使祭祀超自然界的權力，在社會組織的分層中也有分層祭祀的規定。《禮記、祭法篇》就有明確的解說，其中涉及後天神，也就是祠廟、祠祀的形成因由，就有一段文字確定其祭祀準則：

> 夫聖王之制祭祀也：法施於民，則祀之；以死敕事，則祀之；以勞定國，則祀之；能禦大菑，則祀之；能捍大患，則祀之。

這就是祭法的五大準則，總括一句就是「有功烈於民者」，其中包括了創造發明、犧牲奉獻、保疆衛土、抵禦災難及消除大患等，也就將祭祀的意義歸於「崇德報功」的報謝精神，這是中國人際關係中回報意識的高度運用：既是生前有功烈、功德，卒後就可享受該得的回報；而既是有大能力者，因而在成神之後也必具有大靈力，因此民衆咸信加以祭拜之後，也可期望得到賜福除災的回報。類此中國社會普遍存在的人情法則即成爲人際關係網絡中的行事準則，既可施於人自也可施於鬼神。依據資於事人以事神的原則所形成的祭祀精神，經儒家的修飾後就成爲道德教化的行爲，也常被外國漢學家認爲中國人的宗教、祭祀，表現出道德性及現實、功利性的色彩。

孔子及先秦的儒家學派既認可此類祭法的祭祀準則，將有功烈於民者與民所瞻仰的「日月星辰」、民所取用的「山林川谷丘陵」等自然神並列於祀典中，而與其他「非此族也，不在祀典」的非祀之類分開。所以後世儒家官僚體系下的朝廷，由帝王以至地方官僚、儒士鄉紳都依此以定祭祀的合法與否。通常地方與中央是連成一氣以進行規定其祭祀政策，並透過敕建廟宇、敕賜廟號及敕封聖號，來進行廟宇與神祇的正祀化、正祠化。因此歷朝的官制內都設有禮部、祠部，尤其後來特設有祠祭司的職官以職掌祭祀的事務，祠祭司常需接納地方的仕紳，尤其當地出身有官職及身分地位者，然後轉呈皇帝，也可疏奏，以此獲得御賜封號、題賜廟額的殊榮。這是帝制時代頗爲制度化的祭祀政策，既可控制、維持不同地區的祠廟、宮觀數目；也可因時因地制宜地毀損不法、不合祀典的淫祀。

對於溫王等三十六進士的神格，到底是屬乙類抑是丙類？也就是其神格爲王爺神明？抑是死不瞑目的厲鬼？其中的分際所在仍需從儒、道的不同詮釋觀點加以解說。按照《禮記》祭法所說：王爲群姓所立的七祀中有泰厲，即後有後裔的古帝王之幽靈；諸侯爲國所立的五祀有公厲，大夫所立的三祀有族厲，都是指古諸侯、大夫之無後者。「厲」字的本義爲較堅硬的石頭可用以磨刀，則「人死曰鬼」，沒有宗祧、後裔者其鬼魂不滅就會作祟，對於各種厲鬼的安撫措施，即是分由不同階層者加以立祀祭拜，用以安慰，所以特別列於祀典中。在後來的官方祀祭的項目中，對於無主者常設置厲壇，歲時祭祀，成爲慣例，方志中在地方的官式祭典中都常列有祭厲的疏文，其文意即承續祭法所強調的祀典精神。以陳文達修纂的《鳳山縣志》爲例，就載有「邑厲壇」、「無祀祠」，淡水港東部即有一處，爲康熙五十八年知縣李丕煜令淡水巡檢司王國興所建的，「庶幾疫癘不生，而民長享康寧之休矣。」[17]可見厲鬼的特質即是因無主孤魂會作祟於人，就被視爲疫癘、不祥的根由。

從東港人的傳說中，温王等並非作爲厲鬼而受祀，如同官方的邑厲壇或民間普渡的孤魂滯魄，而是得列於祀典中，蒙受帝王敕封的王爺：「王爺」是生前既有的封號，殉難後又得到貞觀皇帝的封賜，「代天巡狩」的神聖任務就是成神後的職司，因而在乙類中有一上昇之道，就是成神後的靈顯與累代的加封，常常會使神的神格不斷地提昇。從民間的祀神原則言，就連丁類中的厲鬼也多有上昇的情況，如新竹的義民爺、基隆的老大公之類。但在本質上三十六進士較非屬於丁類的厲鬼，而屬乙類，是一殉難之後就被敕封成神的，因此相關的靈顯事跡也構成民間傳說中的顯聖母題，傳文即說：

> 温王成神之後，經常在閩浙沿海地區顯靈，每當船隻在海上遇到驚濤風險時，見是檣懸「温」字旗之巨船出現，立即風平浪靜，履險如夷。自後王船所及，必造福地方。福建的泉、漳二州，對温王爺在海上顯靈護航，爲家喻户曉之事。

因此從中國的鬼神觀考察温王的顯聖事跡，可以理解其中的義理：民間既是解說祂們「在海上遇險」而殉職，所以成神之後也就成為海上救濟生民的護佑者，表現出濱海地域王父爺信仰圈內的共同需求。以之與福建沿海另一海上守護神「媽祖」的顯聖母題相比較，就可以發現泉、漳籍居民及移民來臺者，已經賦予温王爺具有另一種救難的意義。

有關温王爺的累代加封事蹟，目前的史料猶嫌不足，不過在吳朝進所採錄的資料中，保存一則泉州地區的加封記事：據說李光地（一六四二—一七一八）—福建安溪（傳說為泉州府湖頭鄉）人，在朝為官時，「體念王爺在世豐功偉蹟，在神護國衛民之忠貞，啟奏聖祖康熙聖君，元旦朔日在金鑾殿御筆親賜加封温王爺，敕封為護海王爺，永鎮東藩，保佑衆庶，巡查善惡，勸化人民向善，代天宣天，永享人間香火。」又說三十六位進士中有十二人「授封准為欽點十二大巡每科主事。」他們也因有功，由聖祖「御筆親臨，敕旨加封都察院兼辦理陰陽右御史王爵。」[18]這是目前所知的加封事跡，是否為眞正的史實並不重要，重要的是在東港人的流傳中具有尊視其廟中主神及代天巡狩諸王爺的信仰意義。

在中國的祀典習慣中，除了朝廷的敕封具有實際的正祀意義外，還有道教所建立的神統學及神統譜，也構成另一個神靈世界。從漢晉以來道教形成，就逐漸廣納千百仙聖，按照其眞靈位業來排列，而由梁陶弘景首度完成《眞靈位業圖》，建立七階位的上下尊卑秩序，以排列先天、後天諸神。後來經歷各代道士的繼續擴充，乃結構為龐偉的神統譜，其至高位即以三清統屬，而實際統御者則為玉帝，凡是人死而成神，都需要經由天界官曹上奏，然後由玉皇大帝封賞其職位，得入仙班、神界。《道藏》所收的道經、仙傳都會提及諸天聖帝如何接引成道者進入神界的事跡；而明、清通俗小說中有關道教的修仙得道一類，也會造構一個神靈世界，接納成仙成神者，在獲得玉帝封賞後掌領其職。所以流傳於道教內部的神仙譜系圖，常會在天京、水國、地府之外，特別列有陽間神明，設置「功國神靈之位」。目前在臺灣地區所用的道教法壇，將民間常祀的諸神，諸如天上聖母、保生大帝等均列於此位，王爺系統的千歲也同列於其中。

在傳說中既以道教觀點解說三十六進士的「解脫成神」，又強調貞觀皇帝追封「代天巡狩」，而皇帝本就是承天命而行使其職權者，所以在道教內部或在民間的信仰習俗中，「代天」的天不能解爲「天子」，而是「天帝」也就是玉皇大帝。温王等成神之後的進一步封賞，需由「玉皇大帝敕封」，始能完成進入神界的身分、地位；而且代天巡狩的任務也是由天界的玉皇大帝所賦予的，這就是民間所習稱的「奉玉旨」出巡。臺灣的王爺廟常逕題作「代天府」，或高懸一「代天巡狩」的匾額，基本上就表明其稟受玉皇大帝的命令以行事，在道教的神統譜中也就具有功國神靈的職位。所以在每科迎王前所進的表文中，所要恭請的是「天河宮代天巡狩五府千歲」，而王爺蒞境後所出的榜文中，所署的官銜是「金闕至尊玉皇大天尊玄靈高上帝提點」的王爺之職，文中以「本藩」的藩王自稱，都可理解在東港人的心目中，祂們所具的神界神明的地位。

總之，温王爺及其他千歲的神格與職司，在當前泉州原鄉的信仰史料尚未及採錄的情況下，依據東港地區的口傳、筆錄而成的廟方定本，可以肯定地指出温王的神格是生前有功績死後有靈顯的正神。因此在中國社會的祭祀觀中，從儒家、道教的祭祀法則言，溫王的神格、職司都是正神、正祀，並非厲鬼而是功烈神靈。在結構性意義言，溫王及其結契金蘭，經由「上昇之道」，逐漸提昇並擴充其神界職能，類此王爺神格的神聖化過程反映出東港居民的心理、社會需要，這就是民間信仰的眞諦。

三、定居、選地及建廟——神木與風水傳說

溫王成神的傳說事跡，從傳播的觀點言，是從「內地」隨著移民群流傳過來的文化遺跡，被保存在新墾拓地上，其中的傳承與變易表現出民間文學在傳播過程中的韌性與適應性。不過環繞著溫王及其結契金蘭所形成的信仰與儀式，東港地區的移民社會又會繼續創作新傳說，借以合理化他們的信仰行爲：其中最能表現出民衆關心的問題所在，就是溫王爺的擇地建廟，不僅發展爲東港本地信衆的信仰核心，也因爲鄰近聚落的交陪（交往）關係，而形成溫王爺的祭祀圈、信仰圈；它同時也構成輪值蒞境諸大千歲的巡狩區域。爲了支持、肯定他們的信仰，就創作出諸多具有本地色彩的神蹟神話，將這些至今仍不斷流傳的地方風物傳說，從東港的地理變遷、東隆宮的遷移改建史就可理解其創作活力的緣由及其深刻意義。

第一種爲神木漂來傳說

神木漂來母題爲神靈顯聖的象徵，以媽祖信仰的原始型態爲例，黃公度（一一〇九—一一

五六）題順濟廟詩的首聯：「枯木肇靈滄海東，參差宮殿崒晴空」⑲，應該是根據民間傳說的海上漂來神木所引起的靈顯，丁伯桂所記的蕭寧海有堆，夜現光氣。環堆之人一夕同夢曰：「我湄州神女也，宜館我！」（順濟聖妃廟記）類此以神木漂來顯現神異，作爲神靈降臨及肇建宮廟的母題，也流傳於東港地區，〈温王傳〉就載康熙四十五年（一七〇六）：「東港海岸上，發現神木漂來，神靈顯示温王欲在台灣定居，放棄飄浮生涯。」於是東港居民「將神木興建温王爺廟」，基本上將傳說的年代定在康熙年間，不能簡單地解釋爲東港人要將建廟的時間推早的說法；而是反映出較早的移民年代，當時移民最不易適應的，就是瘴癘、水土不服，在淡水河的下游當時是多厲、多癘的地區，故需由官方設建邑厲壇、無祀祠以祭祀，以免疫癘不生。從康熙二十三年因區內港口形勢的重要而設置下淡水巡檢司署後，初期因「水土毒惡，歷任皆卒于官，甚至闔署無一生還者」，故有遷移駐所之議；直到五十一年巡檢趙元凱移建於淡水赤山之巓，才有「秩滿轉遷」的情況。⑳所以康熙末葉東港居民所面臨的生存困境，促使他們攜帶温王的香火前來，始建簡陋的祠祭場所，從移民開發史推測是符合事實的；不過在神話敘述中卻成爲神木出現的神蹟。

在吳朝進所錄的一種較樸素的說法，保存的即是民間的共同願望：「最初王爺願在東港定居，是因本地人民，生活樸素，民情風俗敦厚，地靈人傑，願在此處庇祐民衆。各信徒相信王爺是爲地方造福，東港興隆有望，故王爺廟在尚時稱爲『東隆宮』，現鹽埔村尚有王爺畑（佃）地，其數相當可觀，當時王爺廟建在鹽埔村的溪東。」在康熙五十八年，由於大量的移民入墾，「兆民日衆，人居日廣」（陳文達《鳳山縣志》二），設港東、港西二里，初期設置市街的地點即在東港溪西岸鹽埔仔莊的東方（約今新園鄉烏龍村），居民有奉祀溫王並建有小祠廟的也應在此時此地。由於神木漂來說較具有神聖性，也就成爲其後建廟時將建材神化的母題，一再被地方人士所傳述。

傳文所載的神木漂來母題，在本地人的傳說大多用以解說建廟的神蹟。時間是在原建於鹽埔的東隆宮被大水沖毀之後，因準備遷建而缺乏所需的「福杉」，而傳出了漂來福杉的傳說，它至今仍在民間流傳。根據吳朝進所記錄的較爲詳盡，凡有「建廟王爺顯靈　化身訂購木杉」、「欲發橫財　商人得病」、「屢顯威靈　王廟落成」三節。此處即據以分析其情節結構：

1. 地點　福州木材行（臺灣民間以福杉爲建廟的上等木材，故地點也說成福州）
2. 化身　一個白髮蒼蒼、五部鬚、身穿深青色長衫、頭戴碗帽、腳穿草鞋、手執一枝黑骨煙吹、背一個包袱的老人（王爺化身老者出場）
3. 購木　問明上等材價格，註明大小、長短、用途寸尺，然後付款（符合建廟之用）
4. 運送方法　寫明「東港溫記」後，即抛入海中（奇特的運送方式）
5. 老人快速不見

以上爲顯靈購木

6. 老板反悔　木材隨即漲價，老板悔約而不出貨（情節逆轉一）
7. 老板惡夢發病　老人現於夢中催貨，老板病倒（情節逆轉二，懲罰悔約者）

8. 急拋木材入海後，隨即病癒
9. 木材漂至東港崙仔頂（上岸地點也即是請王所在）
以上為神木漂來的主要部分，以老板的反悔、受懲及兌現來強調王爺的靈顯。
10. 老板查訪 搭船到東港（為揭開謎底的開始）
11. 巧遇漁民 有一長一短的香樟木先漂到琉球，再漂到崙仔頂被檢拾作為壓茅屋之用，入夜會發出一盞光芒
12. 老者顯靈 託夢「我是溫府王爺，奉命前來東港上任。」要用香樟木雕刻神像
13. 眞相大白 兩人到廟中終於認出王爺的神像即是夢中所見的（揭開老者身分之謎）

在民間文學中特別是與神仙有關的，化身顯現為一種奇幻的表現手法，一方面讓閱聽者在逐漸揭開謎題的追索中，體會到其中的趣味；一方面讓智慧老者的原型性人物出場，用以象徵一種超自然的能力。類此神木漂來的神蹟其實是象徵神靈的再度蒞臨，民間將它複合於建廟傳說中，解說了木材、廟宇的神聖化，也再度增加王爺的靈力。由此可見民間文學所具有的靈活、自由的創作力，常會有意組合多種的資料來源，最後形成層累地積成的神話傳說現象。

東隆宮曾在民國三十六年再一次重修，由於修造廟宇是地方上的大事，就會傳出一些相關的傳說再度賦予新意義。由於年代較近因此發起改建者及前往購材者都還有切確的記載，即林庚甲其人其事，而發生地點則是在嘉義，也是光復前後阿里山林場的木材集散地。這次木材商陳老板（闆）也是在收取定金後，同樣又發生檜木行情漲價而反悔的事。經管理人林庚申稟告

王爺後，陳老板就無緣無故地生病了，病中夢見老者現身加以警告；不聽，經交涉無效後，陳老板及其妻均一同再看見老者再度示現，給予告戒，終於讓木材商悔悟而如數交貨。將購木一事同樣結合木材商反悔和王爺於夢中示現，可以看出從難題的製造到解決，都是民衆有意將建廟的木材神聖化，借以彰顯神明的靈顯。在民間流傳的建廟傳說中這是常見的類型，所組合的母題不一，但都能強調木材的神聖性，用以象徵一座公廟的興建需要凝聚地方上的心力、物力，而每次的改建也需要重新加強對神明的信仰力。在中國或臺灣的村鎮社會中，類此間隔甚久才需要再度進行的建大事，民衆常會創造出新的神話傳說，借以支持、肯定他們的信仰，經由一連串語言、動作的象徵以合理化其行爲，由此凝聚、整合聚落內的向心力，共同完成一件龐大的工程、繁雜的大事。

第二種爲建廟風水傳說

在國人的民俗信仰中，風水地理的講究是基於宇宙觀的和諧而有力，如何經由各種大小宇宙的配合、感應，產生一種最有利於人的位置和方位。廟宇常與角頭、全地區的共同命運有關，因此如何點到一塊最有利的所在，就成爲大家關心的問題，因爲這是命運共同體的象徵。在東港的移民史上，東隆宮的遷移是與東港的自然環境的變遷、人文環境的形成有密切關係的，因而爲了「東港興隆」的共同期望，在本地就流傳有兩種風水傳說，用以解說東隆宮的建廟地理所具有的神聖、神秘性。由於深具本地風光，將風水傳說放在東港的開發史上就可解讀出其中所透露的隱微意義，正是東港人期望借由東隆宮的命運表現出大家心裏深處的共同願望。

第一則是有關東隆宮較早建廟的地理，流傳的時間較早。由於東港的地勢低窪，河流貫穿於區內，即承受下淡水溪、東港溪及後寮溪諸溪之水，也常受海潮侵蝕砂岸，所以一遇大水，就易於泛濫成災。在光緒二十年東港曾遇到一次較大的海嘯、山洪，因而就傳出海螺穴的傳說。吳朝進曾有一段質樸而有趣味的文字敘述：

當時王爺廟建在鹽埔村的溪東，惟該處沒有防浪設施，致砂土年年被海水沖崩。不久王爺廟便沉浸在水中，且在廟基四週起浪，附近民衆已遷居安全地帶，只有王爺廟屹立在海中，但廟基勢將崩陷。由本鎮一位篤信王爺的信徒登高一呼，大喊「搶救鎮殿王爺神像要緊！」衆信徒本是信仰王爺的，急駕駛竹筏將下頭角（今之豐漁里、興漁里、盛漁里及鎮海里之一部份，俗福浸水莊仔；暨八德里、朝安里各一部份）所有之大輦（神轎，現在存放在東港區漁會舊辦公廳，已破壞，且有一百餘年悠久歷史），準備將神轎之頂蓋掀起，欲將王爺鎮殿神像載走。昌受強風巨浪所阻，竹筏靠近廟基時，惟前殿被巨浪襲入，無法進去。改道設法搶救神像，費盡九牛二虎之力，終將神像安置在神轎內划走。離開廟時，忽聞雷鳴之聲，瞬間廟基無影無蹤，崩塌海中，波浪沖天，正是「霹靂一聲驚巨響，水花浮騰滿天飛」，此乃奇蹟。在廟基之下，海螺成群，密佈海面，（據稱廟基下層是海螺穴，俗稱倒退黨穴）游回入大海，當時搖鐘網漁，漁民在三天內爭取捕獲海螺甚多，此乃奇蹟。

文中所稱的「一位」篤信的信徒，本地人有說是林合的，即前往嘉義購木的林庚申的先人。[21]這段搶救温王爺神像的事跡至今仍流傳於東港，就是海螺穴的舊址也仍有人會遙指鎮海里東的海面，說是海螺穴的所在。將海螺聚集於廟基的自然現象，神話化爲王爺廟的聖地，確是濱海的居民基於其夙來的知海習性和海洋信仰所附麗而成的，頗能表現漁民對於海中生物及企求守護神信仰的想像力。

第二則即在目前東隆里的現址，據當地人所說是「遵照神示擇地」的，這是民間不經風水師堪地而由神明指示的擇地法，而其靈驗性也較高，吳朝進也曾記載新廟址的穴地傳說：

> 自廟建竣以來，東港地區地勢較爲低窪，每逢潮滿期間，常有海水倒灌，山洪急洩之水患時，民屋普受侵襲之苦。惟東隆宮從來沒有浸水，此乃是一大奇蹟，此地勢地理乃爲浮水蓮花穴地。

有關蓮花穴可以想見原是一處低窪地區，爲遍長蓮花的水池。所以在建廟前曾由鄰近的農村如下廍、三西河等有牛車的村落，發動運土來填實預備建廟的地基，農民基於對王爺的信仰，大家都熱烈地參與這一神聖的任務，所以其後千歲爺蒞境所巡狩的區域也都包括相鄰的農村，表現王爺神威所被之「境」。直到近三科才因祭典委員會與各村落間的一些現實問題（諸如繞境區域增大、經費分攤……），而停止前往巡繞鄰近的農業村落。

從東港祭典史言，較早還有南洲鄉也曾到東港請令牌回鄉舉行祭典（尚有小琉球也參與）。有關南洲與東港的關係，從自然地理環境言，原是具有相互補益的一個文化、生活生態區，所以原本的交情、交陪關係也甚爲密切。由於南洲未臨靠海，故特別前來請令；後來也因人事、因居民意識的增強而中止這一請令傳統。對這一較早傳統的懷念，曾訪得一位熟悉鄉史、地理的耆老說了一段發人深省的地理傳說，指出東隆宮所得的穴是蓮花池斗燈穴，其脈理是與鄰近村落聯接的：據說南洲有一水池（今爲塭仔）常會生長蓮花，爲整支蓮花的頭部；而其莖部伸展，經過牛埔仔，而根部則在東隆宮所在的穴地，所以東隆宮也是東港的根基所在。稱爲「蓮花池斗燈穴」，也就是它關聯東港全體居民的共同命運，溫王爺在此吉地上坐鎭，也就成爲一種命運共同體的象徵。廟中一位執事就特別指出新建東隆宮的臺階常會顯現有水痕，即爲地氣的發揚；而正殿與後殿間至今也特別留有一座水池，就是象徵吉穴的所在。

從東隆宮的多次遷建都是與東港居民的開發、建設有密切的關係，在市街形成史上，不管是木結構或新慶成的鋼筋水泥仿華南重簷式建築，都成爲東港地區的一處地標，其巍峨高聳的飛簷、富麗堂皇的黃瓦，以及鐘鼓樓敲鐘擂鼓時聲音所及的區域，都會讓全體的東港鎭民產生一種共同體（Community）之感，在視覺或聽覺上全體共同體的成員都能仰見飛起的一角廟簷或親聞鐘鼓交鳴的悠揚聲音，也使大家在社區內相互具有一種連帶感。因此東港地區所傳播的風水傳說，更加深了大家對這座神聖場所的一體感，蓮花的根部越是強而有力，所發的蓮花也就越能臨風生姿，象徵共同體的命運也是榮耀的——而斗燈即是大家元辰煥彩的象徵。所以平常市街的開闢、鄰里房舍的設置，祭典舉行時的牌樓、燈彩也就由此中心幅射向東港的各角頭，構成溫王所管轄的整個境域，也是輪值王爺蒞臨巡狩時期待平安的「闔境」。

對於神廟、神像的堅定信仰，是中國民間精神文化的具體表現，也是一種民族文化的象徵，所以在日本統治臺灣的時期對這一民間祭祀文化一直想予以壓抑，甚或消滅，而曾有萬神昇天的舉動，最後雖不果行，但仍在臺灣民衆的心理上留下一段深刻的記憶。東港曾流傳的温王神蹟傳說中既有一則關聯此一行動：

在日據時代，日人曾屢次將全省的大廟宇加以拆除，並將神像予以焚毀，而東隆宮亦不能倖免。當地警察機關有一天派了一位警察擬將王爺神像拿去焚毀，可是一時肚痛，返家後，竟不治而死。這件事無疑地增加民衆對王爺的信心，後來日政府以民衆抗議日趨激烈，折除該廟之事遂罷。

類此神明懲治惡徒的傳說在日據時代常見，尤其懲罰對象是象徵日本威權的「警察」形象，其實是民間傳說所反映的對征服者的不滿和不平情緒。

總之，有關温王定居、擇地及建廟所附麗的傳說，折射地表現出東港居民在移民、開發時共同的心理需求，大家對於所共同信仰的温王，自然傳述其靈顯事蹟也表現出全體居民關懷共同的命運，因此神木漂來與吉穴傳說正是當地人用以加強其共同信仰。類此的寺廟地理類型在中國民間寺廟傳說中是頗爲常見的，它又能適應不同地區的自然、人文環境而調整、創造出新的神話傳說。由此可見其傳承與變易性，正是民間社會所自然參與的集體創作，在不斷地口頭傳播中繼續創作，而且每逢發生較大的變動事件時，就會刺激、引發新的創作活力。所以東隆宮作爲温王的鎮殿場所，其兩次擇地、兩次興建都有新傳說自然產生，民間不僅以此展現其活潑的創作力，也借此加強、肯定他們共同要完成的鄉鎮大事。東港從過去到現在都能維持一個漁業兼農、工的鄉鎮社會，因而居民也仍能保持傳統社會的習慣，在充滿神聖而又神秘的虔敬氣氛中，一如往昔地敬祀神明，也一再傳播有關神明的神話傳說，深信其不可思議的神秘力量，確是與鎮內所有的成員都能息息相關，這是寺廟文化與民間文學的關係，也是固有中華民俗文化的特質之一。

四、守護、警戒與懲罰——温王的神蹟顯示傳說

東港地區的民間傳說中，還有分量頗多的表現温王及諸千歲靈威的一類，從平常期間鎮殿的温王在當地信衆中所擁有的威嚴神格，乃至平安祭典期間所反覆傳播的千歲爺職司的巡狩傳說，都是民間社會出之以虔誠、敬畏的情緒而集體認同的說話。也就是方志所載的「畏敬特甚」（林豪語），既畏又敬、既喜亦懼的心理，促使當地流傳一些有關信仰及請送儀式的傳說，從古到今在祭典期間一直不斷地發揮其微妙作用。若從神話學的理論言，神話傳說與信仰儀式本有密不可分的關係，都是利用象徵的方式表達人類的心理、社會需要。信仰儀式是動作象徵，藉儀式行爲以表達其共同需要；而神話傳說則爲語言象徵，經由語言文字來傳述神明的事跡，藉以支持、肯定其信仰行爲，賦予信仰儀式以合理化的意義。東港的温王爺傳說和每逢三年一科（辰、未、戌、丑）的迎王祭典，就是神話與儀式結爲一體的典型。本來在温王爺傳

記中所敘述的解化成神後，所受的「代天巡狩」的敕封職司，就是爲了合理化迎王、祀王及送王的祭典儀式，而其宗教、社會功能則在於驅瘟逐祟，綏境境宇，因而新起的地域性傳說就更具有加強儀式、信仰的新意義。

第一種爲溫王顯現神威的神蹟傳說

關於溫王爺在平常期間所表現的守護神性格，就是要維護境內的安全與安寧，保疆衛土，闔境平安，正是鎭民所仰望於王爺的神威所在。其中有一則是發生在日據時代，由溫王爺託夢於中田憲兵隊長，讓這位日本憲兵隊長體認中國神明的神威：據說中田夜晚睡覺時，聽見有人要他急起「捉土匪，保護民衆」，經連番催促後，不得已起床，裝束武裝，帶搶騎馬，趕到土城（今東港中學對面即土城城門），看見「大群土匪被身穿武裝，前胸及背後各書有『溫』字號衣者在後追趕，前面匪徒四竄逃走。」天明後查問民衆，才知道是「王爺派兵相助，始趕走土匪。」這是屬於神明派遣神兵相助的類型，讓日籍的中田隊長成爲溫王神威顯現的見證者，這是民間常見的神明陰護居民的神蹟傳說。

次爲神明收伏部屬類型，民間常傳說神明展現神威以壓服來犯的各種精怪、強人或其他法術高強者，使之成爲座前的屬從，來幫助其辦事。東港所流傳的是有一位澎湖的符仔師前來鬥法而被收伏的故事，其情節單元可排列如下：

人　物：澎湖符法師　（澎湖至今仍以法師、小法出名）

法術能力：神通廣大，能驅神鬼及精通山醫命卜相。（法力高強則收伏之後越能奉獻其法

力）

平素作爲：常玩弄大小神明，與之鬥法。也常爲人驅邪捉妖，除病安宅，但都拒絕報酬。（表示其人雖恃法自信，但本性不錯，作爲後來成爲神的部屬的伏筆）

作法方法：以雙手合掌抱拳遠遠地向神像打去，神像面上就會油漆脫殼，則其神永遠不靈威；又以腳上草鞋左右揮掃，神明即被驅集禁在大櫃內，經人聞到呻吟聲，才請法師釋放出來。

前來試法：聞悉溫王爺神通廣大，就渡海前來，準備較量一下。

試法情景：到達東隆宮後，正要「舉手抱舉（指）打跨王爺神像，舉目見王爺神像五部鬚沖直，怒目圓睛，面部流汗」，即伏地求饒。

返家結局：「求王爺公饒小法回歸，看見澎湖山，死亦瞑目。」果然渡海見到澎湖嶼後，即吐血而亡。

收伏成神：據相傳該法師係被王爺勸服，成爲正神，在案桌前專司籤筒，協助王爺驅邪治病，山醫運途，懸壺濟世。

這類神明收伏部屬的情節常見於諸神傳說中，都是按照一定的敘述模式而發展其情節：凡有試法者、試法及鬥法的過程、被收伏，而最後安排成爲部屬。民間在敘述時，爲了預伏其終將成爲部屬的條件，一定誇言其法術高強、桀傲不馴但心地不壞，以表明所隱藏的神性。而對於試法方法的重覆出現，顯示敘述手法的模式化，不過在面對不同的神明時，卻可以發生各種各樣不同的結局，類此素樸的口述文學自有其傳承技巧和規律，顯示同一情節單元的反覆使用，不僅是一種創造力、想像力的代替品，而且是經由模式化以期引發閱聽者的慣性反應，讓傳播者與接受者在瞬間的臨場感中獲得共享其質樸的趣味。

第二種爲巡狩期間觸犯禁忌的懲罰傳說

臺灣民間的鸞堂、善堂常以降示鸞文來教化百姓，從早期東港地區既有衆多鸞堂的組織，衆鸞生常在請王的平安祭典期間擔任內司諸職，他們之所以要出榜文即以該科蒞境的王爺代天巡狩之故，而要鄭重地「出榜」以安民，將巡狩的動機、目的及其意義公告週知，榜文即由內司請示大千歲核可後發下，一張「發府前曉喻」，其餘四張則發境內的四個區域張掛，以警告世人要遵行正道而遠離惡道。文中先嚴厲的警告何者不當爲，再勸誘何者應爲；最後則明示下民如聽從訓示就可得到的賜福，這是一篇最能表現當前東港人心目中王爺神格、職司的珍貴材料。榜文中所強調的諸多惡行，諸如：「由因世人，愚昧不醒、不遵國法、不尊長上、不忠不孝、不仁不義、迎新棄舊、不廉不恥、欺詐善良、口是心非、滋事生端、損人利己、結夥搶劫、魚肉鄰里、胡作胡爲、自食惡果。」又正面明示百姓要：「咨爾善男信女各宜言行一致，崇奉天地神祇、樂善好施、遵守國法、維護社會安寧；孝敬父母、兄弟和協、鞏固世澤綿長；遵守道德、矜孤恤寡、拯弱扶危、無欺無詐。」類此道德條目其實正是儒家所慣用的經典教育，通過各地方基層的仕紳、讀書人，以淺俗化、簡易化的條目進行民衆的道德教育。而東港當地的民衆也在這種鸞堂宣講善書的傳統之下，一再傳述一些王爺顯聖來獎善懲惡的傳說，對於祭典期間的逾矩行爲加以懲罰。

觸犯禁忌之一的是有一蘇姓工匠，平時尚稱安分守己，工作認眞，技術不錯；但嗜酒如命。他因錯信謠言以爲其母早年與人有不軌的行爲；又因自己年長未婚，而與鄰婦私通，每酒醉後就常借題責罵其母不貞。有一年送王時刻將到，他身爲轎班，卻在家拖延；又喝醉後講酒話說：「皇帝是我大哥，我比王爺大，送王與不送王一樣。」說完後，忽然兩眼圓瞪，著裝到路邊下跪，温王神轎經過時，伏地不起，不能動彈。經其母求情，王爺指示「不孝者必與之有所警戒，不能赦免。」又經宋江陣同仁一齊請求，才以桿打處罰後，扶回家去。

觸犯禁忌之二是一位呂姓婦人，在請王駕（請水）當日備辦牲醴時，因遍覓不著盛酒的酒瓶，一時心急，大聲叫罵：「何人拿去死？」言猶未了，家人忽見一「身穿白衣腰懸劍之武裝官樣人員，踏入呂婦屋內時，忽見該呂婦下顎卸下，昏迷不醒，口吐白沫。」大家見情況不對，「始悟王爺之中軍府（穿白服裝）派員巡察善惡，發覺呂婦不誠心，故顯靈警告。」後來有人提議僱車載至王府，將呂婦扶下車至神桌前，將情稟告王爺，並道歉，由皂役（班頭）打十二個嘴巴，以示敬神不虔誠。打完後，回家稍事休息後，下顎及身體就無藥自癒，恢復正常。

這兩則都是當事者本非大惡，但因在請王、送王期間，不能謹言愼行，觸犯神威，故馬上由神明部將給予警告，類此故事都有明確的時間（後例是民國二十四年，歲次乙亥）、姓氏（蘇、呂），並有諸多見證人（宋江陣轎班、呂婦鄰里），傳說即借此擬眞實的敘述方式以顯示其爲眞實性。祂除對個人的警告外，也對集體的有所警示，這一件顯靈奇蹟也是至今傳述的，吳朝進所紀錄的可分析如下：

時　　間：民國五十年（歲次辛丑）三月徐大千歲巡狩期間。

受警隊伍：下頭角擔任溫王爺轎班，爲七角頭中人數最多的，約有三百餘名。

正常狀況：「迎王期間，溫王爺乃鎮境地主神，在代天巡狩撫臣降臨查察善惡期間，王爺負責除暴安良，保護民衆安全，捉賊擒兇等。每夜都要按「更」查夜，大街小巷，巡邏工作，由轎班（抬神轎之人）分在神轎前四名，轎後四名，左右二名，前後各一名，擎涼傘人員一名，合計十三名。如此神轎始得行動，均由轎班人員輪流制，分別執行，其餘人員隨轎後尾行。」

發生狀況的原因：因「日以繼夜服務，精神容易疲勞，故夜間以輪班制約定，必有一班人員當值，其他人員在廟內外休息。」

狀況的發生㈠：「在一次深夜裡王爺臨時要查夜，惟因轎班人數不足，或在轎前轎後，或在左右兩側睡覺，或在養神以待差使，間有大部份人回家。」

狀況的發生㈡：「忽聽神轎之含鈴自動大響，神轎自行震動，有部份轎班被驚醒，急將轎槓負起在肩上，前排轎班人數已足，但後排人數尚不足二名，神轎一旦發動，直奔走至廟前之戲台而去，其餘趕不上的轎班隨後追趕，神轎前半截直沖上戲台上不動，後半截連數名轎班吊在戲台外，搖搖欲墜，無法下來，嚇得面如土色。」

戲班正常狀況：「每科王戲在事前互約在迎王期間，日夜不停戲，如有事故必事先向王爺請杯（信杯），准後始可暫停休息，故酬勞特別高。」

戲班發生狀況：「此次因無請示，自動停演，王爺不准，故採取離奇行動，戲台內的演員在睡眠中被驚醒，愴惶之間不知所措，全班演員出場跪下拜個不停，祈求王爺息怒赦免，有人在大聲叫：『王爺查夜，速辨仙！』

結　局：「警戒轎班不守規矩，自此以後轎班不敢怠慢。翌晨鎮內大街小巷、家家戶戶、老小皆知，咸稱王爺非常靈威。」

據本地人說：王爺在以前是極爲嚴肅、嚴厲的，現在已慈祥得多了，其中曲折地反映出一種信仰習俗在社會文化變遷中的衍變，帝制時代的官吏威權在消退中，居民對於王爺的形象認知也在改變中。不過從巡狩期間仍常一再喻示鎮民，勿使鬆懈，從中仍可感覺有種又敬又畏的情緒存在。類此氣氛使得這些傳說仍繼續爲人流傳，且多少仍具有規範居民的功能。

第三種爲巡狩期間懲罰壞人、歹物傳說

在中國的帝制傳統中，巡狩是皇帝轄有其領土、人民主權的象徵行爲，「率土之濱，莫非王土」，因此保護國土的完整、王民的安居樂業，就成爲其神聖職責，所以古史中有帝舜巡狩的神話。不過這只是指有形、可見的疆域，而在另一無形而可感應的境域，也逐漸有另一相與配合的巡狩觀念，這就發展成爲民間社會、民間信仰中的保「境」意識。所以迎請千歲爺的蒞境，其顯性意義是代天巡狩、司察善惡；隱性意義則是以天帝所賜予的靈威力，掃清境內妖氛，讓地方上「闔境平安」。而對於各角頭居民的顯性意義正是驅瘟除祟，保佑平安。因此千歲爺一到，所出的榜文中，其最末一節就表達出全鎮鎮民的集體願望，就有「天降司祥，盜賊絕跡、瘟疫不侵、干戈永息」的辭句，顯現上天既是公正的裁判者，也是嚴格的執法者；而威

嚴的王爺正是實際蒞境執行任務者，在境內從事警戒與巡察的任務，以此獲得潔淨、平安的祭祀目的。因此平安祭典期間，王駕繞境時一定出動神轎、神將團等盛壯的陣頭，東港地區較具地方色彩的武陣中，頗具特色的五毒大帝陣、五靈聖將、八家將以及其他陣勢，都具有驅瘟靖安的功能，其中共明堂、共和堂的五毒陣、香吉堂的五靈（錢、劉、趙、卓、柯）聖將與福州白龍庵五福大帝有關，從瘟神信仰言屬於五瘟使者系統。廟堂中的執事均以其臉譜、陣勢及陣法爲「神明指點」，運用五毒大神、五靈聖將所持的驅毒、除疫法器，布下陣勢，借以在遊行或廟埕前表演，並在鎭內各角頭巡繞境宇，將各種「歹物仔」驅逐出境。其餘家將團、以及十二家司、二十四家司等，他們在服飾、陣法的表演主題上，也都圍遶著驅除瘟疫而表現出不斷進行揖捕不祥的動作。所以對於當地百姓而言，類此驅除不潔以獲得閤境的境域平安，才是他們最爲關心的事。

由於古來相傳的久遠習慣，既已促使鎭民必須遵守一些齋戒禁忌，戒愼其行，緘愼其口；也不斷地傳出許多懲罰犯過者的事蹟，借以表現溫王及諸位千歲的神威與能力：其中有兩則都是對於盜賊的處罰，這是因爲祭典期間香客極多，來往之人混雜，借此警告手腳不乾淨者要小心王爺的嚴厲，其時間均發生在日據時代。吳朝進先生即以樸質的語氣敘述日本警察本要禁止迎神賽會，經民衆一再陳情後始予核准，但要大總理自負一切安全，而民衆也堅信「王爺有靈」，是年仍繼續舉行祭典（迎王），果眞發生事故：

熱鬧時，應時而起的扒手竟竊取了一位看熱鬧的鄉婦的金項鍊，該鄉婦在惶恐之下走進警察機關去報案，但日人主管以事前有訂約而不理：「去找王爺好了！」無奈（之下），該鄉婦至東隆宮哭訴王爺。此時說也奇怪，怪事隨而發生，一個年青人如瘋如狂，忽作細語，忽作叫號，直向東隆宮奔走而來。跑至王爺的案桌下，直供扒竊一婦人的金項鍊，並當場物歸原主，而這扒手有如被人毆打似的一直在桌下掙扎痛哭。後經祭祀大總理祈求王爺，始獲釋放。自此以後此項故事的一再傳播，故每次迎王（平安祭典）均未發生問題，日本警察也無奈他何。

類此王爺懲罰竊盜的事件，東港人將其置於日本警察不理而由王爺顯現神蹟的歷史脈絡中，就特別具有顯現中國神明自有其靈威的意義，所以不是出現同爲中國人的清朝官吏或民國時期的警察；而這一傳說的訓示意義也就在末句的「均未發生問題」一句，確是爲了警戒不守法者的心理作用及教化功能。

另一則被傳述得更爲曲折，但其目的卻是一樣的。從民間說話者的敘述技巧言，也使用了一些強調、夸飾的手法，在通篇完整的敘述策略中（參見附錄）出現諸般有趣的處理：如失物者必爲「鄉婦」，要「參拜王爺，順便看熱鬧」。東港在屏東靠西南海邊算是大鎭，鄰近都是更小的村落，在歷史上固然曾爲舉足輕重的大商港，現在也仍是較重要的漁港，所以會以鎭民的眼光來看待鄰近農村來的鄉婦——鄉下來的婦人家，一個既充滿鄉下人純樸的虔誠與好奇，而又難得看看大鎭熱鬧的鄉下人，其中透露些許愚、直的氣味。爲了強調特別從她的較常見過世面的丈夫的視角來勸說：

在未出門以前，其夫勸她：「勿過份裝飾金器，帶金鐲及金項練免不了惹人注目，尤其逃不出小偷之眼光，乘人擁擠之時被扒手偷去，反悔莫及」。惟該婦不以爲意，說：「因面子關係，非帶金飾不可；王爺有靈感，絕無其事！」

在民間文學的典型人物中，以世故、經驗豐富的丈夫（男性）來對照質樸、愚直的自信而又愛炫耀的婦人（女性），多少代表傳統社會中男性採錄（敘事）者的優越視角，並讓閱聽人接受其視角取得共鳴後，造成一種看滑稽戲的趣味。而預料中的事故果然如所預期地發生，且很快就會發生：

即來到東港鎮內十字路口，人群最擁擠，香客萬頭鑽動，無立足之地。正在看熱鬧之時，不覺金鐲不翼而飛，正愴惶四處查尋，均不見蹤影。急得該婦團團轉。此時欲哭無淚。

設計婦人往人最多處、最熱鬧也是扒手最易下手的地方，這是作者的情境設計；然後夸飾鄉婦的反應，也是讓讀者興起既覺得她眞蠢但又免不了同情的情緒。接下就出現獻策者及解決困境者的情況：

經人勸她只好訴告王爺，懇祈大顯神通，庇祐協助查尋。該婦人不得已，來至東隆宮，跪在神桌前，哀求王爺大顯神通，庇祐尋回，始能向其夫有所交代，藉免被責罵，亦得顯大神之威靈。在一邊祈禱流淚。

這段文字除了呼應丈夫的勸告，也呼應她對神明的單純信念，是顧慮週到的敘述。接下即插敘客運公司及迎王期間的營運情況，然後出現揭穿謎案的初步情境：

狀況㈠：滿載客人，由司機蔡順珠（東港人）駕駛，正欲發動引擎，準備開車時，不意機件似有故障，任由司機操縱不動，下車檢視機件均無異狀，雖經數次發動均不起動，累得蔡司機滿頭大汗，只好吸煙休息養神，再檢視機件。

狀況㈡：忽見一青年身穿藍色轎班衫，肩負一短木棍，後面由一人穿同樣衣服隨後扶持，直奔前來。有人說：「王爺駕到！」霎時至車前叫開車門，上車將客人中之一青年抓住衣領，連人帶扭下車，如飛直奔王爺廟而去。

先設計司機的窘態，表現將有意外發生，但此時人都不知其原因？然後用「忽」字帶出另一意外情境。此時再以旁觀人的莫名其妙，並由推測者說：「王爺擒賊，必是扒手。」，由「好奇者」帶領讀者去看到眞相（究竟）。

真　相㈠：見該轎班將青年扭至神桌前，命其跪下。此時該轎班本身已恢復原狀。

真　相㈡：忽見班頭（神之差役）將神刑具（麻繚、竹板等）將該青年押倒在地，見他面如土色，如癡如狂，自言自語，說以後不敢偷人物件，請王爺赦罪警戒。言猶未了，將原偷之金手環交主事者，轉交跪在神桌前之婦人認明領回。該鄉婦千叩百拜，因有所交代而高興的回去了。

先以轎班恢復原狀，不知自己所爲，表現是王爺命其爲之；後由班頭處置，轎班、班頭正是祭典期間戴魯笠、著差役服飾並執法具的執法者代表。經由小偷的認罪，鄉婦的難題解決而先結束第一件，「交代」兩字最爲傳神，對丈夫的勸告、對自己的堅信有了結局。接下就是處罰的情況：

處罰情況：忽見大班頭（神差役之領班）手執令旗跪下，向王爺稟示如何處理，經以信杯指示，應打一二〇大板，即換算十二大板後，稟稱千歲開打，連打十二大板，打時竹板距離屁股約一尺之處，只聽該青年大叫「痛死我」。打完後，該青年爬不起，面色蒼白，不省人事，不能行動，屁股疼腫。經主事者向王爺稟告，赦其罪過後，稍事休息才回家。此乃神奇之一。

在當地的傳說中，差役執行打大板，一定強調不是直接打在身上，卻又疼痛難受，以此表示神罰。而敘述者一定要加上教訓、啟示的一段，這是民間文學者慣用的手法，尤其是神蹟傳說不可或缺的一種模式：

啟示作用：旁觀者一傳十，十傳百，傳遍整個鎮內，使信徒們愈信王爺神威，不敢作壞事。此事有人問及蔡司機之感想，但蔡司機（基督教徒）只笑而不表示意見。只說：「事實是事實，因宗教不同，無所奉告。」

「不敢作壞事」是教訓的重點所在；而結尾的問答在民間文學中的作用即是故作神秘，反得畫龍點睛之妙。

類此純樸的敘述技巧出自鄉鎮中受過教育的文字敘事者、報導者之手，形成一種單純而自有其用意所在的趣味，可謂為典型的民間文學，與口述傳說被文學化或文學家的記述具有不同的情趣。在傳述懲治歹物的事件中，還有一件王駕出巡繞境的奇聞，地點是在「碼頭」：

狀　況㈠：徐徐行至碼頭時，王馬不向前進，只用前面兩馬腳亂跳並嘶哮不止。

狀　況㈡：衆人不解其意，有好奇的人往四處查看，不見猶可，一看大驚失色，大喊「橋下有怪物出現！」

以王馬偵知及衆人查看，敘述奇事的發生；然後敘述處置的過程：

處　置㈠：衆人下橋一看，橋下溪水深不及膝，溪邊有一洞穴，洞口有尾大鱸鰻，魚眼睛目光四射，閉口，只伸出半截頭部，身不能伸縮，似有人抓住之狀。

處　置㈡：隨後下頭角宋江陣亦到，（按下頭角宋江陣隊員全是捕魚郎）經他們持長武器者，一名先下橋對準魚頭部用力刺殺，此怪魚不伸不縮，亦不能轉身，其後並由同隊隊員持有「三叉」、鐵鈀鉤仔、撻刀、板占等長武器者幫助喊聲，一齊用力把牠拖出洞口，一看（按目測）魚身長約一丈（近二尋），身圍約四十五吋，頭圍約有六十吋，體重約一百斤。

處　置㈢：經王爺指示可煮而食之；不食，用石油潑燒，可杜絕後患。

處置的三個過程也就是敘述者帶領讀者親見奇蹟，「大鱸鰻」的不伸不縮、長度逾常，及王爺指示等，都隱隱顯示王爺的不可思議的神蹟。經處理後才繼續繞境。而對於鱸鰻的眞相揭露，敘述者先用插敘法，以括弧補充說明；再於文末以農民、養鴨人家的告知說明之：

真　相㈠：據說此魚欲在代天巡狩駕前，請大千歲爲牠轉奏玉皇上帝，准牠昇天，排列仙班。因王爺阻止不准，謂此怪物素無德行，雖無害人，但損害五谷及鴨隻不少，倘如准牠昇天，後果不堪設想，故派神將扶助除害，先將牠叉住，是否事實不得而知。

真　相㈡：後來據此間農民稱此怪物時常趖入稻田內，偷食稻谷，損失很多。又據養鴨人家稱他們的流動鴨群在此溪中放飼，游水覓食，時常缺少隻數。咸認均被此怪物所呑食，幸經威靈顯赫的温王爺除害，感激萬分，否則後果不堪設想。

鱸鰻精想要昇天屬於民間文學常有的精怪傳說，在傳說及戲曲、小說中爲常見的神明除妖類型，因而被附麗於王爺除祟的傳說中，增添王爺繞境的神聖意義。

在臺灣的王爺信徒及相關的請王習俗中，主要的都環繞著「代天巡狩」一主題，也就是民衆所期望王爺蒞境的神聖任務：在王駕遊行時，王爺所統領的兵將要巡察的範圍，對於四境進行察訪，一方面對於善男信女的言行一致與否，加以核驗、獎懲；而另一方面則是對於魑魅魍魎、疹疫妖災，進行徹底地掃蕩、掃除，以撫靖境內。這是兼具有道德教化與消除不祥的雙重意義，爲一種週期性的宗教潔淨行爲，從個人內在的道德修爲到集體賴以生活的大環境，均經由繞境巡狩時有諸多的儀式行爲相與配合，藉以週期地重整其生存的秩序，是一種時間、空間秩序的重建，也就是合「境」的平安。所以民間自然傳述的傳說事蹟，在崇仰的行爲中，表明集體的心理需求，就是借由神明的力量來解決其生存空間的潔淨、和諧。這些傳說一代又一代地傳播下來，自然形成中國民間文學共通的敘述模式，其中既隱藏而又暴露其深刻的意義。在口傳時固然具有隨口講述的隨意性，但在鄉鎮知識分子記錄時也就技巧地表達其中的趣味：從人物的類型化、事件的簡單化，到主題的明確而富於教育性，都是民間對於複雜想像的代替品，表現出一種樸拙的趣味。由此可知宗教性的民間文學傳統有其傳承性，長久持續其深層結構，但在因應社會文化的變遷時，傳述者的意願就會進一步參與、且逐漸凝結成爲集體意識，借以表達一共同的願望，類此變異性也反映出社會、心理的不同需求。由於神話與儀式的密切聯結，在東港現存的王船祭中，就可發現其神轎、神將的動作，具有驅逐邪祟的象徵意義，這也就是史家所謂的古儺的遺意，雖經千百年，甚至進入現代化、世俗化的時代，傳說、儀式的象徵之下，其中所隱喻的意義在社會文化的變遷中，依據不同階段的歷史脈絡加以解讀，就可獲得疏解。可見民俗文化從傳播的觀點言，確是一個相當錯綜複雜的傳播過程，其中蘊藏了複雜而多變的訊息，確可解讀出多層次的意義，這是很有趣味的事。

結語

民間文學是人類最自然的傳播成果的記錄，從流傳到採錄，其過程複雜而歷時又久，因而從一件被保存的敘述文體中常常可解讀出其中極爲錯綜而豐富的意義。此次所選擇的一個臺灣田野的個案，因它有神話傳說、信仰儀式，並有諸多地方風物遺跡，因而其中所隱藏的意義也較爲豐富。對於人類利用神話探索最基本的問題：存在與秩序，則整個溫王傳說與王船祭儀式，既隱藏而又暴露了豐富的涵意，將它置於中國及環東海的民俗文化中，就可發現它並非孤立存在的信仰習俗，而是一種普遍的文化現象。從中國的、環東海地區的海洋文化的歷史脈絡加以解讀，確可發現其中可變與不可變的軌跡。這些傳遞出來的訊息可以幫助吾人瞭解民間文學的傳承與變易，是一種既會維繫原本的傳說，卻也會反映出不同時空的社會文化的特徵。而在其深刻的結構性意義上，則是充分表達出民衆的宇宙觀、生命觀，其中確實蘊藏有意義豐富的文化課題。

歷來對王爺、温王爺的神格產生多種殊異的看法，凡有冤靈、怨靈；瘟神、厲鬼及海神等諸多論點，而所根據的常是經歷長久流傳、分化而在紀錄時被定型化的版本，其實諸神傳說作爲一種民間文學，原本就具有在歷史過程中不斷被傳播、改造的情況。也在各地區、各社會的影響下反映出各歷史文化的特徵，因而其神格也不會是單一的，而是複雜的重疊層累的結構。因此東港地區的温王及諸千歲，與其只用一種性格加以解說，不如從社會文化的發展解說其逐步分化而成的多重性格。類此變易尤其在當前社會變遷迅速的局勢下，更常讓人覺得神話傳說中的諸神也具有諸般多樣的神格。

不過從結構的意義考察温王爺的殉職成神，基本上是屬於非自然而正常處理一類；雖是非自然，但從神仙神話的立場考察，三十六進士的集體死亡既有神異的景象，就非是尋常的橫死、意外的死，而是道教所說的尸解成神；而關鍵所在則在儒家傳統下皇帝的「追封」、「建廟奉祠」，也就是英靈有所憑依，並非孤滯的禁厲之屬。故只單純說是「厲鬼」，其實並不完全符合傳說中東港地區所層累地積成的温王爺等三十六進士成神譚。由此可知在傳播的過程中，會變的只是表層的結構，而其深層的結構性特質，只會附加一些不同地區的居民所折射出來的意識。對於傳說、儀式的研究，有時需解開其表面的現象，一方面從比較民俗學弘觀地考察其中所具有的一致性的特徵；另一方面則可從民族性、從文化意義上深入分析其中所深藏的宇宙、生命觀照，始能尋繹出通俗的大衆文化中也仍蘊含有深刻的民族特性。

在東港地區從口傳到當地能文之士的筆錄，不管是溫王傳說記所採用擬史傳的神話文體，因此構成此一文體的語言風格；或是有關成神之後的神蹟仍不斷地在信仰區域內傳播、宣揚，從其最小的情節單元到完整的一篇民間說話，都能配合儀式的動作，支持、肯定其信仰行爲。因而從民間文學的價值言，都具有民俗的趣味與特殊的美學效果；而從東港在平安祭典中所表現出來的儀式行爲，不僅是民衆在與蒞境的千歲進行溝通，更是表達出當地人借用一種行動來演出其崇奉的信仰心。因此有關神明的神話傳說，從說者（發訊人）通過不同的表達方式，到達接受者（受訊者）的傳播過程，就不只是訊息的傳播而已，而是一群具有共同信仰者在共同建立起一種精神的價值體系，而彼此之間以此相互傳達、呼應，在同一文化傳統中共同體認其中的生命意義與宇宙秩序，這正是神明神話的宗教信仰特質。

附註

❶ 有關傳播學的理論，參考徐佳士《大衆傳播理論》（臺北，新聞叢書編纂委員會、一九八四）；李金銓《大衆傳播理論》（臺北．三民書局、一九八四）。

❷ 從比較民俗學加以研究的是鈴木滿男，他修正了折口信夫的陌人論，根據更多的比較民俗的現象，提出臺灣漢人社會的王爺、南朝鮮的Yongdung神，都具有相類似的特徵。其中曾參考前島信次與曾景來、劉枝萬的王爺研究；並曾對南鯤鯓、西港的王爺作過考察，因而提出其論點，從神話的傳播言這是值得注意的說法。參見其〈環東海諸地區的海上異域觀念—比較民俗學的考察〉《福建民俗研究》（浙江人民出版社、一九九〇）頁一六一—一八七。

❸ 石萬壽〈臺南市寺廟的建置〉，《臺南文化》新十一期，民國七十六年六月，臺南市政府。

④ 蔡相煇，《台灣的王爺與媽祖》（臺北，臺原出版社，一九八九）。

⑤ 前島信次〈台灣の瘟疫神―王爺と送瘟の風習に就いて〉，《民族學研究》四，一九三八。

⑥ 曾景來《臺灣宗教と迷信陋習》（臺北，臺灣宗教研究會，一九三九）頁一二四。

⑦ 劉枝萬《臺灣民間信仰論集》（臺北，聯經出版社，一九八三）。

⑧ 平木康平〈臺灣にわけろ王爺信仰：東港東隆宮の燒王船そめぐヮて〉，秋月觀瑛編《道教と宗教文化》（東京，平河出版社，一九八九）。

⑨ Katz, Paul（康豹）〈東隆宮迎王祭典中的和瘟儀式及其科儀本〉《民族所資料彙編》（中研院，一九九〇）；又另篇〈屏東縣東港鎮的迎王祭典：台灣瘟神與王爺信仰之分析〉，《民族所集刊》七十（一九八一）。

⑩ 近年來在臺胞探尋祖廟的熱潮中，據廟中的頭人及主持祭典的林得勝道長言：他們已在福建泉州舊府屬內的縣分找到祖廟。惟有關進一步的資料的採錄則尚未公開。

⑪ 吳朝進《東港沿革與東隆宮温王爺傳奇》（未出版），此一手稿爲林美容在田野調查時得自伍水源先生處。蒙其慨允借閱，特此致謝。

⑫ 筆者曾搜得己未科及辛卯科兩種《平安祭典專輯》，故即依此錄出。

⑬ 劉枝萬前引書，頁二三一—二三二。

⑭ 詳參拙撰，〈臺灣東港的王駕繞境與儺文化〉，香港中文大學〈儺戲與儺文化論文發表會〉，一九九三，二月。

⑮ 鈴木滿男前引文，頁一六二。

⑯ 有關道教的尸解說，詳參拙撰〈神仙三品說的原始及其衍變〉，《漢學論文集》二（臺北，文史哲出版社，一九八三）。

⑰ 王瑛曾《重修鳳山縣志》，乾隆二十九年（一七六四）有臺灣銀行臺灣文獻叢刊本。

⑱ 吳朝進前引稿。

⑲ 黃公度，〈知稼翁集〉卷上，欽定四庫全書本，頁五七。

⑳ 最早蔣毓英主持修成的《臺灣府志》（康熙二十三至二十七年任臺灣知府）卷六規制「衙署」早就記有此事，但到康熙三十三年高拱乾修《臺灣府志》卷二規制「衙署」卻多了一條說明：「水土毒惡，歷任皆卒于官，甚至闔署無一生還者，移駐所宜亟議。」可見其情況的嚴重。不過後來仍遷延二十八年，等到「康熙五十一年，巡檢趙元凱移建下淡水赤山之巔，秩滿轉遷。淡水司之陞始此。」（陳文達《鳳山縣志》卷二）從此以後情況才漸好轉，卷四秩官志所載的前十任巡檢中，除沈翔昇、馮吉外，都「卒於官」；而王瑛曾《重修鳳山縣志》卷八職官志所載，雍正時凡有四任，其中仍有兩任「以病告休」及「卒於官」，可知當時疫癘流行的情況仍甚爲嚴重。

㉑ 類此林氏族人的說法，蒙林雲騰先生告知，補錄於此。

附錄

⊙吳朝進先生所紀錄的王爺傳說三則

温王顯靈奇蹟簡介之二

據傳說古時澎湖有一名符法師，神通廣大，能驅神鬼及精通山醫命卜相，件件皆靈。在當地時常玩弄大小神明與之鬥法，小神不敵，大神懼怕、恐惶，神不在像不安於廟。每以雙手合掌抱拳，遠遠向神像打去，神像面上油漆脫殼，則其神永遠不靈威。曾將該嶼的大小神鬧得神號鬼泣，有來歷之大神雖不怕，但也迴避其抱舉，可見其符法高深。據聞有一次，將自己腳穿之草鞋左一揮、右一掃，將神明驅集禁在大櫃內。有人聞大櫃裡有如人呻吟之聲，民衆探知符法師作祟，乃代向他講情，始釋放，化一道清風飛出去。且常為人驅邪捉妖、除病安宅等工作，均拒絕任何報酬。該法師為顯示其法力高深，所向無敵，自恃其才，到處驅神捉鬼自樂。聞悉台灣東港東隆宮温王爺神通廣大，曾化身到福州訂購建廟用木材，一定是尊神通靈威大神，香火鼎盛，來頭不小，欲與之較量一下。故隻身渡台，訪問至東港，問明東隆宮，有人跟他進入廟內，但見該法師一見鎭殿王爺神威，自思名不虛傳。既到非做不可，準備舉手抱舉打跨王爺神像。舉目見王爺神像五部鬚沖直，怒目圓睛。面部流汗，此時該法師騎虎難下之勢，進退維谷時，見勢不妙，為顧生命，伏地求饒，說：「王爺公饒小法回歸，看見澎湖山，死亦瞑目」。旁邊好奇民衆不知底細，默默而觀。據聞該法師渡過台灣海峽，看見澎湖嶼之時，在船上大叫一聲，口吐鮮血而亡，符法師到此下場。據相傳該法師係被王爺勸服，成為正神，在案桌前專司籤筒，協助王爺驅邪治病，山醫運途，懸壺濟世，使王爺愈靈威。

温王顯靈奇蹟簡介之五

在日據時代，某科，有一鄉婦準備到東港參拜王爺、順便看熱鬧。在未出門以前，其夫勸她：「勿過份裝飾金器，帶金鐲及金項鍊免不了惹人注目，尤其逃不出小偷之眼光，乘人擁擠之時被扒手偷去，反悔莫及。」惟該婦不以為意，說：「因面子關係，非帶金飾不可，王爺有靈感，絕無其事。」即來到東港鎮內十字路口，人群最擁擠，香客萬頭鑽動，無立足之地。正在看熱鬧之時，不覺金鐲不翼而飛。正愴惶，四處查尋，均不見蹤影，急得該婦團團轉，此時欲哭無淚。經人勸她只好訴告王爺，懇祈大顯神通，庇祐協助查尋。該婦人不得已，來至東隆宮，跪在神桌前，哀求王爺大顯神通，庇祐尋回，始能向其夫有所交代，藉免被責罵；亦得顯大神之威靈。在一邊祈禱流淚。另一面東港有一日人「鈴木」者，自營東港至溪州（今之南州）路線客運車，本來迎王期間交通受管制，故該車停在東港公學校（今之東港國小）路邊，滿載客人，由司機蔡順珠（東港人）駕駛。正欲發動引擎，準備開車時，不意機件似有故障，任由司機操縱不動，下車檢視機件均無異狀，雖經數次發動均不起動，累得蔡司機滿頭大汗，只好吸煙休息養神，再檢視機件。忽見一青年身穿藍色轎班衫，肩負一短木棍，後面由一人穿同樣衣服隨後扶持，直奔前來。有人說：「王爺駕到！」霎時至車前叫開車門，上車將客人中之一青年抓住衣領，連人帶扭下車，如飛直奔王爺廟而去。在旁邊看熱鬧的人莫明其妙，事後聽說是王爺擒賊，必是扒手。有好奇者隨後去看究竟，見該轎班將青年扭至神桌前，命其跪下。此時該轎班本身已恢復原狀，忽見班頭（神之差役）將神刑具（麻縲、竹板等）將該青年押倒在地，見他面如土色，如癡如狂，自言自語。說以後一敢偷人物件，請王爺赦罪警戒。言猶未了，將原偷之金手環交主事者，轉交跪在神桌前之婦人，認明領回。該鄉婦千叩百拜，因有所交代而高興的回去了。忽見大班頭（神差役之領班）手執令旗跪下，向王爺稟示如何處理，經以信杯指示，應打一二〇大板，即換算十二大板，後稟稱：「千歲開打！」連打十二大板，打時竹板距離屁股約一尺之處，只聽該青年大叫：「痛死我！」打完後，該青年爬不起，面色蒼白，不省人事，不能行動，屁股疼腫，經主事者向王爺稟告，赦其罪過後，稍事休息才回家。此乃神奇之一。旁觀者一傳十、十傳百，傳遍整個鎭內。使信徒們愈信王爺神威不敢作壞事，此事有人問及蔡司機之感想，但蔡司機（基督教徒）只笑而不表示意見，只說：「事實是事實，因宗教不同無所奉告。」

温王顯靈奇蹟簡介之六

東港每逢三年一次迎王期間，温王爺乃鎭境地主神，在代天巡狩撫臣降臨查察善惡期間，王爺負責除暴安良，保護民衆安全，捉賊擒兇等，每夜按「更」查夜，大街小巷巡邏工作，由轎班（抬神轎之人）分在神轎前四名，轎後四名，左右二名，前後各一名，擎涼傘人員一名，計十三名。如此神轎始得行動，均由轎班人員輪流制，分別執行。其餘人員隨轎後尾行，七角頭中轎班人數最多者爲下頭角，計共約有三百餘名。於民國五十年歲次辛丑年三月，代天巡狩爲徐大千歲，大總理洪啞九（崙仔頂角），温王爺則由下頭角擔任，王爺轎班爲恐王爺臨時要查夜，下頭角轎班人數雖多，日以繼夜服務，精神容易疲勞，故夜間以輪班制，約定必有一班人員當值，其他人員在廟內外休息。在一次深夜裡，王爺臨時要查夜，惟因轎班人數不足，或在轎前轎後，或在左右兩側睡覺，或在養神以侍差使，間有大部份人回家。忽聽神轎之含鈴自動大響，神轎自行震動，有部份轎班被驚醒，急將轎槓負起在肩上，前排轎班人數已足，但後排人數尚不足三名，神轎一旦發動，神賴人力（陽氣），而人助神威，一刹那間，神轎如飛似的直奔走至廟前之戲台而去，其餘趕不上的轎班隨後追趕。神轎至戲台前，櫸涼傘的人迴避在邊，而神轎直沖上戲台上，前半截神轎連轎班直沖上戲台上，將神轎放置在戲台之欄杆上不動；神轎後半截連數名轎班吊在戲台外搖搖欲墜之勢，無法下來，嚇得面如土色。戲台內的演員在睡眠中被驚醒，愴惶之間不知所措，全班演員出場跪下拜個不停，祈求王爺息怒赦免，有人在大聲叫「王爺查夜！速『辨仙』（跳加冠）！」（按每科王戲在事前互約：在迎王期間，日夜不停戲；如有事故，必事先向王爺請杯（信杯）准後，始可暫停休息，故酬勞特別高）。此次因無請示，自動停演，王爺不准，故採取離奇行動，兼為警戒轎班不守規矩。後由尾隨轎班將吊在戲台外之轎班，先用長板凳將人扶下來，再設法將神轎扶下來。自此以後轎班不敢怠慢，翌晨鎮內大街小巷，家家戶戶，老小皆知，咸稱王爺非常靈威。

媒介轉換
——文字書寫與空間展演

白靈

前言

人類生存的視境與生活方式，與使用的傳播媒介習習相關。這些媒介發展的階段可分爲幾個時期：①信號時代（我比你看，早於百萬年前），②語言時代（我說你聽，約四萬年前），③文字時代（我寫你看，約六千年前），④印刷時代（我印你看，中國約一千兩百年，西方約五百年），⑤電子時代（我演你看，近百年）❶。印刷媒介包括書籍、雜誌、報紙；電子媒介包括廣播、電話、電影、電視、音響、錄影機、碟影機、電腦等等。先不論所傳播的內容如何，這群不同的媒介形式，在這時代仍然並存著，而當然以電子媒介最爲強勢。

越是晚近，電子媒介發展得越是快速，以電視機的擁有率爲例，四〇年代美國開始有家庭電視，六〇年代電視的普及率即已達百分之九十八❷，這比起電話約花八十年、汽車花五十年、收音機花二十五年才達百分之七十五的普及率來說，是快速太多了❸。而台灣六〇年代初期電視才開播，到八〇年代中期電視普及率也已達百分之九十三❹。不僅如此，而今「電視大就是好」的觀念正漸漸成爲九〇年代現代家庭的共識，傳統電視擴張到三十五吋，一九九一年最新型的「投影式電視」竟可在家中將畫面擴大至十五呎寬，其「壯觀」的場面足可與小型電影院媲美。此兩項產品目前在美國正以每年百分之十一以上的比率成長著❺，其堂堂進入台灣家庭也將是幾年之間的事。如此發展，今後多數家庭必然爲碟影、錄放影、超大型電視、大小耳朵、巨音系統（Mega-sound systems）、遙空電玩等等所纏繞包圍，日日淹沒於電磁波與音波的發燒發燙之中。

文學主要以文字書寫的形式存在，並以印刷於紙張爲傳播媒介，此種身段要與快速進展的電子媒介同臺爭取讀者，顯然極爲不易。直到今天，印刷媒介當然仍是文學最普遍的傳播方式，但文學作品想借助電子媒介—錄音、錄影、廣播，乃至改編爲電影，電視劇、舞台劇……等等的嘗試，正方興未艾地在努力當中。這無非是：①希望將文學由平面的書寫形式轉換爲立體的聲音影像，以吸引廣大的群衆；②同時也意味著文學的閱讀人口正在大量的流失；③更代表了電子媒介具有難以抗拒的魅力，即使傳遞的是非文學非藝術的內容。它們正像磁石般牢牢攫住了一般的升斗小民，乃至於爲數頗衆的知識份子或準知識份子。一九八八年的統計，台灣地區人民週一至週五觀看欣賞電視電影等影視活動的高達百分之七十二，讀小說散文的約百分之九（可能高估了），例假日從事這項文學活動的則更是微不足道❻。偏偏大衆媒介多以娛樂性爲主要功能，「再沒有一種媒體，但求爭取高雅的『少數』大衆而能生存」❼，代之而起的藝術既非純正藝術亦非民間藝術，而是被暱稱爲「文化工業」的「大衆藝術」，而且都不免於商業取向與庸俗化。

在通俗文化的大舉侵襲下，傳統社會的庶民文化（folk culture）和精緻文化（elite culture）都受到摧殘。各國本土的民間藝術都是藉親身傳播以持續和流傳的；貴族的古典音樂和戲劇也不用媒介作通道。這兩類文化都無法和通俗文化競爭。在大衆媒介越發達的地方，文化的多元性越是受到侵蝕。在我國演平劇的「大舞台」，乃被放映電影的「大戲院」所取代，野台下面地方戲的觀衆，都被吸引到漆黑的電影院裏或電視機的旁邊去了。❽

徐佳士這段話是八年前說的，如今大電視已逐步取代大戲院，然而通俗譁衆的內容，迄今毫無改善跡象。文學領域更是如此，劣幣驅逐著良幣，但見沈迷於影像的「繭居族」「圖像族」正野火燎原地席捲了過去文學曾經或未能占有過的領土。語言學家羅蘭・巴爾特即說：「無論如何，文學的統治已經消失，作家再也不能耀武揚威了」「並不是說文學已被消滅，只是說它不再被看守了」「在這裡無論天使還是魔鬼都不再維護它」❾「既未留下信從的聽衆，又未留下值得注意的追隨者」❿，這些話是十幾年前說的，雖是逆耳之言，在台灣從事文學工作的人卻不得不承認，它已經慢慢變成事實。然則，文學人會從此甘心雌伏？

因之，除了文學作品本身的書寫型式之外，是否有可能將其轉換成它種藝術形式，以便進入更易引起注意的媒介傳播之中？或者其它的藝術形式願將文學作品當作再創作的素材、或者「催化劑」？乃至於不同藝術形式的發展對文學家的創作活動產生何種質變？等等，似乎都是值得探討的課題。文中將對台灣現代文學迄今為止的一些媒介轉換過程作一掃描式的回顧。而在探討之前，針對文學與其它藝術的關係、電子媒介強力磁引大衆的原因何在，以及有否可能將文學帶到他們面前等疑慮，文中也將做簡略的分析。

一、文學、藝術及傳播媒介的關係

藝術若依使用材料及塑造形象方式之不同，可分為語言藝術、造型藝術、表演藝術及綜合藝術⓫。文學屬於語言藝術，它傳播時大多採用較口語精緻的文字書寫（書面語言），再以印刷形式呈現。當然也可借助口頭語言的誦讀而直接傳播，也可與音樂配合而成歌曲或歌劇，更可與戲劇或電影結合而成綜合藝術，這些藝術間的轉換變化都可使文學脫離平面的書寫，進入立體的空間展演。但文學經媒介轉換的數量，若與直接書寫印刷形式相比較，仍微乎其微。不過文學若考慮到爭取大衆，則透過聽覺的語言傳播、或藝術媒介間的轉換，顯然有其必要。除印刷媒介之外，這些不同藝術形式與強勢的電子媒介間之關係，可以表一簡略說明。

表一：

分類	藝術形式	特性	與電子媒介的關係
藝術：語言藝術	文學	以語言文字間接呈現藝術形象	主要透過印刷媒介，少量透過聲音傳播。必須轉換成其它藝術形式才易進入電子媒介。
藝術：造形藝術	繪畫・雕塑	以色彩、線條、造形直接呈現藝術形象	直接靜態地空間展演。可經攝影呈現，或因輔助舞蹈、戲劇、電影（如佈景、舞台設計）進入電子媒介。
藝術：表演藝術	音樂・舞蹈	以音響、節奏、旋律或個體動作、姿勢等呈現藝術形象	可在電子媒介上單獨表現，或配合戲劇、電影等來傳播。
藝術：綜合藝術	戲劇・電影	綜合運用各種藝術材料和手段，並加入科技以呈現藝術形象（不只是人的表演）。	可動態地於舞台空間展演（戲劇）和直接於電子媒介上展演）戲劇和電影。

由表一的特性一欄，不難看出形象性是各種藝術共有的重要特徵（音樂引起的是非造形的形象，而常是指聽覺意象，但若考慮表演者的姿勢表情，則又加入視覺）⑫，只是採用不同材料或不同手段。文學既是藝術之一種，當然具有藝術的一般特性，也有區別於他類的自我特點。它們之間的相互關係，包括文學與繪畫、文學與音樂、文學與戲劇、文學與電影……等等，因限於篇幅，本文除在第二節稍略涉及外，並不擬詳細討論，此處則只擬指出這些藝術在傳播時造成影響的不同。萊莘在「拉奧孔」一書關於詩畫的觀念中指出：造形藝術（繪畫雕塑）與詩（文學）的分別在於造形藝術是運用空間上的並存，對並列事物及實體有興趣，詩是運用時間上的承續，對相繼排列之事物及動作有興趣⑬。黑格爾受此「以時空區別藝術」觀念的影響，認爲雕刻用立體、繪畫用平面、音樂則化面成點，到了詩（文學）中則受到物質的束縛就更少，外在素材完全降到沒有價值的地位，只保留了聲音，再化成文字時，更成了本身並無意義的（武斷的）符號，閱讀文學時是由約定俗成的符號引起觀念（對語言文字的認知），間接由觀念再引起情感。於是他便認爲藝術愈不受物質的束縛，就愈顯出心靈活動的自由，也就愈高級，到末了只在思想和情感的內在空間與內在時間裡消遙游遨。他又認爲詩藝術的這種自由對於每一種美的創造都是必要的，故可流注到一切類型的藝術裡去⑭。此處必須指出，要參與這種高級、心靈的自由活動、要達到「消遙遊遨」，則須具備起碼的語言文字訓練，而且相當耗費智力，這是文學（尤其是詩）與其它藝術形式在傳播時最大的不同。其它的藝術可借助影像聲音的情感符號輔助了解，而文學除了語言文字的理智符號外，別無憑藉。對一般大衆而言，前者顯然比後者容易多了。關於此點宜再進一步說明。

表二：

<table>
<tr><td colspan="4">言（外）</td><td colspan="4">意（內）</td></tr>
<tr><td colspan="4">表現活動</td><td colspan="2">心理活動</td><td colspan="2">感覺活動</td></tr>
<tr><td colspan="4">辭（廣義的）</td><td colspan="2">思</td><td colspan="2">情</td></tr>
<tr><td colspan="4">藝術形象</td><td colspan="2">思想</td><td colspan="2">感情</td></tr>
<tr><td colspan="2">其他藝術</td><td colspan="2">文學</td><td colspan="4">一切藝術</td></tr>
<tr><td>安排</td><td>選擇</td><td>佈局</td><td>用字</td><td>想像能力</td><td>理解能力</td><td>印「象」能力</td><td>感應能力</td></tr>
<tr><td colspan="2">情感符號</td><td colspan="2">理智符號</td><td>意象的
具象的
形象的</td><td>概念的
抽象的</td><td colspan="2">經驗</td></tr>
<tr><td colspan="2">影像聲音</td><td colspan="2">語言文字</td><td>用語言、符號及圖象交換思考</td><td>用語言、符號及圖象思考</td><td colspan="2" rowspan="4">感官對各種刺激的反應
生理的反應在意識上所生感覺</td></tr>
<tr><td colspan="2">空間展演</td><td colspan="2">文學書寫</td><td colspan="2" rowspan="2">內在書寫與展演（廣義的內在書寫語言）</td></tr>
<tr><td colspan="4">外在書寫語言（廣義的）</td></tr>
<tr><td colspan="4">尋言</td><td colspan="2"></td></tr>
</table>

如果我們將藝術作品的創作過程分爲感覺活動、心理活動和表現活動三階段，則前二者不妨視爲內心世界所發展的「意」，而未者可視爲對外面世界所發出的「言」，此時或可參考筆者在「詩與生命能力」一文中所列⓯。另試製如表二。

由表二可看出：藝術家與常人最大的不同處在於他巾表現活動——或是借助文學書寫或是借助空間展演。大衆必須透過藝術家的表現活動，才能分享他們的感覺和心理活動，但此項分享同時也與大衆自身的感情思想有關，亦即與其自身的生命能力有關。此等生命能力的分類可再以表三說明⓰。

表三：

生命能力			
感性能力（生理）	與生理節奏有關	感應能力（低級）	視、聽、觸、味、嗅……覺等「對客觀現象發生實感的能力」⇩自然的生理刺激反應。
		印「象」能力（高級）	錄印上述各種客觀現象的形式之能力⇩物象（包括語言符號的錄印）
智性能力（心理）	與心理慾望動機有關	想像能力（低級）	反省（或「直觀」）印象能力錄印的物象（包括語言符號）⇩意象（心象）
		理解能力（高級）	考察種種物象或意象的因果、本質、可能性、必然性、是非性、整體性等抽象思維的活動。

上述這些能力在藝術欣賞時的作用大致爲：㈠欣賞文學書寫時，讀者必須①有慾望或動機；②視覺能力先實感語文符號；③理解能力（高級的）考察語文符號的含義；④驅使想像能力（低級的）發生作爲，在內心建立意象而直觀之；⑤當使慾望達到滿足，即由心理作用產生美感情緒。㈡欣賞其它藝術的空間展演時其步驟可能爲①有慾望或動機；②視覺或聽覺能力直接實感各種影像或聲音符號，當能引起生理節奏的刺激或和諧時，直接先產生快感；③理智能力（高級的）隱伏而不易顯現，或介入較晚，對影像或聲音符號之內或之間較抽象的因果關係生辨認作用（但現代某些強調思想活動和影像活動必須同時發生作用的藝術作品又另當別論[17]）；④想像能力（低級的）對內心所生之形象與外界的形象同時發生作爲；⑤慾望達到滿足時，即由心理作用產生美感情緒。由以簡略的分析及表一表二表三或可說明文學藝術與傳播媒介的幾點關係：

a若「媒介」一詞指所有促成文化轉移之事物，包括物質上的支援以及相關人物的作爲[18]，那麼廣播、電視、戲院、錄音、錄影、電腦……等媒介工具屬物質上的支援，而音樂、繪畫、雕塑、電影、戲劇等藝術形式屬人物的作爲。因此麥魯漢（McLuham）所謂「每一個媒介的內容並非它本身，而是另一個媒介」[19]，應可解釋爲：當媒介工具是傳播的形式時，各種藝術可以是它媒介的內容；而若不同藝術形象代表不同的媒介形式時，感性思想是它媒介的內容。

b文學因所假借者少，故欣賞時較自由，其它藝術形式受物質束縛較大，欣賞時易受到環境的限制。

c文學或其它藝術創作時都同等費力，受物質束縛較大者，其難度可能較大，創作人口也較少。但能欣賞的人口比起文學可能都較多，這是因文學欣賞要求的條件較具知性，欣賞的時間也較不經濟。同時欣賞任何藝術，讀者所得收穫與其本身生命能力的高低強弱成正比。

d受物質束縛大者同時也易束縛物質，包括人的視聽感官。因此大衆迷於音響、KTV、MTV、電影、電視劇者乃不計其數，一如迷於收購郵票、名畫、古董者然。此種磁引作用非常不易擺脫，一如物質的萬有引力定律般，物質質量越大者，引力便越大。而獨文學較易讓人有自由感。

e電子媒介本身也是物質的一部份，其束縛文學以外的藝術較爲容易，再透過這些藝術來約束人的感情思想更是輕而易舉。因此掌握大型媒體者常能掌握藝術的發展，他們的角色有時是「守門人」有時是「監控者」。這其中文學因借助的是印刷媒介，看守較爲不易，也最易「地下化」（當然也有少數所謂的「地下電影」）。

f文學書寫的閱讀需透過知感兩方面的配合，其潛移默化力較強，延續力也較久，但因大衆受惑於物質性的傳播媒體，故若考慮將書寫形式轉換爲其它藝術形式，將文字化爲聽覺的語言，加入影像的空間展演中，應也可間接的提升大衆的知感能力。但聽覺的語言讓觀衆思維的時間不若書寫的文字方便，深刻度可能也不夠，內容也有被簡化之虞。

g文學在未寫成文字前，實際上早已在創作者看不見的內心空間裡展演過。當它書寫成文字時，是「第一次媒介轉換」（感情思想的形象化以文字媒介出現），若將此文字再改以它種藝術形式於看得見或聽得見的空間裡展演時，則已是「第二次媒介轉換」了（文字改以形象聲音媒介出現）。每次轉換都可能有變形或增刪，這同時也顯示，文學書寫本身具有極佳的韌彈性，這是語言文字的優點也是缺點。

二、文學書寫的媒介轉換

文學書寫形式轉換成其它藝術，或借助不同的電子媒介代爲傳播時，多是將文字轉換成形像和聲音兩種。聲音中包括語言，有的會與書寫形式重疊，如小說對白、電影劇本、舞台劇本、朗讀等等。多數並不重疊，而是以文學作品內容本身爲素材，配合不同空間展演形式的材料、手段、和需要而予以改編、轉換。如果我們先考察一下文學書寫形式對其它藝術形式的影響，也許會有助於我們對媒介轉換的可能，稍作讓步和寬容。比如以電影與文學的關係爲例，早期電影導演格里菲斯（D.W. Griffith）、普多夫金（Pudovkin）、愛森斯坦（S. Eisenstein）等對電影技巧的實驗中之所以有重大發現，其實大多與他們豐富的文學修養有關。他們都認爲電影所運用的最基本方法和文學創作的方法有相通之處：

> 對詩人或作家而言，個別的字就像未加工的原料一樣，這些個別的字皆各有其廣泛多重的意思，等他們分別在句子中有了位置之後，其意思才開始變得確定，然後再固定成有秩序的藝術形式……對電影導演而言，拍好的電影其每一個鏡頭就像詩人所運用的每一

個字一樣，功能是相同的。[20]

這也就是布烈松（R.Bresson）所說：「影像就像字典裡的字一樣，只有在彼此的關係中才有力量。」「電影不是以影像來表現，而是以影像與影像之間的關係來表現。」[21]而格里菲斯承認他的「交叉剪接」（cross-cutting）手法（在一個故事中兩宗或多宗平行事件進行時來回穿插的技巧）是從狄更斯的小說學來的，他的電影名作「偏見的故事」則是從惠特曼的詩篇「自我之歌」（Song of myself）學習到「統馭意象」（ruling image）的技巧（草的意象消失了再蔓延，蔓延了再消失，一而再以不同方式反覆重現），即使他做得並沒有惠特曼那麼好、那麼成功[22]。而蒙太奇（montage）論的主倡者愛森斯坦則更認爲電影無法脫離文學，研究文學技巧正是電影導演必要的準備工作。他說蒙太奇的技巧（A鏡頭加B鏡頭的連接，並不在於產生A加B的效果，而在於表現既非A亦非B，而是C的觀念，例如他的「罷工」一片中連接勞工被鎭壓的鏡頭與牛隻被屠殺的鏡頭，即是表現極權的殘暴性這個觀念）[23]在文學上到處可見，他曾舉出莫泊桑的小說「好朋友」、達文西關於「大洪水」的繪畫手記、普希金的詩、濟慈的詩、米爾頓的「失樂園」第六卷等等許多的例子，來強調並說明他所言不虛[24]。此處我們可以引普希金一首詩中描寫彼德大帝的部份內容，來說明他如何因注意文學書寫的細節表現，而發展出他在電影空間展演上的藝術效果：

接著一聲昂揚／傳來彼德嘹亮的聲音：／「武裝起來！神佑我們！」從帳蓬裡，／在衆臣的簇擁下／彼得出現了。他的雙眼／閃閃有光，其模樣駭人，／其動作迅速。雍容大度，他／以種種姿態，顯露其神性，／引著座騎，他離去了，／這座騎勇猛、馴服，而且忠實。㉕

愛森斯坦便認爲這首詩在電影中便可以引用爲「間接開場」的技巧，詩中不馬上呈現彼得大帝，而是先讓他說話，先呈現昂揚的一聲、然後是這聲音嘹亮的性質、再緩緩辨認這是誰的聲音、最後等彼得大帝出現後，才知那麼嘹亮昂揚的一聲是誰所發出的。這種間接開場的技巧常是一部電影好的開場，如「教父」「男歡女愛」等片的開場都使用此法。㉖可見得愛氏所說文學和電影的關係並非瑣碎或象徵性，而是有系統且有決定性的這一說法也並非無的放矢。

由此可見，古往今來的文學書寫的作品其實累積的財富，比起空間展演的藝術如電影戲劇來說，不知要多上多少倍，如能像愛森斯坦這樣仔細且重視書寫形式可能隱含的表現手法，則對空間展演的藝術本身恐怕深具開發性和啟示性吧。底下以表四將二者轉換的可能先行列出，並僅就台灣文學在這些轉移過程中的一些發展作摘要式的回顧。

表四

- 文學書寫
  - 小說
    - 影視（電影、電視，包括電影錄影帶、MTV）
    - 舞台劇
    - 廣播劇
    - 漫畫（包括卡通影片、電腦動畫磁碟片）
  - 戲劇
    - 電影
    - 舞台劇
    - 廣播劇
  - 新詩
    - 朗誦
    - 舞台表演（包括詩劇）
    - 繪畫雕塑（包括視覺詩）
    - 歌曲

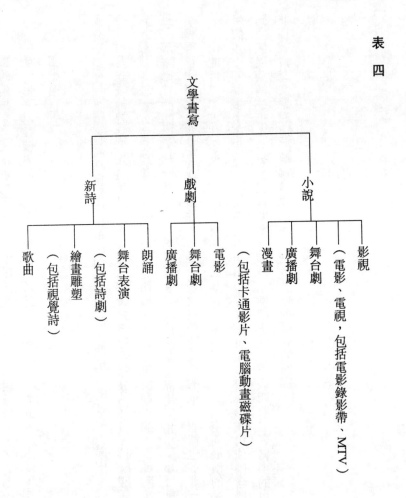

1. 小說的媒介轉換

小說作品大概是文學中最常被轉換爲其它藝術形式的，尤其是轉換成電影。據說搜集小說作品便是好萊塢各大製片廠的基本工作，每年他們請人閱讀過的小說多達一萬部到一萬五千部之多[27]。西方國家將小說改編電影的多得不計其數[28]。我國早期的影壇，改編小說成電影的風氣並不盛，從一九二四到一九四八年也不過二十部，一年不到一部，其中鴛鴦蝴蝶派的作家張恨水就佔了十部[29]。國府遷台後，前十餘年間只有八本小說搬上銀幕，一直到一九六五年接連有瓊瑤的「婉君表妹」「啞女情深」（李行導演）「菟絲花」（張良澤導演）「煙雨濛濛」（王引導演）等四部小說搬上銀幕後，小說改編成電影的風潮才形成。一直到一九八三年瓊瑤的「昨夜之燈」上演，她的作品總共拍成了四十九部電影，而同期間台灣將小說拍成電影的片數共九十三部，瓊瑤的作品占了一半以上[30]。再以前面二十屆金馬獎爲例，曾獲獎的改編作品中取材自現代小說的有三十七部，瓊瑤作品就有十一部獲獎[31]。一九八三年前的台灣影壇名副其實地成了「瓊瑤時代」。也是一九八三年起，她的作品不再拍成電影，而改向電視發展，迄今電視的「瓊瑤時代」持續走紅中，尚未有結束的跡象。也是一九八三年，台灣的文學電影有了重要的轉折，改編自朱天文的短篇故事「小畢的故事」經改編成電影上演，賣座出奇的好，此後短短四年間就拍了四十幾部小說改編的電影，如朱天文的「冬冬的假期」「最想念的季節」、黃春明「兒子的大玩偶」（三個短篇小說拍成了三段式）「看海的日子」「我愛瑪莉」「沙約娜啦・再見」、鍾玲「大輪迴」、王禎和「嫁妝一牛車」「美人圖」「玫瑰玫瑰我愛你」、司馬中原「失去監獄的囚犯」（改名「出外人」及「蠻牛的兒子」）、白先勇「金大班的最後一夜」「玉卿嫂」「孤戀花」「孽子」、李昂的「殺夫」「暗夜」、廖輝英「油麻菜籽」「不歸路」、以及楊青矗、子于、小赫、黄凡、蕭颯、七等生……等人的小說作品㉜，形成了所謂「台灣新電影」的風潮（若根據詹宏志的說法，則「新電影」應再早一年，由「光陰的故事」一片開始㉝，但它並非小說改編）。而小說作者改行當編劇（如小野、吳念眞）、或原作者參與編劇的也蔚爲風氣。原作者若未參與改編的電影作品似乎都會與小說家的原意有很大的出入。

以白先勇的短篇小說「玉卿嫂」爲例，編寫成電影劇本先後有四個版本：一是「陳白本」（白先勇與陳耀圻合編），二是「但本」（但漢章改編）、三是「孫白本」（孫正國與白先勇合編）、四是張本（張毅編）。「陳白本」胎死復中，「但本」連編劇本人也不熱中，而白先勇本人似乎對「孫白本」情有獨鍾，然而電影公司最後卻選擇了白先勇本人頗不滿意的「張本」。

「張本」與「孫白本」的結構設計、人物塑造、觀點運用、主題詮釋頗有出入，因此拍攝出來的「玉卿嫂」，與「孫白本」當初的構想當然也就迥然不同了。劇本是電影的靈魂，決定電影的風格。也許有一天，有機會重拍「玉卿嫂」，採用「孫白本」，可能會產生出一個風貌迴異的「玉卿嫂」來。㉞

這個「張本」在馬森與白先勇的眼中都是「美則美矣，而失之於冷」「長處是典雅精緻，短處是欠缺激情」「不會進入玉卿嫂的內心世界」㉟，在影評家黃建業的眼中也說「對玉卿嫂有明顯詮釋上的差異」，但小說與電影各有優點：

> 白先勇強調熾熱的慾情，張毅強調這種慾情受約制於社會道德規範，在掌握自己命運，前者主動，後者較被動，在視野上前者洞悉人的悲情，後者則以同情角度眷戀受壓抑的慾望，兩者各擅勝場。也見出電影版的詮釋有其另一些層次的開發。㊱

而黃建業也認爲「玉卿嫂」電影版本的優越處是精緻考究，從佈景、器物、構圖、燈光、鏡頭移動以至於人物言談風貌，都不斷努力烘托出一份極爲雅緻的歷史感，掌握的重點不在小說的情節，而是「企圖以同樣精細的映象去回應白先勇那種金雕玉縷、玲瓏剔透的白話文字風格」㊲。小野也說導演在此處的若干創造性並非來自小說：

> 張毅在「玉卿嫂」裏面將玉卿嫂的許多非常刻意的、細緻的化妝動作、拔頭髮、剝龍眼殼、搓湯圓、放風箏，一再的象徵了每一次不同心境的轉折，對於性的暗示也都是漸進而收斂的，這就是它本身電影的文學性，而非由於白先勇的小說。㊳

因此我們不難看出文學與電影兩種媒介在轉換時，因形式之不同，文學作品的意義必然也跟著改變。一般小說所重視的人物描寫或情節轉換到電影中已並非絕對重要的元素，反而由於映象必須透過燈光、色彩、構圖、和器物等的安排，其複雜性常超出原作者文字的描寫之上。加上蒙太奇剪輯的曖昧含義、敘事結構的多元化等等技巧的成熟運用，更使得電影即使是採用小說改編，電影本身要求藝術的獨立自主已越來越受到重視：

所謂忠於原著的拍攝方法，絕對不是按著作品的情節拍攝便可達成，因爲更重要的在忠於小說的精神風格，這種誠懇的詮釋態度，必定需要審慎的映象再創造過程才會得到美好的結果。這就是爲什麼好萊塢改編海明威小說往往照本宣科終至淪爲三流通俗劇的主要原因，詮釋就是以誠懇的基礎再創造，只有如此電影與文學才真正能互相沖激結合，迸裂出交互的火花。[39]

「誠懇的詮釋態度」「審慎的再創造」「相互衝激，迸裂火花」，應不只是小說轉換成電影才如此，其它的媒介轉換也可借鏡。而「相互衝激，迸列火花」更值得重視，文學有文學的書寫特質（語言的稠密性、精簡性、深刻化、多義性、人物的刻劃、對白、內心思維的描述……。是由敘述組成內心形象。是經由想像而漸次呈現的），電影有電影的空間展演特質（各種鏡頭的變化運用、時空的壓縮變化、具象物體的隱喻性、音效畫面的設計渲染、剪輯技巧造成結構上的曖昧……。是由影像組合成敘述。是經由視覺立即呈現的），若能相互容忍相互激發，則在媒介轉換時當不致於再將電影當作小說的「配圖者」，而是將原著當作原始材料，由電影藝術獨自形成的角度來作考慮。

至於將小說搬上電視的情況似乎比電影要糟些。電視劇因經常性演出的關係，拍攝的成本和製作的嚴謹度、以及一些非文學藝術的原因，長久以來成績似乎都遠不如電影，即使電視劇的瓊瑤也不例外。但隨著電子媒體科技的進步、攝影技巧的學習、歐美劇港劇技術的刺激，乃至於政治、經濟方面的進步開放等多項因素下，台灣電視的品味才有機會緩慢的提升中，過去小說作品改編成電視劇即意味著「慘不忍睹」的狀況，如今也有了改善。比如最近（一九九二年三月）台視將陳映眞、司馬中原、林雙不、宋澤萊、黃有德等多人的小說作品以「作家系列」的電視劇推出，首月播出的「嘯阿義．聖阿珠」即獲得相當好評。可見得大衆的口味並非不可改變，就像前述的瓊瑤的「三廳電影」轉折至「新電影」以致造成風潮一樣，重要的還在於對電影或電視媒體藝術本身的掌握是否成熟和獨到，這才是原著改編能否成功的關鍵。但據傳此項「作家系列」的製作單位因堅持部份作品應以純閩南語發音，與台視節目部產生衝突，而決定先行退出[40]。由此也可看出，強勢電子媒介與文學藝術間常會有不容易妥協之處。

小說改編成舞台劇的例子在台灣並不多見，部份原因或許是劇作家創作時，皆以能在大小舞台演出爲其目的，其所需的成本差幅巨大，排演形式也比電影容易掌握，劇本的創作當然比電影的劇本要自由太多，也容易付諸實行，其劇本內容原創性自然容易，改編自小說的需求便大幅降低。幾十年來創作出的劇本姑且不以質論，在量上並不算少數[41]，但改編自小說的例子非常少見。即以一九八〇年至一九八四年由姚一葦推動的實驗劇展爲例，五屆劇展中，演出三十六齣劇目，僅有三齣改編自小說，分別是改編自康芸薇同名的小說「凡人」、王禎和小說「嫁妝一牛車」、白先勇小說「金大班的最後一夜」，另外兩部改自西洋經典戲劇名作，其餘都是原創的劇本，這也間接促成了其後台灣劇壇編導人材的產生。其它台灣小說曾被改編成戲劇，在大大小小劇場演出過的，還有黃春明的小說「魚」、王禎和的「春姨」、朱西寧的「橋」、叢甦的「車站」、陳若曦的「女友艾芬」（以上於一九七九年）㊷、王藍的「藍與黑」（一九八五）、白先勇的「遊園驚夢」（一九八三）、張系國的「棋王」（一九八七）。後兩者被形容爲「聲光皆俱」的大型舞台劇，推出時轟動國內，但爭議頗多，有的說它們「受到紐約百老匯商業劇場直接影響」「『遊園驚夢』採取多媒體的形式，以電影穿插在舞台演員的表演之間，爲國內首見。……『棋王』則是模仿美國的『音樂歌舞劇』，它的演出聲勢浩大，號稱耗資兩千萬，集合了百餘工作人員，當紅的影歌星擔任男女主角……」「在商業和宣傳上確是相當成功的，至少掀起了數次舞台劇的熱潮，吸引了大批的觀衆走進劇場。」㊸有的評論家則質疑看「棋王」的觀衆是「赤裸無助，且渴望被強暴的」㊹，而另有評論家則對白先勇「遊園驚夢」改編成舞台劇的反應則是：

（遊園驚夢）改編舞台劇以後，運用多媒體的舞台設計，將文學、音樂、舞蹈、崑曲、平劇、幻燈、電影、音響效果、字畫藝術等等溶於一台，使原著中典雅的東方文學創作與現代小說中意識流的運用技巧，透過現代舞台劇處理手法的移裝凝縮，典俗交揉，沉俏並馳，兼具一種含蓄與奔放的美。演出可說相當成功。

> 話劇在對白中，用這樣多的「獨白」「和聲」，用這樣多的戲曲雜藝，用得這樣貼切，舞台效果出乎人意外的好，在國內無疑是一次成功的嘗試，一種突破與提昇。[45]

但又說「這種盛況有點樣板，有點貴族化，在形式上過份跨張，在內容上過份偏於古典的寫實主義。……而後半場結構的鬆散，不僅沉默，催眠都餘了」[46]。相信這樣的評語絕不會被用於原著作上。可見得電影與戲劇之所以會改編自小說，部份原因是借重小說作家的知名度、以及內容取材的現成。然而小說的知名度對改編的媒介藝術常常造成壓力，觀衆對改編的藝術本身常有過高的期許，此種期待是來自對原作品完美性的延續。但電影和戲劇等綜合藝術的製作難度和複雜性，顯然比文學作品高出許多，完美和嚴謹恐也較難達成，因此媒介轉換的可能性才常常遭受質疑。

小說被改編成漫畫（包括靜態的印刷媒介、動態的卡通影片、和與電腦結合的電腦動畫等）是近些年媒體轉換的另一可能動向。雖然目前尚未應用於現代小說上，但改編自古典小說、推理小說、科幻小說、和武俠小說已經起步，未來發展似可留意。西方小說的例子可以近來在台灣電視上盛極一時的「清秀佳人」爲例，它先後以改編成電影和改畫成卡通出現在螢光幕上，受到大人小孩的歡迎。多數台灣的觀衆都是先看了電視才去找原著來看，譯本三四種，都暢銷一時。顯然媒介轉換後對原文學作品常有促銷作用。比較奇特的是電腦動畫也慢慢進入媒介轉換的一環。比如古典三國志等小說在電玩上的轉換就相當引人注目。它的廣告竟是：

三國志的命運掌握在你的手中，西元二世紀後半，東漢正值末年，各路英雄豪傑紛紛竄起，野心勃勃地爲自己開創一片新天地，從此揭櫫起一個漫天烽火的三國時代。當曹操或其他三國群雄從歷史舞台重新復出，躍上電腦螢幕時，悲天憫人的您，必須趕快回到這充滿俠士和勇氣的時代，和群雄一同逐鹿中原，爲中國的千秋大業，馳騁沙場。在三國志Ⅱ中，你可以用武力摧毀敵人，也可以用懷柔的策略收服敵人，用全力去經營您自己的屬地並爭取利益、結盟、廣結奧援，以便鞏固自己的地盤，運用各項戰術及謀略，對您的敵人作最致命的攻擊。現在五八個郡國，三五五個人物，等著您去運籌帷幄，收復天下。只有您才能決定中國的命運！㊼

這種手法已非電影電視的「身歷聲」，而是「身歷幻境」，玩電玩者竟也參與了小說人物勝負的創作（雖然仍在電腦的監控下），未來如果電玩的製作者也將現代小說的情節搬入其中，則就不能不說是媒介轉換的一大刺激。而這幾年逐漸流行的「動感戲院」，也是先進電腦的高度運用，現已在中影文化城、台影文化城等地出現，因參與者有親臨幻境之感，其對大衆的磁引作用不可謂不鉅，不過觀賞者尚未能改變影片上的情節。但今年二月四日由英國倫敦公開發表的「紅分裂模擬器」（Rediffusion simulation），則已可使人在不必操作的情況下，「在幻境圖象中往自己想奔往的任一方向奔馳」㊽，此項技術若未來再繼續發展下去，對上述任何一種媒體工具，恐怕都會再起革命性的變化，屆時所謂媒介轉換又會步入另一新的境地吧。幸好這樣的日子還相當遠，也幸好製作開發這樣的技術都貴得嚇人，對文學作品的閱讀人口當不致於造成更窒息性的壓力。

2. 戲劇的媒介轉換

在西方戲劇藝術的演進史上，雖然有不少人主張劇場中，只有演員是非有不可的，「戲劇的進展來自影像的連貫、語言、手勢、自由的舞台表演，這些都比文字重要，而文字只是鮮活影像的輔佐而已」[49]，但承襲亞理斯多德「悲劇之效果不通過演出與演員亦可能獲得」[50]的觀念者恐怕更多，因此劇本創作在戲劇上始終未受到忽視。「西方人看戲，看的是誰寫的戲更重於看誰演的戲。而且西方的劇作，始終即爲正統文學的主學組成部份」[51]中國現代劇場既「源起於西方戲劇的翻譯、改編和仿作，而後來才慢慢走上創作之途。」而且「時至今天，很少劇作家能完全脫離西方大師們的影響，而創出我們自己的『舞台劇』。這種影響最易見的是形式上的模仿」[52]，因此對劇本的重視可能更重於演員及其它劇場因素。（本來由劇本的書寫形式再空間展演於舞台上，才是此項創作整體的完成。）但不少創作家則將舞台演出視作短暫的，因此認爲劇本始終有其獨立的生命：

> 不管我們的劇場的形式如何變化，真正感人的偉大劇作非但在劇場中仍會有它的重要性，並且能獨立以文學的形態存在；它會比舞台上的演出更容易流傳廣遠。相信努力奮鬥的劇作家和他們的作品，會在人類的眼前和記憶中繼續活著的。[53]

此種單就劇本的文學內涵而言時，被稱作「戲劇文學」（dramatic literature），而當它涉及製作演出時，它被稱爲戲劇藝術（dramatic arts），[54]前者屬於劇作家，後者屬於演員與導演等。

戲劇在舞台演出時，除了語言外，也涉及了非文字的聲音、燈光、舞蹈、繪畫、道具、音樂、動作、舞台變化、佈景更換……等的運用，尤其科技之發展使得這些舞台上的中間媒介更富詭譎變化。這種種媒介轉換的無窮變幻，演出時是連續的，反應也是立即的，顯然比文學書寫本身更爲迷人，這也是八〇年代小劇場能逢勃發展的原因之一，從南到北成立了數十個劇團。然而戲劇的空間展演卻沒有電影來得容易保存，一齣戲雖然在演員與觀衆間存著多重的、繁複的交流，他們的關係是互動的，不可能重覆，但幕落時舞台的媒介效果便告結束，很難加以完全記錄，即使記錄也是失眞的。影片卻可一看再看，不會消失，而且效果沒有任何損失。因此現代戲劇之能流傳，竟然只能以劇本的書寫形式出現，這一點與傳統戲劇的注重演員（比如梅蘭芳、顧正秋、郭小莊）有極大差異。此即所謂東西方劇場的最大差異，在於「演員劇場和作家劇場的不同」[55]。

本世紀初，我國從沒有劇本所謂的「文明戲」到有劇本的「話劇」，自始即受此「作家劇場」的影響，因此從曹禺、郭沫若、田漢等的劇本開始，到三四十年代五十年代的傳統話劇，到六十、七十年代姚一葦、張曉風、黃美序、馬森等人的一系列劇作，無不以劇本爲整齣戲的重心。據統計從一九四九年開始到一九八六年止的劇本創作（不包括電視劇本）共有三百六十一本已經出版，一九五九年達到高峰，一九七三年後明顯走入下坡。不單是電視電影拉走了觀衆，同時也拉走了劇本的創作者和其他的舞台藝術家：

尤其是電視，它的需要量極大，對編劇技術上和藝術上的要求也較低，因爲影、視媒體由於剪輯技術上的方便，使編劇者不必像寫舞臺劇那樣去「限制」時、空的轉換，可以「隨興」而寫。結果是許多寫慣了影、視劇本的作者都無意或無力再爲舞臺苦苦耕耘了。演員、導演也多以電影、電視爲職業或事業上的目標。再加上影、視有很好的酬勞，有一定的金錢可拿，還可能有機會在報紙的「影劇版」上大出風頭，名利雙收。但是除了極少數的例外，爲舞臺工作非但無名、無利，有時還得自己賠錢。[56]

沒有觀衆沒有舞台技術者沒有劇作家，當然就更談不上媒介轉換的可能了。幸好從實驗劇展後（見上節）的八〇年代末期，更爲年輕也更具創造活力的金士傑、李國修、賴聲川，乃至於劉靜敏、陳玉慧等的投入戲劇行列，才不致於使現代劇奄奄一息。他們這群戲劇工作者雖然受到西方反文學性戲劇的影響，有部份作品採取集體即興創作，但在上演前仍會漸漸形成可用以依據演出的完整劇作，也就是正式演出前必有一個寫定的本子[57]。不過這種劇作的書寫形式顯然與傳統劇作有所不同，它是創作與排演同時進行的，而且非個人獨立完成。因此也可說它的文學書寫與空間展演有部份過程是相互影響相互轉換的，直到完整爲止，正式演出後文學書寫形式即完全固定下來，其後展演的內容便不會因演員的不同而遭更改。這也是近年來產量最豐票房紀錄最高的賴聲川大部份作品的來源，如已單行本發印的有「那一夜，我們說相聲」（一九八六）、「暗戀桃花源」（一九八六）「圓環物語」（一九八七）等。但譬如「環墟劇場」演出「被繩子欺騙的慾望」，在台北台南兩地表演的內容竟完全不同，採取的是即興表演，品質控制也有爭議，此時媒介轉換只是意念與劇場的關係，並無文學書寫形式存在。

八〇年代的演出很多，但寫成的劇本相形之下卻沒有那麼多。主要的原因，一方面固然因爲有些演出的內容不值得寫成劇本，但更大的原因則是西方反文學劇本的潮流使我們的青年人不再看重劇作的重要性了。其實，對西方當代劇場而言，他們反文學性劇本並無不可，因爲他們早就有一個長遠而深厚的「文學劇場」或「作家劇作」的傳統，無論他們怎麼反，都不會把這個傳統推翻，反倒可以取他山之石—東方之「演員劇場」的長處—來補自己之短。我們本來就是一個「演員劇場」的傳統，所欠缺的正是其中的文學性，如果今天我們也一意地反文學性劇作，卻無寧是排拒了借他山之石以攻錯的作法。

58 顯而易見的，文學書寫的劇本自始至終都是戲劇在媒介轉換時最重要的依據，其書寫內容在轉換時受到尊重的程度雖不一定百分之百，但也絕非其它的文學形式如小說或詩所可比擬。至於戲劇由舞台搬上電影在西方頗爲普遍，如莎士比亞的戲劇著作被轉換成電影至少有「羅密歐與茱麗葉」（即「殉情記」）「夜半鐘聲」（根據「亨利四世」「亨利五世」「理查二世」「溫莎的風流婦人」等劇本改編）「王子復仇記」（即「哈姆雷特」）「凱撒大帝」「馬克白」「

奧塞羅」「馴悍記」……[59]。而被改頭換面的則有日本黑澤明的電影「蜘蛛巢城」、台灣吳興國的古裝平劇「慾望城國」。而其實電影創始之初的表現，就與劇場相似，由攝影機將戲劇動作一成不變的錄影下來，直到攝影機被格里菲斯移動以後，電影與戲劇才有明顯的分野。而在中國因電影與戲劇的起步發展較晚，都在二十年代左右，這之間的相互轉換較無淵源，迄今由劇本轉換成電影的也是極少數，如曹禺的「日出」、王生善的「大地驚雷」[60]等是。

3. 詩的媒介轉換

詩是文學中最精簡的表現形式，它可能媒介轉換的花樣也比小說戲劇來得繁複。它早期多直接以朗誦的方式傳播，於是有詩朗誦的形成，甚至有專爲朗誦用的朗誦詩創作。有一陣子曾與戲劇結合成詩劇，之後以夥同音樂結合成歌的形式展演，稍後又與海報、繪畫、雕塑等結合展出，乃至以多媒體形式在舞台上表演展現……等等，無非顯示出詩語言本身的彈性和出奇的想像特質。這其間影響層面最廣的應是詩以音樂爲媒介成爲歌曲，使之幾乎成爲大衆文化的一環。早期徐志摩的「偶然」「海韻」、趙元任的「教我如何不想她」，都是先有詩才有歌，新詩在發展的前幾十年眞正譜入歌曲的仍是少數。

五〇年代早期，現代詩崛起於台灣文壇。紀弦力倡以散文爲詩，亟言詩是詩，歌是歌，不可相混。在他掀起的潮流下，新詩藉自由詩的過渡向現代詩突進，無論在主題或形式上，發展都很銳猛。格律詩一時之間被沖得七零八落，而代之的是所謂自由詩，其中匠心獨運的不少，但是自由其名而散漫其實，尤其是不成腔調的，當然更多百倍。詩而忽略節奏，不成腔調，甚至難以卒讀，與歌的緣分自然日遠。[61]

一直要到一九七五年楊弦出版「中國現代民歌集」，將余光中的「鄉愁四韻」等詩譜成所謂「校園民歌」，詩才找到一條與民衆溝通的管道，楊弦也是促使新詩與流行歌曲「結褵」的創始者[62]。

而自從有人發現新詩也可以乘著音波旅行，騎電磁波輻射後，臺灣詩人們的聲音才開始從其孤獨國盪漾出來，由後院傳向前廳，在孤島和讀書之間搭起了民歌的纜車，乃至連續劇流行歌曲的柏油路面。從楊弦的「鄉愁四韻」開始，到「巴黎機場」「一代佳人」的主題曲，詩人似乎找到了發聲的媒介，於是我們才看到了連水淼的「迴」不斷在李恕權的身軀裏發顫，陳克華「臺北的天空」在王芷雷張望的眼神裏起霧，以及鄭愁予「錯誤」的馬蹄迷失在李泰祥的鬍子裏。雖然有人說歌詞並不一定等於新詩，但詩人們似乎開始相信，稿紙之外，大衆傳播竟然也有新詩發芽的園地。[63]

從李泰祥到羅大佑，再到夏宇（即童大龍、李恪弟、李廢）陳克華，詩人已開始主動提筆寫歌詞，詩乃進入主動進攻媒體的年代。但這種媒介轉換必須要在音韻、節奏和字數上與音樂稍作妥協，余光中即說：「迄今我的詩經人譜曲者，大約將近四十首，幾乎沒有例外，全是分段的格律詩」[64]，絕大部份的新詩既不講究格律，當然都很難或根本無法作這種轉換。許許多多名歌手在出版唱片專輯時也會主動邀請作家爲他們寫歌詞，如黃鶯鶯、李壽全等是。

> 異鄉的旅店，失眠的清晨，遠方悠悠響起火車的汽笛。沉寂的冬夜，晚醉乍醒之際，冷月下風鈴聲淒淒。微雨的城市，寒車的黃昏，風裡斷續傳來熟悉的旋律。搬家的前夕，惆悵的情緒，孤獨翻閱著零散發黃的日記。（〈八又二分之一〉）[65]

這是小說家吳念眞爲李壽全「八又二分之一」專輯寫的詞，詩意來自文字拼貼式的蒙太奇意象，顯然是受了詩與電影雙重的影響。而近年不少流行曲歌曲在歌詞上也學習新詩的意象技巧，顯然與民歌的受歡迎有重大關連。

在過去，詩絕大多數都在印刷媒介中寂寞地渡過，只有少數被轉換成聲音朗誦，只有更少數以歌曲的音樂媒介傳遞。然而詩人是不甘寂寞的，因此一二十年前，也有人嘗試過詩劇的編寫創作，希望有朝一日也能在空間展演。這些詩劇比如商禽的「門或者天空」（一九六五）、洛夫的「水仙之走」（一九七五）「劇場天使」（一九六五）、辛鬱的「僵局」（一九七二）、葉維廉的「何謂美」「走路的藝術」（一九七〇）、「死亡的魔咒和頌歌」（一九七四）、楊牧的「林沖夜奔」「吳鳳」（一九七九）、大荒的「雷峰塔」（一九七四）[66]，以及周鼎先後發表的「一具空空的白」「該死的貝克特」「嫦娥」「稻草人」「莊周的鬍子」「詩人墓園」等六首[67]……等。只有少數作品，如大荒、葉維廉、楊牧、周鼎等的作品曾在舞台上零星展演過，其中大荒的「雷峰塔」則曾在國父紀念館盛大公演，然而受到一般戲劇和媒體的壓抑、衝擊，並未能凸顯。近十年來，新詩由於透過宣傳媒體的配合，透過詩與繪畫、詩與音樂、詩與舞台的多種媒介轉換下，才使詩的活動逐漸活潑和多元化起來。比較重要的活動如「詩人畫家藝術上街展」（一九八八，詩＋畫＋生活＋實物＋朗誦）、「中義視覺詩聯展」（一九八四，以畫或文字的圖象展現詩）、「一九八五中國現代詩季」（詩＋畫＋多媒體表演）、兩屆「詩的聲光」（一九八六、一九八七，多媒體表演）、「貧窮詩劇場」（一九八七，詩的個人表演）、「因爲風的緣故」（一九八八，歌曲＋表演）、「『詩與新環境』藝術展」（一九九一，繪畫＋雕塑＋朗誦＋表演）。這些活動的意念和諸多變化樣式可以筆者在「詩與聲光」一文中的兩段話加以說明：

> 詩可以說是所有藝術文學的發動機，它不見得是看得見的語言文字，而經常是一種氣質。它要呈現的常是想讓世界多出一件什麼來，或是把整個世界原有的秩序轉換、重排；讓我們可以從新的角度重估原有的事物。也因此，好的小說像史詩，好的戲劇是詩劇，好的散文像詩，好的音樂像詩，好的繪畫像詩，甚至，好的歌詞像詩，好的廣告詞也要像詩。詩好像成了這些互異的表現媒體後面共同的「心臟」，它輸送的好像是一種不變的又善變的什麼血液，一種氣質似摸不著看不見的東西。要了解這樣的東西，似乎直接從詩中去了解比較容易。而也似乎唯有先掌握了它，才容易在所有藝術文學中呈現出好的創作來。很多人好像都忘了，我們古典的小說家戲曲家可個個都是詩人啊。

這社會，很多人喜歡聲光，「有理由」不喜歡藝術文學，更別說更不易揣摩的詩了。於是我們有必要派詩去打頭陣，派詩到聲光裏去（這是取法乎上），讓短小精悍的它與聲光盡情「廝磨」，因此詩有必要寫入廣告、詩有必要寫成歌曲、詩有必要跳上舞臺，將來更應該讓詩進入我們小說家和編劇群的對話裏去。我們應該把詩「注射」到衆多的大衆媒體中，注射到聲光中，讓聲光有機會與詩等高。讓易變的聲光也能閃爍些不易變的東西。讓聲光有機會閃爍著詩。[68]

這一系列的活動中以「詩的聲光」引起的反應較爲激烈。它也是對傳統朗誦形式的反叛和變革，它只將詩當作一項素材，希望透過各種媒介，包括燈光、幻燈、錄影、繪畫、服裝、音效、相聲、默劇、武術、動作、表情、舞蹈、舞台、詩劇……等不同的手段和形式，將詩的文學書寫完全轉換爲立即的視覺與聽覺的感受。它與傳統朗誦最大的差別在於：①文雅、說教的詩不用，儘可能口語化生活化幽默化；②它的目的不是朗誦，而是表演，因此必須充分利用舞台；③在不傷害原作精神下，對詩可行再創作，有時不得不作小幅調整；④注重演員個人創造力的展現，齊誦的場合非常少用；⑤使用多媒體展現一首詩時，不在詮釋詩，而在引申詩的言外之意，使之儘可能產生多義性，因此即使原詩不怎麼高明，也無妨引用。這些實驗引起的回響不小，此點可由這幾年來各大專院校、國高中學生紛紛學習仿效可以看出。這些活動也造就出了趙天福、李曉明等詩的表演者，使表演人不再是詩的詮釋者或附屬者，而是詩的再創造者。這些活動也透過錄影在各地播放，已使得台灣詩朗誦漸漸走向更具創意的方向。

另外值得一提的是，在上述「詩與新環境」藝術展中，因是由十餘位詩人提供詩作品交予畫家（如莊普）雕塑家（如楊柏林），由他們再按個人體會，轉換成造形藝術，如繪畫、雕塑、空間佈置等，嘗試性似與過去詩人自己作媒介轉換不同（如「視覺詩」展）。但卻也碰到與萊辛相同的問題：詩是時間性的、繪畫是空間性的，前者表現相繼排列的事物，後者表現並列的事物[69]。因此造形藝術只能選擇最令人心動的一刻來呈現，詩則可以直接呈現行動的演變過程。在此項展覽中，多數畫家都很難把一首詩整體地轉換成功，大多只能轉換詩的一部份，甚至只是一句詩的意象。這種轉換似乎比「因畫作詩」還難展現。在過去有人曾將韋應物的四句詩「悽悽去親愛，泛泛入煙霧。歸棹洛陽人，殘鐘廣陵樹（底下還有四句）」細分成六個鏡頭，前兩句只用一個鏡頭，第三句兩個鏡頭，第四句則要三個鏡頭[70]，這是電影的處理手法，新詩要轉換爲繪畫，並不一定能引用。畫家要注意的可能是詩的主題和意境，詩的長短並不能決定繪畫的內容，而且拿捏上若透過詩人與畫家的討論，或更清晰。至於如何才是轉換的成功，也許永遠是值得爭辯的議題。

三、媒介轉換與文學書寫的展望

「少了『文字』戲劇已無生命
只有『聲音』書刊命運有別」

這是最近某報「文化廣場」上的大標題，內容分別訪問已七十歲的戲劇學者姚一葦及不足四十歲的趨勢觀察者詹宏志。年輕的表示「有聲書、漫畫、錄影書及組合出版品是未來出版的趨勢」，如美國一九九〇年有聲書銷路即高達五億美元，以文學類、企管類、自助類最受歡迎；日本也早已進入「非文字世紀」，如新潮社的「文藝錄音帶—聽的名作」於一九九一年上半年，銷售量每種皆超過百萬卡；NHK的文藝有聲系列「日曜名作座」「朗讀的時間」「文藝圖書館」等，單種平均銷售量也突破兩百萬卡。而年老的則感喟「後現代主義狂流淹沒了戲劇的本質」，與他一生講究劇本的語言運用，融入文學、詩的特質等主張大相逕庭，「近年來全世界受到後現代主義影響，追求反戲劇的戲劇，創作展演毫無規律可言，文字和語言以表彰反體制精神為主，沒有生命力了。」[71]然而感喟歸感喟，的確「非文字時代」已經走近，而文學有聲書勢將在台灣未來的市場走俏。文學一向以文字書寫印刷的形式存在，但未來如只有更少數的讀者樂意接受，而多數的大眾依然得每天都沉浸在詹明信（F.Jameson）所謂「工業化的語言」中：

> 在不斷大眾化的社會，有了報紙，語言也不斷標準化，便出現了工業化城市中日常語言的貶值。農民曾經有過很豐富的語言，傳統的貴族語言也是很豐富的，進入了工業化城市之後，語言不再是有機的、活躍而富有生命的，語言也可以成批地生產，就像機器一樣，出現了工業化語言。因此那些寫晦澀、艱深的詩的詩人其實是在試圖改變這種貶了值的語言，力圖恢復語言早已失去了的活力。……我們不可能用語言來表達任何屬於我

們自己的感情，充斥的只不過是一堆語言垃圾。我們自以爲在思維，在表達，其實只不過是模仿那些早已被我們接受了的思維和語言。⑫

那麼若能倚靠文學性的「有聲書」去淨化、燃燒他們的「語言垃圾」，則有聲書的出現和逐步大衆化，不也是文學界另一項「福音」？說不定會有更多人回過頭來，願意爲文學的書寫工作、媒體轉換工作而努力。至於有聲書是否不能深刻化，此處只能暫存不論。

新媒介的產生對舊媒介會有壓抑性，但卻也逼使舊的媒介自尋出路，扮演新的角色⑬。傳統文學書寫形式在電子媒介大量發明和普及後，不論對書寫的定義或媒介轉換形式上都有了新的變革，這些轉變當然與時代的脈膊和各個國家的政經社會制度習習相關。在較落後的國家，文學以文字印刷受到普遍的重視，但也會改變。而在書寫被競相媒介轉換的進步社會中，文學工作者的書寫特性也受到不同程度的衝擊。底下我們可以分幾點來說明這兩者於今後發展時可能的一些特性：

①書寫工具由一元而多元：

「書寫」二字的涵意已由傳統一元的「文字」形式進入凡有「語言」（廣義的）處皆是書寫。「現在我們用照片寫日記」⑭、「這是攝影機鋼筆論的時代，它逐漸走向書寫的表達方式，成爲一種書寫的媒介，就像文字一樣，具有柔性和精巧的特質」⑮，乃至於音樂語言、戲劇語言、繪畫語言、口述語言……等都已被視爲「書寫」的一部份。只要是能形象化書寫、對現實觀照、溝通思想、傳達觀念、表現情感的工具——幾乎能產生符號的——幾乎都被認爲是一項「書寫工具」。這也是年輕一代想從「文字的災難」裡脫逃的最佳理由。

② 文學範圍由統一而分歧：

既然書寫工具由平面的書寫形式逐漸被立體起來，則文學本身的範圍也由狹窄的純文學轉而向外擴大。有的認爲文學應「用很細的類型去分割」，每一類型都有它的豐富的天地，「每個人都有機會做『推理小說』『武俠小說』『小說歷史』的大家」[76]，有的則以爲「不同的文學類型，在文化創造的環境裡，在立足點的平等地位是應被肯定的」[77]，有的更認爲「今天的MTV（音樂錄影帶）就是一個text，它很可能將來就必須納入文學的範圍，我們必須用文學的態度來討論它，以文學的策略來閱讀它」[78]，「文學進入大衆傳播工具後，就不應該叫做純文學了，而要改爲傳播文學、廣告文學、電視文學、加了一個帽子上去後，也就是把這種文學做了另一種界定」[79]。過去只把純文學（小說、詩、戲劇、散文）當作「嚴肅文學」，而未來任何一種新界定後的文學都可能被視爲嚴肅的。

③ 媒介形式由單純而繁複：

文學書寫被迫由單純的印刷形式走向繁複的媒介轉換是時勢所趨，很難靠個人力量加以扭轉。由於電子媒介及其它科技發明的日益進展，人們能夠掌握的工具、技術，和複製能力日趨優越，過去想像力所及之處，文學書寫不一定能轉換過去，但未來經由超大級電腦的發展，「

沒有什麼藝術創作不能複製」「可以完全不經過梵谷的痛苦和掙扎，便複製出一樣的作品」[80]。相同的，文學書寫的內容也可能經由類似發展，尋著意想不到的、更加完美完整的媒介轉換形式。而讀者參與其中，加進創作的過程，未來勢必受到重視。

④ 媒介轉換由劣質而優質化：

近來「有聲書」的出現，被界定在：不只「說」書，而是「演」出來，是要「讓純文學著作起死回生」；比如近日出版的有聲書「穿針」，即包含書寫、繪畫、戲劇、音樂等各方面人才的結合，「是一部沒有影像的電影」[81]，亦即將之認定爲綜合的空間展演。未來這種「集體式」，較爲嚴謹的製作態度，遲早會在文學市場蔓延開來。而文學書寫經由電視電影、以及其它藝術轉換後的空間展演形式，在多年的媒介經驗後，大衆的品味已日益提高，這也是資訊發達的必然結果。因此未來由劣質轉向優質化，也是勢之所趨。

⑤ 轉換方向由單向而雙向：

「電影借重於小說之處多，小說借重於電影之處少」[82]，在過去是如此，未來可能因創作者接觸電影的機會比接觸小說要多也來得早，對其創作理念，電影的影響可能勝過小說。「在三歲以前，還沒有能夠學習建立運用傳統語言體系時，便已經開始與這種機器語言發生了密切的關係。這對中國人未來的『思考模式』，『表達方法』及『美感活動』，必定會產生重大的影響。」[83]「將來很多小說的手法，會受到ＭＴＶ的影響，如敘述手法、創作過程等。……我們未嘗不可經由它而脫離寫實主義的信仰，走出新的路來。」[84]由此可見，這種媒介與書寫間的相互影響，也由單向轉而雙向發展了。

四、結語

這已是瀕臨二十世紀的頂峰了，再過去幾年，就是一個全新的二十一世紀。沒有人能準確地預測未來的時代將往何處飛去，也沒有人能預測文學書寫的印刷形式將遭遇如何的命運，而經由媒介轉換後又將會止於何種境地？一九五八年的國際筆會就曾討論過「科學時代的想像文學」的議題。當然是衆說紛紜，不同聲音此起彼落，有的說「小夜曲的時代已經過去」，有的說未來需要「原子的詩人」，有的則氣凝神定：「我們不要像獵犬般地去追逐由工業製造出的電動兔子」[85]。問題是，資訊時代製造出的並不是單純電動的兔子，它製造出的是面貌繁複、充滿各種媒介可能的智慧精靈，而且不只一隻，並以無比磁力掌握了多數人的心靈。文學書寫處在這樣的時代，當然可以安如泰山、處變不驚，因爲其內涵、不論深度和廣度，都不是其它媒介內容可以取代的。然而包括電影在內，也宣佈它的語言是全新的、與文字功能相當的一種書寫形式。所謂書寫，甚至所謂文學的定義內容都受到了挑釁。面對這樣的分歧和可能變化，我們似乎不宜站在純文學的本位，否認「有聲書」是「書」的一種，只因爲它完全不使用文字。那麼再往前推，則未來「錄影書」出現時，又將把文學分割成何種面貌？倒過來說，那些已存在或未來將出現的活動影像，又是如何改變我們與現實，乃至與想像之間的關係？「影像工藝是如何悄悄在我們理性世界底下埋置地雷的？」[86]所有這些現象和挑戰，恐怕都不是守住文學的象牙塔就可以抵擋的。那麼包括聲音與影像的空間展演，似乎也就有可能被納入文學思考的範圍了。

附註

❶ 參閱M. L. Defleur & S. Ball-Rokeach, "Theories of Mass Communication"（《大衆傳播學理論》，杜力平譯，遠流版，八十年）第一章，另見李金銓《大衆傳播理論》（三民版，七十九年）頁八四及王洪鈞著《大衆傳播與現代社會》（正中版，七十八年），第一章。關於人類語言發生的時代始終有爭論，有說五十萬年前印歐語系未開始時已使用語言，但並無直接證據。較令人信服的證據是九萬年至四萬年之間。又人類約出現於一百五十萬年前，北京人約五十萬年前，山頂洞人約三萬年前。

❷ 同❶，譯書頁一二三。

❸ W. Sohramm, "Responsibility in Mass Communication"（「大衆傳播的責任」，程之行譯）（遠流版，七九年），頁四六。

❹ 見李亦園著《文化的圖像》（上）（允晨文化實業公司，八十一年一月），頁三三。

❺ 見劉謙〈我的家是電影院〉一文，八十一年三月十七日中時晚報第九版。

❻ 同❹，頁五四。又根據最新調查，台灣地區常看文學藝術書籍者約百分之八・四，如此讀小說散文者當然遠低於百分之九。另見聯合報八十一年四月十六日「讀書人」版。

❼ 同❸，頁三〇六。

❽ 見徐桂士〈電影・社會・文化〉一文，文訊第十五期，七十三年十二月，頁三八。

❾ R.Barthes, "Writing Degree Zero"（「寫作的零度」，李幼蒸譯）（時報出版公司，八十年二月），頁二〇三。

❿ 同❾，附錄，J. Kristeva 所著〈人怎樣對文學說話〉一文，頁二三六。

⓫ 參見劉介民著《比較文學方法論》（時報出版公司，七十九年五月），頁四四〇。

⓬ 見瓦倫汀著《實驗審美心理學》（下）（潘智彪譯）（商鼎文化出版社，八十年十二月），頁七四。

⓭ G. E. Lessing 所著的《拉奧孔》（一七六六年）一書即朱光潛所譯《詩與畫的界限》一書，全書以此項觀念爲主。另見黑格爾著《美學》（一）（朱光潛譯），頁一二四。

⓮ 參見黑格爾《美學》（一）（朱光潛譯，里仁書局，七十年五月），頁一一七。

⓯ 見白靈〈詩與生命能力〉（下）一文，藍星詩刊第二十三，七十九年四月，頁六二。

⓰ 見白靈〈詩與生命能力〉（上）一文，藍星詩刊第二十二，七十九年一月，頁五三。

⓱ 某些戲劇家認爲在劇場中最重要的是潛在的、隱伏的、言外之意及文字與形象的多義性，表演不在使觀衆感動，而是使其受創，不在幫助他思考，而在提供一些靜態的原始素材，由他自己去給它意義。也就是假設觀衆有能力通過必要的途徑，找到符號後面的意義。參閱 G. Betton 所著「電影美學」一書（劉俐譯，遠流出版公司，七十九年四月），第五章。

⓲ 見 Yves Chevrel 著《比較文學》（馮玉貞譯，遠流出版公司，八十年十二月），頁七十七。

⓳ 引自李金銓《大衆傳播理論》（三民書局，七十九年），頁八十六。所以一般在討論媒介時常常將物質上的支援與人物的作爲，或媒介與媒介的內容混合而談。以媒介的參與感爲例，參與感越大的往往有越大的效果，各種媒介的社會參與程度，依序是①私人談話，②團體討論，③非正式集會，④電話，⑤正式集會，⑥電影，⑦電視，⑧收音機，⑨電報，⑩個人通信，⑪公文，⑫報紙，⑬公佈，⑭雜誌，⑮書籍。這其中①至③及⑤⑩屬人物上的作爲，電影屬藝術形式一種，也是人物作爲，若寫成「電影院」或「影片」則爲物質上的支援。此處可注意⑭⑮的印刷媒介排名最後。另參閱李茂政著《大衆傳播理論》（三民書局，七十九年十

月）第六章。

⑳ 這是俄國導演普多夫金（Pudovkin）講的話，引自劉森堯《導演與電影》一書（志文出版社，七十九年一月），頁三十七。

㉑ 同⑰，所引之書，頁九十五。

㉒ 同⑳，頁四十。

㉓ 參見佐藤忠男《電影的奧秘》一書（廖祥雄譯，志文出版社，七十八年十月），頁十六。

㉔ 同⑳，頁四六至頁五三。

㉕ 同⑳，頁四九。

㉖ 同㉕。

㉗ K. MacGowan, "Behind the Screen"（中譯本叫《細說電影》，曾西霸譯，志文出版社，七十七年九月），第二十三章。

㉘ 可參看李幼新編著《名著名片》一書（志文出版社，七十九年三月）目錄。

㉙ 見梁良《中國文藝電影與當代小說》一文，文訊月刊第二十六期，七十五年十月，頁二五七。及第二十七期，七十五年十二月，頁二六六。

㉚ 同㉙。

㉛ 見蔡國榮〈從金馬獎看文學電影何去何從〉一文，文訊月刊第十五期，七十三年十二月，頁一一〇。

㉜ 同㉙。

㉝ 引自小野〈新電影中的文學特質〉一文，文訊月刊第十五期，七十三年十二月，頁八二。

㉞ 見白先勇〈玉卿嫂改編電影劇本的歷程與構思〉一文，文訊月刊第十五期，七十三年十二月，頁九七。

㉟ 見馬森著《電影．中國．夢》一書（時報文化出版公司，七十九年四月），頁二三七。

㊱ 見黃建業〈期待文學電影開花結果〉一文，文訊月刊第十五期，七十三年十二月，頁七六。

(37) 同(36)。

(38) 同(33)。

(39) 同(36)。

(40) 見聯合報八十一年四月二日的「文化廣場」採訪文。

(41) 見焦桐〈光復後台灣戲劇書目〉一文，文訊月刊第三十二期（七十六年十月）、第三十三期（七十六年十二月）、第三十四期（七十七年二月）。另參考《中華現代文學大系》戲劇卷黃美序所寫之序文（九歌出版社，七十八年五月）。

(42) 見陳玲玲〈我們曾經一同走走看〉一文，文訊月刊第三十一期，七十六年八月，頁九八。

(43) 見馬森者《中國現代戲劇的兩度西潮》一書（文化生活新知出版社，八十年七月），頁二八三。

(44) 見鍾明德著《在後現代主義的雜音中》一書（書林出版社，七十八年七月），頁一四九。

(45) 見舒坦著《電影與文學》一書（台揚出版社，八十一年二月），頁一八一。

(46) 同(45)。

(47) 見《三國志Ⅱ》磁碟片廣告。

(48) 見中時晚報八十一年三月三十一日第九版「親歷電玩的幻境」一文。

(49) 同(17)所引書，頁一三四。

(50) 見亞里斯多德《詩學》一書（姚一葦譯注，中華書局，七十五年十二月），頁六九。

(51) 同(43)，頁一一〇。

(52) 見中華現代文學大系戲劇卷黃美序之序文（九歌出版社，七十八年五月），頁四。

(53) 同(52)。

(54) 見閻振瀛《戲劇與文學》一文，文訊月刊第三十一期，七十六年八月，頁八。

(55) 同(43)，頁一〇八。

56 同52。
57 同43，頁三〇三。
58 同48，頁三〇四。
59 同28。
60 同31。
61 見余光中〈詩魂歌魄不解緣〉一文，聯合文學第八十二期，八十年八月，頁六九。
62 見翁嘉銘〈詩的兄弟，文學的家族〉一文，聯合文學第八十二期，八十年八月，頁八一。
63 引自白靈著《給夢一把梯子》一書（五四書局，七十八年四月），頁二〇八。
64 同61。
65 同62。
66 見張漢良著《現代詩論衡》一書（幼獅文化公司，七十年二月），頁六七。
67 見周鼎著《一具空空的白》一書（創世紀詩社，八十年十月），第二輯。
68 同63，所引書，頁二三〇。
69 同13。
70 見林年同著《中國電影美學》一書（允晨文化公司八十年十月），頁五三。
71 見聯合報八十一年四月一日第二十九版「文化廣場」採訪文。
72 見詹明信《後現代主義與文化理論》一書（唐小兵譯，合志文化公司，七十九年一月），頁一八八。
73 同19，頁九七。
74 爲電視「Konica」膠卷廣告詞。
75 同20，頁五五。
76 見周浩正、陳斌「富裕生活下文學的發展」一文，幼獅文藝四一七期，七十七年九月，頁二七。

77　「文學良心與市場流行」討論會，文訊月刊第二十六期，七十五年十月，頁七一。

78　同77。

79　「當代文學問題討論會之四」，文訊月刊第三十一期，七十六年八月，頁二〇六。

80　見李永萍〈談現代劇場的反文學傾向〉一文，幼獅文藝第四五四期，八十年十月，頁四五。

81　見聯合報八十年三月十九日第二十版「文化廣場」採訪文。

82　同35，頁八一。

83　見羅青著《錄影詩學》一書（書林出版公司，七十六年六月），頁二六五。

84　同77。

85　見俞建章、葉舒憲合著《符號：語言與藝術》一書（久大文化公司，七十九年五月），頁三三六。

86　同18，所引書，頁一三〇。

副刊學的理論建構基礎

——以台灣報紙副刊之發展過程及其時代背景爲場域

向陽

壹、緒言

所謂「副刊學」，其實尚未誕生。

副刊，作爲中文報紙媒介的附屬版面，固然有其長久歷史，且在全世界的報業發展中亦卓然不同於西方的報業，但不管是從傳播學的角度藉以釐清文學與傳播的互動、或者是從文學社會學的角度藉以探究文學活動的社會意義，截至目前爲止，作爲大衆傳播媒介工具之一的副刊，其所扮演的文學傳播者的角色及其可能彰顯的對於社會意義構成的功能，仍未受到學者的注意及研究。有諸，則是以副刊與作家之關係及其互動作爲考量的零星論文或調查，這距離副刊作爲學術領域，自然仍有待投入。

然而，無論如何，副刊之存在於中文報紙媒介之中，且在長久的報業發展軌跡上，一方面是作爲大衆傳播媒介傳播者的角色，爲受衆提供文學訊息及生活娛樂，它自然會在傳播過程中產生若干效果，並成爲社會體制中的一個系統；一方面它又是文學（乃至文化）活動的主要園地之一，作家、作品透過這個園地（即經由媒介）暴露於廣大而不確定的受衆之前，在大衆傳媒繁複的運作下，遂產生了戈德曼（L. Gold Mann, 1964）所謂「文學創作的集體特徵」，此一特徵源自「作品世界的結構乃是與特定社會群體的心理原素結構相通，或至少有明顯的關聯」[1]。

因此，以大衆傳播研究的角度來看，文學既透過副刊傳播，便成爲大衆傳播媒介的訊息內容之一，此一內容在傳播流通過程中，是否受到干擾？是否因爲副刊守門人（gate keeper）的干涉而產生質變？是否對受衆產生效果？以及受衆對此一文學傳播有何回饋？等，均具有研究的價值；如採取鉅觀的研究取向，從社會秩序的互動及文化的演變來看，文學傳播在副刊這樣一個大衆文化工業中，是否受到來自政經結構的影響？是否受到意識型態的掌控？乃至是否受到權力的宰制……等，則尤其是以台灣社會變遷作爲背景之副刊學研究的豐厚土壤。

由於這樣的「副刊學」研究在台灣以及整個中文報業史上尚待開拓，文獻亦不足徵，本文旨在拋磚引玉，試圖經由歷史流程的觀察及台灣特殊政經文化背景的耙梳，初步理出「副刊學」作爲大衆傳播學及文學社會學領域中的一個場域，以提供研究文學傳播現象的基礎解釋。

貳、歷史軌跡的釐清

副刊，作爲中文報業獨具的傳播訊息特色，有其歷史及文化背景。

在中國，報紙創設副刊，早於清末上海字林滬報（一八九七）附送附張《消閑報》開始，它純粹以「推廣報務」增加發行爲念，卻帶起其後辦報必隨附張的風潮。不過眞正扮演了「重要角色」的副刊，則必須等到一九一八年三月創刊的時事新報《學燈》、一九一九年發刊的民國日報《覺悟》、以及一九一八年易名《晨報》的副刊（一九二一年從正張分出獨立爲《副鐫》），這三個報紙副刊，對於當年新文化運動，產生了相激相盪的作用，「三足鼎峙，成爲新文化運動的勁旅」[2]，也成爲其後中國新文學發展的濫觴[3]。而其後則在一九四七年融入於台灣本已有之的報業之中，從而「形成獨特的傳播整合型態」，「對於台灣文學發展具有舉足輕重的影響，在七〇年代中期到八〇年代中期的十年期間，甚至完全凌駕了文學雜誌的地位」[4]。

不過，這裡必須指出，報紙副刊對於台灣文學發展之「具有舉足輕重的影響」，其實並非晚近年代的事。台灣報業發展，始於一八九六年六月《台灣新報》之創刊，這份報紙由日人經營，其後於一八九八年易名爲《台灣日日新報》，設有「漢文欄」（主編係章炳麟）[5]，這是台灣報業有副刊之始，不過這與同年代中國報業所設「附刊」內容相似，均爲傳統詩詞唱和餘緒。直到一九二〇年七月，台灣才出現第一份由台灣人經營的媒介《台灣青年》，其編輯在東京，發行對象則爲台灣讀者；一九二二年，這份媒介易名爲《台灣》，二三年易名爲《台灣民報》（週刊），三〇年易名爲《台灣新民報》（由週刊轉爲日刊），四一年易名爲《興南新聞》，迄二次大戰爆發後併入日文報紙《台灣新報》而結束。從一九二〇年到一九四四年的廿四年間，這一個代表台灣人輿論的媒體，我們可以統稱之爲《台灣新民報》系統。台灣之有「副刊」，即是以此一系統爲開端。

在《台灣青年》及《台灣》階段，大抵仍偏重於文化之傳播及社會之改造，創刊號「社告」即強調「期應世界之時勢，順現代之潮流，以促進我台民智，傳播東西文明。雖非敢自謂爲我台社會之耳目，竊願作爲島民言論之先聲焉」[6]；而對於文學，則有陳炘「文學與職務」一文，主張文學「當以傳播世界文明思想，警醒愚蒙，鼓吹人道之感情，促社會之革新爲己任」[7]，可見文學、傳播媒介與社會三者之間確已緊密相扣，文學透過大衆傳播媒介的管道，對整個社會的意義構成，也已起了絕大的學習作用。也正如同傳播學者德弗勒和鮑爾—洛基奇（ML. De Fleur & S. Ball-Rokeach, 1989）所指，「大衆傳播對社會的眞正意義，並不在它對具體接受者的即時效果，而在於它對人類文化和社會生活組織所產生的間接的、微妙和長期的影響」[8]一般，《台灣新民報》系統內「文藝欄」（即今「副刊」）正就發揮了這樣的效果和影響，決定了日本治台期間台灣新文化運動及新文學開展的漫長路途。

詳細的描述，非本文所能負載，這裡借用文學評論葉石濤的闡述以爲印證：

> 「台灣新民報」……從一九二〇年到一九四四年，享有長達四分之一世紀的壽命跟台灣新文學共存亡。……
>
> 在這長達二十多年的時間，「台灣新民報」始終是台灣民衆真實心聲的代言人。同時亦是台灣新文學運動的根據地和大本營。它提供園地給台灣作家耕耘，發表作品，在新文

學運動中迭起的各種富有時代、社會意義的論爭中，提供筆戰的陣地；那便是提倡白話文語體文的使用、新舊文學論爭、台灣話文建設論爭、鄉土文學論爭等。此外，大陸文學的轉載，五四文藝思潮的剖析，日本、歐美作家作品的介紹與翻譯，世界文藝思潮的引進等，善盡它啟蒙民衆，維持民族精神於不墜的歷史性使命。❾

足見副刊作爲台灣報業的主體構成要件之一，其影響及其對於社會變遷的互動效應，早於日本治台期間即已彰顯無遺。

也只有釐清在台灣這個特定時空中，大衆傳播媒介、副刊文學與社會（含社會個體）三者之間「古已有之」的歷史的互動網絡，我們才可能了解，台灣報紙副刊在大衆傳播媒介結構中，早已與大衆社會同一呼吸。在這個網路中，文學成爲傳播訊息的一個有力的工具，在十九世紀殖民地的台灣社會中，它比較單向地向受衆發揮了施蘭姆（W. Schramm, 1964）在《大衆傳播媒介與國家發展》一書中所指陳的「發展中國家的大衆媒介功能」，如「告知」、「決策」、「教育」等三種❿，除了文學傳播先天上較不易影響政治決策之外，它所促成的社會化（Socialization）其意義構成（fabric of meaning），反應在當時的殖民社會中，對於被傳播的受衆，自然也起了啟迪的作用。

總而言之，從台灣報業的歷史軌跡中，可以清清楚楚地看出，台灣報紙副刊作爲大衆媒介文學訊息的傳播者，其源起並非來自中國報業的紹續，而是在十九世紀被殖民統治下，台灣菁英階級結合部份資本家透過「出版資本主義」（print-Capitalism）試圖尋求群認同的文化需求及努力。在這樣的背景下，台灣報業副刊始創之族期，固然也受中國五四運動及相關報業的啟發，但其關係則爲主客之間的位階。日治時代台灣報紙副刊的內容及其承載的訊息，與當時中國報紙副刊所展現的視界及層面因此亦兩相不同，再加上所謂「和漢併用」的日本帝國主義文化政策之介入，尤使台灣副刊的文學傳播內容及其向度與中國副刊疏隔了。

一九四五年，日本戰敗，國府接收台灣；一九四七年，二二八事件爆發，台灣報人受到摧殘，報業經營權亦遭剝奪；一九四九年，中共成立中華人民共和國，中華民國政府遷來台灣——時代的大變動以及政治局勢的逆轉，使得台灣報業從此展開另一頁與來自中國報業理念相互結合的發展，而副刊，作爲報紙文學傳播的管道，也由此進入一個新的界域。

參、衝突、分歧、宰制、淪喪

台灣報業的中斷，比二次大戰結束提早一年，一九四四年，總督府在太平洋戰爭的炮火中，以《台灣新報》總合了全台六家報紙，台灣新民報系統的《興南新聞》從入併入停刊。直到戰爭結束後，一九四五年十月，接收《台灣新報》，而由行政長官公署接辦的《台灣新生報》創刊，台灣報業自此才重新復甦。它的創刊詞明白揭示：「言論記事立場，完全是一個中國本位的報紙」，因此其定位也「以源源介紹豐富的中國文化，以標準國語寫文章，以最大篇幅刊載祖國消息，及傳達並說明政府法令，做台灣人民喉舌三事爲其主要任務」。四版爲日文版，直到次年取消。[11]

一九四六年二月，中國國民黨黨營的《中華日報》在台南創刊，創刊初期亦有日文版，並於下角闢「文藝欄」（由龍瑛宗主編）刊登文學作品，直到次年與新生報同步取消。這個文藝欄延續了日本治台末期台灣日文作家的創作，也使台灣作家的文學傳播活動得以殘喘。

隨後，由軍方支持的《和平日報》（原《掃蕩報》）台灣版在台中創刊，形成與新生報、中華日報三足鼎立的競爭態勢。就在一九四六年三月至九月半年間，民營報紙如雨後春筍相繼創立，至一九四七年二二八事件爆發之際，台灣公民營報紙共達二十家。再加上由大陸來台銷售的報紙，如上海申、新兩報、大公報、中央日報等，戰後初期的台灣報業可說是十分鼎盛⑫。

就在一九四五—一九四七年這二年間的報業發展中，值得關切的傳播現象有二：一、戰後初期報紙以中、日文版併行的方式從事傳播活動，語文的分歧也肇致了意義構成及族群認同的困難，而其中的內涵意義（Connotative meaning）所潛在的認知差異，則尤其影響到兩個文化間相互傳播溝通的可能。語言學家沙比爾（E. Sapir,1929）即指出，「人類受到自己社會使用的語言所擺佈。『眞實的世界』大部份是無意中建立在一個群體的語言習慣上的」⑬。這種語言（文字）的矛盾，一起始就在傳播過程中造成了社會群體緊張的危機；而在一九四六年國府廢除報紙日本版之後，固然解除了傳播者一方的傳播困擾，相對地卻又使得受播者的受衆，以及文學訊息生產者的台灣作家產生了受到體制排拒的憂懼。葉石濤，這位日本治台末葉站起的優秀日文作家如此形容此一末路：「日文作家大多數放棄文學創作的路，不得不結束了作家的生涯。四〇年代未能產生新銳（台灣）作家，反而許多剛出頭的作家放棄創作生涯，這構成了戰前新文學運動和戰後台灣現代文學之間的斷層與鴻溝，所有日據時代新文學的遺產，似乎都快要埋入歷史的墳墓裡去了」⑭。

其次，戰後初期台灣報業的經營權，也頗具有表徵此後近四十年間報禁年代，媒介由公、黨、軍控制並與民營報業在言論控制下相互消長的結構縮影。國府對言論自由及報業發展的限制起於一九四九年，當年八月公布「台灣省新聞雜誌資本限制辦法」，其後陸續發布了十餘種法令，既「限紙」、「限張」、「限證」、「限印」，私下裡還「限價」，以行政措施干預報紙售價，把報業綁得動彈不得。且從民國四十九年以後，台灣報紙就一直維持在三十一家，沒有新報產生⑮，這樣的「報禁」政策，整體上造成了傳播媒介在公共言論領域上的萎縮，公、黨、軍營報紙固然如此，就是民營報紙亦復如是，輿論功能已完全受到國家機器的宰制。一九五四年內政部公布所謂「九項禁例」，引起民營報業及民代之強烈反彈；一九五八年，則又因出版法修正案的提出，再度引起新聞界公憤，其中賦予行政機關不經司法審判，即可予報刊警告、罰鍰、停刊及撤銷登記等處分之權力，雖經各界抗議，但仍照案通過。⑯

這兩個傳播現象的浮顯，正是以一九四七年二二八事件作爲分水嶺，語言文化傳播的衝突，成爲二二八事件爆發的一條伏線；傳播自由的牽制，則源自二二八事件之後，政府採取整肅思想言論的政治控制手段之一。

在這樣一個被稱爲「白色恐怖年代」的威權體制統治環境下，文學傳播自然更沒有伸展的空間了。台灣新文學的發展也因而整個中挫，副刊固然存在，但在五〇年代強調「戰鬥文藝」的氛圍之下，在政府對媒介言論出版自由的牽制之下，五〇年代的文學傳播自然也就更爲荒蕪。葉石濤這樣形容：

> 五〇年代的文學，幾乎由大陸來台第一代作家所把持……他們的文學來自（國破家亡的）憤怒和仇恨，所以五〇年代文學所開的花朵是白色而荒涼的；缺乏批判性和雄厚的人道主義關懷，使得他們的文學墮爲政策的附庸，最後導致這些反共文學變成令人生厭的、劃一思想的，口號八股文學。⑰

在這種大衆傳播媒介無法突破、反抗威權體制的無望年代之中，副刊作爲台灣文學傳播主要樞紐的功能也就喪失無存。而雜誌，則取而代之，成爲另一個承載的媒介。從五〇年代以降，政論雜誌如《自由中國》、《文星》到七〇年代的《美麗島》，都扮演了補償自由報業匱乏功能的角色，文學刊物亦復如是。從一九五〇年至七〇年這二十年間，台灣文壇的主要生態圈以及文學流派、團體的互動，重要作家作品的出現，可以說，就是在《文學雜誌》、《現代文學》、《台灣文藝》、《文學季刊》、《純文學》及由同仁組成的詩社詩刊中孕育而出。

對副刊而言，五〇年代、六〇年代收成的荒蕪，顯然起自於整個政治環境的嚴重干擾，從影響媒介守門人的認知與自我束縛，並對提供內容訊息的作家造成制約。這使得文學透過大衆傳播媒介整合族群認同及社會衝突的功能也無以附著，更遑論對社會變遷及文化發展提供任何助力了。

於是，文學的功能也開始產生變化。純文學的傳播退回由同仁組成的小媒介或地下媒介之中。嚴肅的文學作家以其具批判性的思想及其社會觀照能力，不再被允許早期台灣報紙副刊中作家兼具文化運動家或思想指導者的角色；正好相反，在政治機器宰制的傳播情境（如制度安排、權力關係、意識型態等）中，他們進而遭受到如哈伯馬斯（J. Habermas, 1976）所稱的來自官僚組織的「系統扭曲傳播」（systematically distorted communication）⑱，而喪失了自主傳播的權利及能力。

另一方面，則是「虛文學」、「輕文學」與「通俗文學」作品的大量充斥於副刊之上。作家世代及班底的結構也跟著起了變化：一、日治時代台灣作家被迫沉默，二、來台第一代大陸作家蔚然而生，三、女作家輩出，四、軍中作家大量出頭，五、在黨政機關服務的作家也不少⑲。這種現象，借用法國文學社會學家埃斯卡皮（R.Escarpit, 1958）的分析，主要出於「時勢」。其一是世代（Generation），世代的概念假設「作家出生的年代往往叢聚在某一些時期」，依此概念，五〇年代來台的第一代大陸作家的出頭、軍中作家、女作家的誕生，以及彼等世代年齡的相近，均可勉強證明。但是由於五〇年代台灣作家的出現，不是歷史自然的產生，而是出於戰亂及政治高壓後文壇生態的缺口，要妥當解釋此一現象，則仍需借用埃斯卡皮的另一概念，即班底（Equipe），所謂「班底」就是「指包涵了所有年齡層的作家群，此一集群往往在某些事件中把持輿論，而且有意無意間阻撓通路，壓得新血不能嶄露頭角」，促成這樣的「班底」的來源「無非是人物、權力結構改變的政治事件，如改朝換代、革命、戰爭之類」。⑳而對五〇年代的台灣文壇結構的改變而言，則要再加上第二個因子，文化背景的不同。日據台籍作家的沉默，是其中消極的例子，青年台籍作家在六〇年代集結於《台灣文藝》

及《笠》而在其後成爲一個跨躍語言、年齡的本土文化集群，則是其中積極的例證。

肆、「文藝」副刊與「文化」副刊的對立存在

從六〇年代起，台灣社會開始走上另一個旅程——在政治高壓統治下，台灣走向了一如帕深思（T. Parsons, 1960）所說的「以政治威權作爲必要動力」的工業化[21]過程。在這之前，計劃經濟早已展開，一九五三年的五期四年經建計劃，到了一九六三年進入起飛時期，其間土地改革的成功，則更是奠定了工業化的基礎。蕭新煌指出：

「資本主義化」可以說是過去台灣社會結構變遷的關鍵性大趨勢，這個趨勢的本身既是歷史的過程，也是造就一連串結構轉型的動力來源。採資本主義路線的土地改革，強有力的以大批的私有制小農階級，取代了舊有租佃制度下的地主階級。也隨著資本主義工業化的擴散和加深，造成了鄉村小農階級的式微和萎縮，以及都市勞工階級的萌生和茁壯，這種結構的轉變與交替發生在六〇年代。同時，也屬於都市階級的民營工商企業階級在政府主導決策下也有了長足的成長，專業技術階級的增加，也是從六〇年代開始的現象。[22]

在這種源自政治高壓所保障的經濟發展，以及因爲經濟發展所帶動的由工業化渡向資本主

義社會的過程中，台灣的文化形態顯然也開始產生結構性的變革。

以大衆傳播媒介而言，六〇年代的台灣報業在三十一家報紙的「限制」與「保障」下（這個結構直到報禁解除後才改變）開始起飛，並逐步地由小資本經營發展到六〇年代報禁解除後形成的「文化工業」雛型。這一個過程事實上也是伴隨著經濟發展而展開的，國民所得的逐步提升、都市化工業化、以及「報禁」時期對政治言論的抑壓、相對地對報業經營壟斷的保障，使得台灣的報業成爲緊密地與國家機器相互結合的機制之一。

就文學傳播來看，嚴格地說，就報紙副刊的文學傳播來看，顯然也若合符節。文學在這樣一個政經體制之下，已逐步成爲資本主義社會的一個生產品，成爲分工化社會體系當中的一個消費環節。作家生產作品，再經由大量的機械性再生產（mechanical reproduction），透過大衆媒介（其中最大宗的即是報紙副刊）的市場從事交易，並刺激讀者消費，從而形成了一個文學社會化、世俗化的文化性格。

六〇年代到九〇年代整個台灣大環境的此一概觀、背景，有助於我們了解自六〇年代開始台灣文學傳播的質變。當然，經濟的工業化，也會回過頭來強化政治的變革，大衆傳播媒介則又在其中扮演了凝聚大衆意志、醞釀了多元意識的抬頭，從而強化了民主化的功能；而文學，則在這種政治、經濟及傳播所改變的社會中，也相應地產生了變化。

這就是何以台灣文學的發展，自六〇年代以後，幾乎每隔十年就有一次重大的轉易，由六〇年代的現代化的追尋，到七〇年代本土化的返歸，到八〇年代商品化的盛行，這一整個過程會與整個台灣社會變遷相應相和的原因。

因此，本節特以六、七〇年代副刊的鉅變作爲一個場域，而特別集中於七〇年代「人間」與「聯合」兩副刊編輯理念及其爭奪文化霸權的比較，藉以凸顯「副刊學」理論建構的可能。

六〇年代的台灣報紙副刊，基本上延續了五〇年代由林海音透過聯合報副刊建立起來的「文藝性」副刊模式[23]，而爲各報所依循。這個副刊模式，即是在強調「文藝性」的綱領下，以文藝作品的發表及園地提供作爲主要功能，兼及知識、趣味。不過，由於六〇年代碰巧也是台灣報業正起飛的階段，報紙發行競爭的量變需求，使得實驗、前衛性的文學作品無法躋身於副刊之內。重要的文學作家的產生，多是先經由文學刊物的培養，以其知名度回過頭來支持副刊的份量；而其重要作品，則仍率皆由文學刊物或文化性雜誌（如「文星」）所吸納。簡言之，副刊作爲大衆傳播媒介的一個部門，仍然以大衆品味作爲其傳播本質，而提供受衆「娛樂」的功能，則仍爲最高的懸準。

但即使在以「娛樂」爲懸準的運作中，六〇年代的副刊由於守門人、文學訊息（內容）生產者的結構，都是由文學群集所產生，因此副刊所吸納的文學作家及其所影響的文學風潮走向亦不容小看。這種力量在七〇年代發揮到最高峰，對台灣由現代化走向本土化的文化發展過程，具有決定性的因素。

除了媒介特質之外，另一個決定性的關鍵因素，來自於守門人的作用。副刊守門人——主編，在整個中文報業的副刊傳統下，一向具有管制稿件的權威。他們在整個媒介組織的運作中，以其掌握的文學社會資源，決定那些來稿「值不值得刊登」（價值判斷）、「要不要刊登」（權威選擇）、「該不該刊登」（社會控制）以及「如何刊登」（理念實踐），這些源自內在及外在情境選擇的因素，左右了文學群集的生態、關鍵著文學活動的方向；同樣地，這也顯露副刊守門人的文學、社會立場及其意識型態的運作。傳播學者馬奎爾（Mc Quail, 1987）在從傳播學角度解釋葛蘭西（A. Gramsci）文化霸權理論時，即將這種決定因素來自於意識型態及其表現方式、彰顯途徑的霸權，歸納爲媒介霸權理論（Hegemonic theory of media）[24]。

媒介霸權的出現，解釋了握有媒介權力的副刊守門人如何經由策劃性編輯手段（滲透方式），將意識型態注入文學閱讀者的生活中，以宰制文學附屬的文學階級、團體或個伴。

六〇年代的台灣副刊，顯露的宰制傾向仍不濃厚，這是因爲終極的政治霸權正有效控制著大衆傳播媒介，這使得此後二十年的副刊主編必須如林海音說的那樣「雖然愼重小心，卻常常夜半驚醒，想起白天發的稿子，有何不妥嗎？錯字改了嗎？敏感感染了我，時常感煩燥」[25]，在政治權力的宰制下，台灣文學的發展及其現代化歷程，轉入同仁刊物的文學雜誌之內。因此，我們今天翻閱台灣文學史，可以發現，六〇年代的台灣文學創作及其成績，幾乎盡由文學雜誌（含詩刊）所主導。一九六〇年，《現代文學》創刊、一九六一年，《藍星》詩刊創刊、一九六四年，《台灣文藝》創刊、《笠》詩刊創刊、一九六六年《文學季刊》創刊、一九六七年《純文學》創刊等，均標誌了這一個碑石。

但是，到了七〇年代以後，台灣的副刊開始有了鉅烈的轉變，也開始伴隨著整個政治、經濟結構的轉型，以及文學思潮的湧動走向本土化。蔡詩萍對此一轉變有明徹的敘述：

在六〇年代，整個文學的支配性（宰制性）典範，仍以官方的文藝政策居優勢，但反支配的論述卻悄悄各自築起陣地，除《現代文學》獨領風騷外，一九六四年創刊的《台灣文藝》和《笠》詩刊，以及一九六六年十月創刊的《文學季刊》都隱然埋下日後文學論戰和文學抗爭的歷史引線。

終於當七〇年代以震動撼人的「本土化」浪潮，席捲政治、社會的發展後，「鄉土文學」論戰點燃了一次較諸「現代文學」還更廣闊的「文化霸權」爭奪戰。[26]

這個本土化浪潮的推波助瀾者，來自報紙副刊，而首先揭開其序幕的，則是受過傳播學訓練的作家高信疆，他出現的時間，正是台灣社會邁入七〇年代的初期。

被譽爲「七〇年代媒體英雄」的高信疆在一九七三年接編《人間》副刊迄一九八三年止，在這十年間的整體大環境中，台灣外受外交困局及世界性能源危機，內部也因權力的轉移及黨外民主運動的勃興而發生了政局的變動——對於七〇年代的政治文化背景，葉石濤一針見血地指陳：

> 七〇年代總共受到六次的政治性重大衝擊，這些衝擊有時是足以動搖國本的毀滅性衝擊，使國人提高了反省的層次，也使得社會上層建築的文化掀起了壯大的覺醒運動：此運動首先肯定政治必須迅速改革，俾能對付由大陸而來的影響，同時也要迅速推動台灣本身的自由、民主化，注重人權，使台灣成爲現代化的民主國家。在經濟上排除外國的經濟侵略與其夥伴的買辦，建立自主的經濟制度，走向技術密集的工業國家。文化上必

須確立承繼民族傳統文化發揮光大的姿勢，積極推動鄉土色彩的文化。㉗高信疆的接掌副刊，正是在如此一個時空之中，他改變了前此副刊的刻版形象（此一形象，用高氏的話形容，「既與新聞無關，又與人生無涉，更談不上激動人心、傳承歷史、創造文化等等的題旨」㉘），從而走出了舊有的「文藝」格局，開創了嶄新的「文化」天地。

在主編《人間》副刊十年間，高信疆使「副刊」作爲大衆傳播媒介的特性彰顯無疑。如「計劃編輯」，正是新聞媒體「議題設定」（agenda-setting）功能的十足發揮，在高信疆的編輯室內，透過副刊，介紹朱銘、洪通，可以在數日之內使這兩位原本默默無名的藝術工作者成爲全國矚目的人物，而其影響力甚於新聞版面；即使對於文學題材的開拓及文學領域的衝擊，他也能透過強力專欄及不斷綿密重覆刊登的作法，激發文學生態的變化，如〈現實的邊緣〉專欄重光了報導文學的文風，如刊登關傑明評現代詩的文字，激發了現代詩「關唐事件」，而引燃了現代詩壇以寫實主義爲宗的新世代詩人對超現實主義詩壇的顚覆，如舉辦文學獎，挖掘並培養戰後台灣作家世代的出頭……等，均使得副刊作爲大衆報紙的版面，發揮了媒介的效果。至於他首開風氣，引入美術編輯的視覺革新，使美術不再從屬於文字；開拓文化諸層面的社會功能，使得副刊不再只是文藝青少年的讀物，而廣爲文化界喜愛等，均對此後台灣報紙副刊立下了典範。

在這裡，高信疆以報紙「守門人」的角色盡到了大衆傳播媒介對於邁向開發中國家傳播民主化與訊息多元化的重大責任。這種「副刊革命」，立刻影響了中國時報的競爭對手聯合報，一九七七年，聯合報延聘詩人瘂弦接編《聯合副刊》，從此，台灣報業進入在新聞戰爭之外也必須在副刊之上一比高下的競逐，而這是在報業新聞發展上從未有過的嶄新爭奪。它象徵了媒介霸權對於原來來自政治霸權的反宰制、以及對於文化霸權的宰制意圖。

比較「副刊高」（高信疆）與「副刊王」（瘂弦）對於報紙副刊的編輯理念及其採取之文化視野之異同，有助於我們更深刻了解七、八〇年代台灣報紙副刊的意涵，以及建構「副刊學」理論的基礎。

試以一九七九年兩報副刊主編接受《愛書人》雜誌專訪，對八個議題所表示之看法，列表如下（見二一〇頁）[29]：

表中八個議題以及高信疆、瘂弦兩位重要副刊守門人對副刊此一媒介的看法，以及圍繞在報紙（大眾傳媒）、副刊（文學或文化資訊）及社會（包括文化族群、團體，文化運動及社會變遷）三者之間相關網絡中的歧出觀點，的確值得我們加以省思。而這些問題，在本文鋪陳的台灣報紙副刊發展過程及其時代背景的場域，也已一路試圖透過社會學及傳播學的理論加以驗證或提出質疑。

主編 ＼ 觀點 議題	1.對副刊的定義為何？
《人間副刊》高信疆	⑴一個單軌傳播系統中多面交流的園地。 ⑵基調是文學的，方向卻在於文化整體的建設。 ⑶從文學的筆出發，以多風貌多姿彩的表現，來反映現實、重建人生、帶動文化，甚至發揮出社會整體的批評與創造的功能。 ⑷是溝通的工具（橋樑）、具涵化的功能（窗戶）、凝聚認同的方向（旗幟）、是社會的公器（天秤）。
《聯合副刊》瘂弦	⑴副刊是從文人辦報的傳統開始，隨著時間的演化，其內涵一直在修正，其定義也逐漸在擴大中。 ⑵是中國報業的一大特色，如今由於社會的多元化，純文藝副刊面臨挑戰，可是誰也不忍心把此一優秀傳統斷送掉。 ⑶近十年來，副刊基本上還是在文藝副刊的大傳統上發展，並且擔負起推廣文藝的責任。 ⑷副刊的新聞性、社會性的要求是潮流的必然趨勢，但仍要分出更多的精力和篇幅在文藝的本身。

2.副刊與文藝雜誌比較，有何特殊功能？
(1)副刊是報紙的一部份，它要求「迅速文化」、「立即表現」，它擁有文化的、文藝的靜態之美，但也具備了它們的動態的活力。 (2)它的對象廣，要對社會全體負責，這與一般文藝雜誌的同仁傾向不同；反過來說，它的內容更大、天地更廣、可塑性更強，也不一定就是「文藝」的。 (3)副刊的文字有適當的長度、內容求其多樣化。 (4)副刊有較大的社會肯定、較多的人生接觸、較快的現實反應、較強的影響動力；也有更高的合作性與組織性、發掘性與創造性、民間性與流動性……。
(1)文藝性雜誌比較專業化，比較定向。雜誌專業化後，普及性的文藝雜誌減少，副刊便應擔負普及的工作。 (2)副刊讀者各色各樣人都有，如何設計跟他們有關的內容，從普及中慢慢提升讀者水準，頗費斟酌。因此，如何設法以輕快平易的形式去吸引他們看，應是副刊編輯人的重要課題。 (3)讀者閱讀副刊不是來接受教育，而是希望得到娛樂消遣或一些生活知識，這使副刊不得不走向大衆化。 (4)在通俗中一樣可以培養出一個傑出的文藝人才，以副刊作跳板，過渡到高水準的文藝雜誌上去。

3.副刊應給讀者什麼內容？	4.報紙副刊對
(1)當然是走向一個整體文化的呈現與反映的道路。它的傳承與創造、回顧與前瞻、吸納與比較，都是我們熱切關懷、力圖掌握的對象。 (2)爲整體文化展示新指標、增添新內涵、加深新解釋。要把生活的界域、文藝的界域，甚至新聞本身的界域推得更寬點。 (3)內容三條件：認識自己、參與社會、反哺大衆。 (4)編輯三原則：擁抱台灣、熱愛中國、胸懷天下。	(1)要看是那一種「副刊」和那一種社會了，西方和日本社會沒有我們所謂的文藝「副刊」，一樣暢銷。 (2)（副刊的）形式問題並不重要，可以屬於新聞版，也可另闢專版推出。
(1)多樣性的內容。受歡迎與受尊敬是不同的。銷路不是一切，有銷路，受尊敬，才是眞正有價值。 (2)不板著臉孔說教而又能使讀者受益良多。 (3)要求雅俗共賞，在版面上適度調配每天的內容，供給各種不同的知識，滿足各色人等的興味，使副刊的影響更廣泛、更深入。 (4)使人樂於接近並能從中得到精神進修。至於學術性的探討，只能偶一爲之。	(1)影響當然很大，但與其說是對發行影響，不如說是對栽培社會文藝後進的影響。 (2)報紙並不適合以副刊來刺激銷路，副刊的作用是緩進的，潛在的。有副刊也許不覺得，一旦沒有副刊那情形是很難想像的。

報紙發行是否有影響？	5.副刊與編輯人的理想是否有距離？
(3)中國「副」刊傳統許多部份都是陳腐不堪，沒有多大意義。今天它仍存在，但已逐漸沒落了。 (4)好的「副」刊有助於報紙發行。 (5)前瞻隨著生活的複雜、文化的發展，將來「副」刊版面必然是更細分、也更多樣，它的潛力大，擔負的責任也將愈重，表現的形式可能更紛歧。	(1)有，而且很大，這是「天譴」。身爲一個媒介人物，編輯人永遠是在公衆之間往返折損的。 (2)「副」刊是合作的事，在理想與現實之間，在構思與表現之間，考驗一直不曾停過，而時間那麼緊迫，扭曲與偏失如何能免？ (3)我們用種種努力來不使理想失去。像：計劃編輯，多面地與讀者、作者溝通，盡量於版面上突破、創新、都是補救的手段。
(3)（作家）從事文學的興趣都是從副刊激發出來的，副刊也安慰了不少（讀者與作家）苦悶的心靈，從這方面來看，副刊的意義實在重大。	(1)這是難免的。 (2)由於主觀及客觀條件的限制，很多理想難免要打些折扣，無法達成，我想這也許是所有編輯人都有的一種遺憾。 (3)（舉「新人月」（新進作家專輯）作爲「比較沒有差距，並且做得比較周全完整」的例子）

6.副刊帶有多少（編輯人）個人具有的特色？

(1)「個人理想」中，這份媒體希望介入人生，傳遞一個時代的心聲面貌。愈接近理想的該愈能與群衆結合，並發揮它的普遍功能。而「個人特色」算什麼呢？

(2)若說較具個人色彩的，可能主要還是在於表現形式的變化。這也是印刷進步帶來的。在今天社會條件下，編輯學是應該重新修訂了。

(3)以內容來說，「編輯是個性的反映」，代表了編輯個人的文學觀、人生觀以及社會觀，當然，這是有的。

---

(1)當然有，也應該要有。一個編輯人，應該從他的刊物上強烈地反映出他的個性和理想來。

(2)編輯本身的文學觀和美學，和他的社會價值判斷，還有對文化趨向的認同，都應該有一種敏銳的認知。

(3)（編輯）不止在奉獻，更重要的是心中隨要想到要帶領讀者到那裡去，這種使命感是編輯不可或缺的條件。

(4)編輯的工作乃是一種理性的工作，考慮必須基於整個大環境的認識，而不是對於小環境（如文字）的執著。這使得副刊編者具有「文學人」、「新聞人」和「社會人」三種特質的角色。

7. 副刊對於社會上的文化運動或筆戰如何決定立場？	8. 副刊文章對一般讀者而言，那一類性質較受歡迎？
(1)「副」刊是社會的平衡器，不宜在一種新文化運動中或筆戰時，採取斷然的立場。 (2)文化動運表示了社會的變遷及價值的調整。在不同的理念下，「副」刊最好做多方呈現的事，讓各方發表意見。 (3)每個報紙與編輯難免會有立足點，有某種傾向。但要懂得自制，要儘量做到開放、公平與寬容。	(1)受到歡迎者，例如若干專題（先睹爲快、小說大展、現實的邊緣、大陸抗議文學、外國人看中國），及李敖、柏楊的專欄，朱銘、洪通、陳若曦……等特輯。 (2)閱讀率較低者：如今年五四專輯後期文章等文化問題的探討，屬於理性的、思考的範疇，但我們還是要登。
(1)副刊主編應隨時起文化的作用，本身不一定在自編刊物上寫文章，但在邀稿中即可見出其態度。 (2)對於任何文化運動，首先必須站在持平的立場來處理，不應以自己的觀點、態度，特別是政治立場來編輯副刊。 (3)副刊只是提供廣大的園地，供大家使用，只要合乎理性，理應發表。	(1)現實性的比較受歡迎，報導文學也受歡迎。（如大特寫）還有「極短篇」。 (2)論文和考證文章比較少，也比較不受歡迎。非到萬不得已，我們不登這類文章。

事實上，高信疆與瘂弦的這場「副刊論」的言說（discourse）對談，乃是關於在台灣七〇年代時空中的意識型態的實踐。皮喬克（M.Pecheux, 1982）在他的《語言、語意學與意識型態》一書中提示我們，「言說不是完全和平的；它們是從彼此相互傾軋中發展出來的，而且因爲如此，在書寫和言談時，每一種詞語和詞句的使用，都有一種政治的面向。」㉚在對照表中，兩人的編輯理念顯然頗有差距，一方面（高）強調的是具有大衆傳播與社會化的意識的「文化」副刊；一方面（瘂）強調的，則是有著新聞性社會性特質的報業中的「文藝」副刊。在兩人的用語中，「文學」、「文化」、「社會」、「多元化」、「責任」、「意義」、「理想」、「普及」、「大衆」、「理性」等這些言說的「外部」都是「相同的」，但隱藏在意識型態領域之中的則是對立的立場，而表現在「副刊」這個大衆傳媒上的形式則更是兩相歧異。這使得「副刊學」的建構必須面臨絕大的挑戰——除了分析媒介內容、比較媒介形態以及實證受衆態度、媒介影響之外，以下的冰山，即意識型態是如何對立地存在的狀態，如《人間》如何對立於《聯副》而存在？其他報紙副刊如何共同對立於兩報副刊而存在？乃至於所有台灣報紙副刊如何對立於政治霸權而存在？……等，都是研究籠罩在七〇年代政治霸權下的台灣報紙副刊的絕大挑戰。

伍、文化霸權的相互傾軋

七〇年代以《人間》副刊爲首以強烈關懷本土、現實、社會、大衆爲導向的大衆傳播媒介，不管是「文化的」或「文藝的」，都共同影響了此後的社會變遷。兼以整個政治局勢的扭動也十分強烈，文化面「鄉土文學論戰」的爆發、政治面「高雄美麗島事件」的發生以及外交面的退出聯合國、與美斷交等，正如前節所述，既刺激了七〇年代台灣整體社會，影響了政治、文化的本土化；同樣地也醞釀了其後八〇年代台灣政治民主化、文化多元化的走向，而承載著此一社會的，則是業已資本主義化的台灣經濟型態。

大衆傳播媒介在這樣一個生態之中自然也無可倖免地呈現著如文化評論家杭之所說的「混亂而不均衡的多重面貌」：

> 有時它必須作爲意識型態機器，發揮其顯性／隱形的教化、說服、宣傳功能，有時它必須作爲傳統之社會人際關係再生產的機器；有時又必須宣稱自己是作爲社會公共生活領域之公共論壇，守護著某些被公認的價值規範或思想；而經常它必須作爲遵循資本自我增殖之邏輯的商業機器，發揮其生財的功能㉛。

在這樣的傳播媒介下的副刊，相對地也產生了質變。不過，這個質變，顯然已趕在七〇年代「副刊革命」之際先在兩報副刊之上發生，以杭之所剖析對照於本文前節兩報副刊主編之言說，即不難印證。

不過，在八〇年代之中，副刊的意識型態對立以及其間「宰制——反宰制」的傾軋，則又出現了另一種異於七〇年代的言談及其意義對立。這已不再是兩大報副刊的鬥爭，而是「本土的」、「台灣的」副刊與「中國的」、「兩岸的」副刊的對立。在這個層面上，兩個類型的副刊，作爲大衆傳媒，可是一點也不含糊地進行著文化霸權的爭奪。

晉入八〇年代後，首先是《自立晚報副刊》在該報累積三十餘年民間報紙資源下，對兩報副刊展開了反宰制的言說。一九八二年，在七〇年代文學、副刊蛻變過程中接受養份的詩人向陽接編《自立副刊》，延續著《自立晚報》本土立場，以及向陽對於副刊「十餘年長期閱讀、密切注意」的經驗，在同年《益世雜誌》的〈副刊專輯〉中，他把《自立副刊》的走向定位爲：

《自立副刊》在精神上是本土的，它以文化自尊的重建爲責任；
《自立副刊》在態度上是生活的，它以社會現實的正視爲基準；
《自立副刊》在方法上是新聞的，它以當代形象的掌握爲目標。㉜

向陽的此一副刊論，在認識上受到高信疆影響，他既然肯定高氏的「文化」副刊理念，而對於瘂弦所指副刊是「文學的，社會的，新聞的」概念亦所殊無多，因此同文中他對副刊由文學的轉變爲文化的現象，乃就從一、社會多元化的結果，二、讀者取向的逐漸受到重視，三、編輯人生命態度的更加恢宏等三個因素，主張「文化的關注（文學退居於其中一部份）乃成爲有理想的副刊編輯之著眼所在」㉝。不過，他的意識型態則又顯然對立於兩報副刊對中國文化的不可置疑的言說。

從一九八二年起，《自立副刊》扮演了在台灣報紙副刊中明晰地以台灣爲主體地位的角色。《自立副刊》對於本土作家的重視固無庸論，在提供媒介爲公共論壇的責任上亦克盡其責（副刊作者涵蓋台灣文壇、學界乃至政界各立場之作品）；而其理想，則分別透過計劃編輯及專欄，專題乃至專業的製作來加以實踐。舉例以言，八〇年代末期興盛的台語文學，及台語研究，首見於台灣大衆傳播媒介者，即爲《自立副刊》；政治詩、政治小說等敏感文類乃至於易於觸怒當道之雜文、文化論述，亦屢見於自立副刊；此外，則是對於分衆化後的台灣社會，自立副刊逐年推出〈出版月報〉、〈文學月報〉、〈民俗月報〉、〈攝影月報〉這四種「月報」專頁，報禁解除前後亦成爲各報之專版……凡此內容，使得《自立副刊》隱然在兩報副刊之外，建構了一個來自「台灣」的言說。

與其說，這是向陽編輯理念的一個實踐，不如說，這是整個台灣本土社群在長期被宰制之後從隱流之下探頭而出的共同意識之匯聚。因爲，就在一九八二年元月創刊的《文學界》，其〈編者言〉即若有感概地說「我們仍然覺得台灣文學離開『自主化』的道路頗有一段距離」；一九八三年元月改版的《台灣文藝》則明確地在〈編者言〉中強調要「站在民間的立場，傳達出本土的、自主的、自尊的、自信的斯土斯民心聲」；一九八六年九月創刊的《台灣新文化》月刊〈卷頭語〉更明確地揭明：「我們總是戰戰兢兢地活在中國文化的家長權威和封建社會制度的重要束縛裡。但是今天，我們台灣新文化，則將以一個在沈睡與清醒間的少壯之軀，頃刻間衝破繭殼，挺立在世界的競技場上」——這顯然是一個孕育於七〇年代，甚至早在日本治台時代即已成形的伏流，同時湧現在八〇年代台灣文化本體性的霸權鬥爭上。

這種副刊、文化文學媒體為建立台灣文化本我的努力其後不斷噴湧而出。在八○年代末期，台灣報紙副刊的生態，已出現《自立》、《自由》、《民眾》、《台時》四家同質性的副刊，它們共同地成為台灣文學傳播及文學社會化的陣營；同時，台語文學及台灣史、語言、民俗的研究及介紹則成為台灣大眾傳播媒介（報紙、電視、電影出版、新媒體）的流行言談。「台灣筆會」、「台灣語文學會」、「台灣教授聯盟」、「台灣醫界聯盟」、「台灣綠色和平組織」等相關於文化／政治的組織，亦如雨後春筍，在解嚴前後「不合法」地成立，蔡詩萍準確地指出這是「使命感經由多面策略的配合，舖陳出一幅『台灣新文化』的霸權構圖」㉞。

當然，八○年代台灣報紙副刊的此一文化霸權建構，固然是「文化」的構圖，同時也是相應於整個台灣政治、經濟、社會層面的反宰制結構中的一環。它的一面是文化的，另一面同時也是政治的，日本治台期間，《台灣新民報》系統副刊所立下的典範，這時又接續上了。

觀察八○年代的副刊，不能不注意另一種與官方文化霸權（這個部份本文不擬細述，它的形態以本質不同，等級性地分散在台灣新舊報紙副刊之上，有時即使是標榜「台灣」的副刊亦難避免或排拒）不同，但已近完全成熟的霸權領域——大眾文化，或者通俗文化，或者消費文化的成熟。

大眾文化的成熟，來自台灣經濟發展的自然結果，而發展過程中幾乎全然未受政治霸權的擠壓，甚且正好相反，國家機器透過政策的放任，有效地宰制了此一文化，並通過大眾文化霸權的形成回過頭來宰制「台灣文化霸權」的成形。

蕭新煌的分析，提示了形成大眾文化背後的階級因素，也就是從一九七○年代因為台灣資本主義化的結果，孕育了八〇年代明顯、大量存在的中產階級。蕭氏指出，中產階級乃是台灣現有社會政治結構的「穩定」來源，而且根本原因還是來自結構的成因，「中產階級基本上是與現有的資本主義體制有利益相關的」，在這種利害關係的長遠建立之下，台灣的中產階級乃具有一、「功利主義」與「溫和求變」，二、「消費主義」及「膚淺的文化素養」，三、「結社性格」甚強等三種普遍性格。[35]

在階級因素之外，大眾文化的成熟，則源於大眾傳播時代的來臨，儘管傳播學者還未完全了解大眾媒介對人類生活中心理、道德、政治、經濟、創作、文化及教育諸多方面所具有的影響力，但人類傳播能力的進展迄今，最少可以確定，大眾傳播「革命」，正如德弗勒與鮑爾—落基奇所強調，貫串了整個人類存在過程，並提供了可以給人類思想、社會組織和文化積累帶來重大變化的方式[36]。這種「重大變化」，在八〇年代台灣，就是透過媒介運作「大眾文化」的成熟。而且，它顯然不只存在於中產階級，也存在於整個民俗社會生活之中；不僅存在於國家機器之內，也存在於所有各種型態的機器之內。

回到媒介中的副刊來看，本節一開頭所引杭之指控的「混亂而不均衡的多重面貌」益見確鑿。八〇年代所有的副刊或多或少都帶有「大眾文化」的烙痕，「文化工業」所指涉的生產及再生產，以消費爲目的的邏輯刺激了文化產品的覆蹈。這種副刊現象至今仍有爭議，反面的指控謂其：一、降低大眾的文化水平及情趣，二、助長了社會奢靡風氣，三、製造文化符號垃圾，四、破壞了文學及文化之良性發展，五、隳壞社會文化風格；但來自正面肯定的聲音則指出：一、提升了大眾文化水平並培養了大眾情趣，二、提供了大眾無害的休閒娛樂，三、消費刺激了文化生產，從而支持了上層結構，四、增進受衆對於文化、文學議題的了解與認知。這種言說的對立面，大概也如同副刊應走文化路線或文藝路線的爭執一般，仍有待有心者進一步去研究；而除非副刊有一天被取消，這種爭辯，恐怕也將無止境地延續下去，並在不斷爭辯、不斷相互顛覆的過程中，在大衆／媒介／社會的食物鏈中往復「革命」吧！

陸、結語

本文同時也是一種言說的過程，在嘗試由歷史分析從事尚未存在的「副刊學」的建構基礎之同時，顛覆也對立著存在。

正如同赫爾（Victor Hell, 1981）從鉅觀的向度提供我們思考的「文化理念」空間的三項理由：

㈠將文化視爲社會現象而加以描述；

㈡凸顯民主和文化的關係；

㈢使文化的見解趕上時代潮流。[37]

一般，本文也將「副刊學」的建構基礎立基於這三個原則之上，這使得本文在就台灣報紙副刊的史的分析過程中，將副刊的性質、影響、及其評價集中於三個主要問題之上：

㈠在不同時空下的報紙副刊如何運作？緣於何種政經體制及文化條件，致使副刊以其所處時空之形式運作？

㈡副刊的定位何在？它是大衆傳媒運作的媒介工業？或者是副刊守門人的理念實踐？或者是大衆品味的測試工具？還是不同霸權相互對立於傾軋鬥爭的場域？

㈢副刊作者集群及其相關文化團體在時代發展過程中如何結盟？它對文化有何影響？反過來看，文化對它的影響程度如何？可否計量？而在此一互動過程中，它又如何測量時代潮流的遠近深淺？

本文要把這些尚待更加深入研究的問題拋給有興趣的研究者。部份問題本文已嘗試解釋，部份問題則有賴實證，而本文則未觸及。「副刊學」的這個領域尚待開發[38]，本文所述，不過只是提供了一個來自歷史背景的場域而已。

附註

❶ 引R. Escarpit著，葉淑燕譯，《文學社會學》，台北，遠流出版公司，一九九〇年十二月，頁一〇。

❷ 參賴光臨著，《七十年中國報業史》，台北，中央日報社，一九八一年三月，頁六一—六六。

❸ 學者李歐梵對於五四時期副刊扮演的角色有如此評價：「表面上看，當時的副刊只是一種遊戲性、消遣性的產物；但從社會史上看，它卻扮演了一個非常重要的角色，造成風氣，提倡文化，鼓吹新文學等等都是由副刊起來的。」引〈報紙副刊何處去？〉，《聯合報副刊》，一九七九年十月五日。

❹ 引林燿德，〈「聯副」四十年〉，《聯合文學》八十二期，一九九一年九月，頁一一。

❺ 龍瑛宗，〈台北時代的章炳麟〉，《中華日報》日文文藝欄，一九四六年四月四日。轉引葉石濤著，《台灣文學史綱》，高雄，文學界雜誌社，一九八七年二月一日，頁一六、頁二〇六。

❻ 參影印本《台灣青年》①，台北東方文化書局複刊，一九七三年，創刊號，封面內頁。

❼ 參同❻，漢文之部，頁四一—四三。

❽ 引M. L. De Fleur & S. Ball Rokeach 著，杜力平譯，《大衆傳播學理論》，台北，五南圖書出版公司，一九九一年十二月，頁二二三。

❾ 引同❻，頁二八—三〇。

❿ Wllbur Schramm, “Mass Media and National Development,”Stanford University Press, 1964.

⓫ 引陳國祥、祝萍著，《台灣報業演進四十年》，台北，自立晚報社，一九八七年十月，頁二五—二六。

⓬ 參同⓫，頁二六—三〇。

⓭ 轉引自李茂政著，《人類傳播行爲大系通論》，台北，美國教育出版社，一九九一年八月，頁一一三。

⓮ 引同❻，頁七五—七六。

⓯ 引同⓫，頁五四。

⓰ 引同⓫，頁六五—七二。所謂「九項禁例」，全稱爲「戰時出版品禁止或限制登載事項」，其預警係由中國文藝協會等團體所發起的「文化清潔運動」發出。禁例一出，民營報紙同聲反對，《自立晚報》即表示：「九項禁例，充之可塞諸天地，除了公告及諛詞，幾皆干禁。」

⓱ 引同❺，頁八八。

⓲ 引J. Habermas 著，沈力譯，《溝通與社會演化》，台北，結構群文化事業公司，一九九〇年一月，頁八一—八二。

⓳ 參同❺，頁八六—一〇〇。

⓴ 引同❶，頁四〇—四八。

㉑ Talcott Parsons, "Structure and Process in Modern Societies", N. Y: Free Press, 1960, pp.98.

㉒ 引蕭新煌，〈結構轉變與社會力重組〉，《台灣在轉換點上》，台北，大呂．洛城出版社，一九八六年四月，頁一七九。

㉓ 引林海音，〈流水十年間〉，《聯副三十文學大系．史料卷．風雲三十年》，台北，聯經出版公司，一九八二年六月。在這篇回憶文章中，林海音追述她於民國四十二年主編聯副前，「綜藝性濃，文藝性淡」，因此她在設計內容時，全力朝向「文藝性」副刊規劃。她的這個努力，在五〇年代建立了此後台灣副刊的基本典範，到了六〇年初期粲然大備。

㉔ Denis. Mc Quail, "Mass Communication Theory", Beverly Hills,CA: sage Publication 1987, pp. 66.

㉕ 引同㉓，頁一一六。林海音於民國五十二年四月底離開《聯副》，離職原因，即來自副刊作品碰觸到政治問題。

㉖ 引蔡詩萍，〈一個反支配論述的形成〉，林燿德、孟樊編《世紀末偏航—八〇年台灣文學論》，台北，時報出版公司，一九九〇年十二月，頁四六二。

㉗ 引同❺，頁一四〇。

㉘ 引〈一個概念（副刊編輯）的兩面觀〉，《愛書人雜誌》，一九七九年十二月一日。

㉙ 引同前。《愛書人雜誌》總計對兩人發出了二十個問題，以內頁兩大版橫跨編排方式推出，允爲台灣各媒介針對副刊媒介與文學、文化、社會關係網絡最爲深入周詳的訪問；兼以高、王兩氏爲當年兩大報副刊守門人，他們對副刊的定義及歧出的看法，提供給未來研究「副刊學」之研究者豐富的資料。本表擇錄其中八道問題，均與文學社會學、傳播學有關。

㉚ Michel Pecheux, "Language, Semantics and Ideology: Stating theObvious", London: Macmillan, 1982, 轉引自麥克唐納（D. Macdonell）著，陳璋津譯，《言說的理論》，台北，遠流出版公司，一九九〇年十二月，頁六一。

㉛引杭之著，《邁向後美麗島的民間社會》上冊，台北，唐山出版社，一九九〇年四月，頁二二八。

㉜引向陽，〈本土的、生活的、新聞的——自立副刊所希望呈現的面貌及未來走向〉，台北，《益世雜誌》二卷十二期，一九八二年十月，頁三〇。

㉝引同㉜。

㉞參同㉖，頁四六四—四七〇。

㉟參同㉒，頁一八四—一八六。

㊱參同❽，頁二八—二九。

㊲Victor Hell著，翁德明譯，《文化理念》，台北，遠流出版社公司，頁一三。

㊳關於「副刊學」，《文訊》月刊早於廿一期（一九八五年十二月）、廿二期（一九八六年二月）推出〈報紙副刊特輯〉正續編，主編李瑞騰時已提出「副刊學」名目，這應是台灣學界注意文學傳播課題的第一聲。一九九一年九月，《聯合文學》八十三期，林燿德〈聯副四十年〉二度提出「副刊學」，並預測「副刊學勢必成為戰後台灣文藝社會學的新學科」。部份相關於「副刊學」的議題（如調查問卷及各年代各報副刊主編的「副刊經驗」），可詳參《文訊》製作之特輯。

後期文季研究

——文學媒體編輯觀點之考察

李瑞騰

前言

所謂「後期文季」，係指民國七十二年四月到七十四年六月總計出版十一期的《文季》（雙月刊），它是五〇年代末期的《筆滙月刊》革新號以降，歷經六〇年代後期的《文學季刊》、七〇年代前期的《文季季刊》的系列發展❶，是尉天驄、陳映眞、郭楓、李南衡爲首的「文季」諸君在八〇年代的同仁刊物❷。

「文季」能否被視爲一個嚴格意義下的「文學集團」，或許仍有爭議，但觀其在此三、四十年間參與台灣文學運動，旗幟鮮明，從理論到實踐皆展現出一定的實力與影響力，所以縱使其內部沒有嚴密組織，但經由媒體的運作，及個別同仁的社會表現，他們明確表達了一些集體意見，可以被當作集團來看待。

就其發展歷史對應整個台灣文學環境來看，「文季」可分爲三個主要階段：第一個階段是《筆匯月刊》和《文學季刊》時期，除了做爲文學作品的發表園地以外，有計畫的翻譯和評介西洋藝術思潮、文學作品，對於文學以外的藝術類型，如繪畫、電影等的發展，都給予相當大的關切；第二個階段是《文季季刊》時期，以刊物本身來說，只出版三期，但集中火力批判現代詩與現代小說，戰場擴及其他媒體，效應面相當寬廣，而且往下延伸至七〇年代後期的鄉土文學論戰；第三個階段也就是本文分析、論述的「後期文季」，他們一方面從民族主義出發堅持中國文學傳統，另一方面則致力於台灣文學傳統的建立。

這是一個值得放大特寫的文學傳媒，從五〇年代到八〇年代，他們有所堅持，有所揚棄，相對於台灣文學本土論過去的興起到八〇年代的劇烈變化，他們「高舉民族文學的大旗」，尋找「台灣文學裡的中國意識」，進行「中國與第三世界文學之比較」，姿態穩健，聲音頗爲亮亢。[3]

尉天驄在〈我的文學生涯〉長文中[4]，以他自己和「文季」爲中心，回顧了《筆匯》以降一直到鄉土文學論戰過後的台灣文學之環境，這無疑是一篇研究台灣文學社會的重要文獻，讓我們知道「文季」這一群人是如何相互牽引、凝聚在一起的。在文章結筆處，他分析鄉土文學論戰之後台灣的鄉土文學所面對的新課題：鄉鎮土地日趨凋萎，都市的拜金與享樂暴現了消費社會的諸多弊病，文學應對應這種現實，努力探索前進的目標和理想，因此又辦了一份新的《文季》雙月刊。

尉先生的文章寫到這裏而止，以後應會有續稿，我覺得八〇年代的這個《文季》非常重要，可以做爲一個獨立的研究對象，所以不待尉先生和他的朋友們自述發展歷程，便想先由媒體編輯的角度分析這後期《文季》，看看「文季」這一群人透過自己能完全掌握的媒體究竟展現了什麼樣的集體性？究竟對應著一個什麼樣的文學社會？

編輯人的「說話」之分析

一個具理想色彩的刊物，從立刊宗旨的確定到內容的整體規畫、編輯實務的進行等等，都可以見到媒體主張的發揮與理想的實踐；但對於讀者來說，主要是從編輯人的說話（發刊詞、編輯室報告、編者案語等）、編輯動作（作家的邀約與作品的選用、大小標題的擬訂、圖片說明等）來觀察。

《文季》具有強烈的理想性，不只讓所刊用的作品自身來呈現創作旨意以及編輯人的選用標準，編輯人也不斷的「說話」。如果文章在刊物中等於演員在舞台上，那麼這些「說話」就有如「旁白」，它一方面輔助說明文章的來源、特性、重要性等，有導引讀者閱讀的功能；另外，它也很可能明確的表示了編輯人的立場和做法，使得刊物做爲一個傳媒能有效地運作。以下首先針對《文季》編輯人的「談話」加以討論。

大體來說，編輯人的說話以諸種方式呈現，包括媒體立場的宣告、當期的編輯室報告、讀者的投書與公開的回信、稿約與祝賀、說明等啟示，文季在這方面的分佈情況如下：

期數	媒體宣告	編輯室報告	讀者投書	稿約	啟示
一	✓			✓	
二		✓	3 (2)	✓	
三		✓	2 (2)	✓	
四		✓	4 (1)	✓	✓
五		✓	5 (4)	✓	
六		✓	6 (3)	✓	✓
七	✓	✓	3 (2)	✓	
八	✓	✓	3 (2)	✓	
九		✓	5 (3)	✓	✓
十	✓	✓	3 (3)	✓	
十一		✓		✓	

①媒體重要宣告

文季諸君似乎很喜愛以媒體立場向讀者宣告，在十一期中，就有：

第一期：發刊的話

第七期：文季週年的話

第八期：敬告作家朋友

第十期：展望與期待——敬請海內外的文學朋友

在〈發刊的話〉中，文季揭示了三項原則：第一，文學不僅是藝術，也是人生的重要事業；第二，文學傳媒要「超然於現實之外」；第三，要繼承中國優良的文學歷史，給後來者留下一條應走的道路。這種主張從第四期起明顯條列在刊物卷頭組織表的前面，成爲一種編輯行動的準則，盼能因此而「會有廣大的文學朋友與我們呼應，共同創造一個中國文學的春天出來」。

這可以概括成爲幾個範疇的議題來討論：首先是對「文學」的本質的認定，這是文學觀，是形塑文學生命的根本，「文季」諸君認定「文學是一種藝術」，要求「藝術感染力」，但他們進一步指出「文學不是脫離生活而孤立的藝術，文學本身就是爲人生的重要事業」，他們心目中偉大的文學應用時兼備高度的「藝術性」和高度的「現實性」，「要能反映時代的趨向，表現人群的生活」，並且清楚表示尊重任何以眞誠的情感表現的生活。

這樣的主張貫穿整個文季，〈文季週年的話〉（七期）中說：

> 純正的文學作品，是愛與美的作品，以熱烈的心腸，擁抱人群，關懷民族命運，而又具有一定藝術水平的文學作品……這樣的作品，對文學，對社會，對時代，都會產生積極的作用。

文季從頭到尾都在宣揚「純正」的文學作品，不只是指作家的寫作動機，而且指作品的素質。其所謂「愛」乃指面對社會人群、民族命運的一種情懷；它的實踐，便是在題材的選擇與主題的呈現上，都以現實做爲考慮的主因。

其次是對於在台灣發展出來的新文學的認定問題，文季認爲「台灣新文學是中國之新文學的一支，它必須與中國五四（甚至晚清）以來的新文學銜接起來」（六期，編輯室報告），所以在〈發刊的話〉中明白表示「我們要繼承中國優良的文學歷史」，他們認爲中國文學史是以「爲人生而文學」爲主流的文學史，它的內在有許多「優良的素質」，包括「人的尊嚴、社會的關懷、自然與人生的和諧……等」。由於台灣地區，「隨著社會商業化的潮流，文學的物質主義已是普遍的現象，作品的庸俗和低級情況，令人憂懼」，所以「我們的文學界要反擊物質主義，抵抗庸俗傾向，掃除低級趣味，就該擔負起繼承中國優良文學歷史的使命」，這個自我認定，是支持他們前進不懈的動力，做爲「在台灣的中國人」，自有一份不容任何人扭曲的尊嚴，而「台灣文學史」代表的正是那一份尊嚴（六期，編輯室報告）。

最後便是做爲在台灣一份「純正」的文學刊物的認定問題，「立場超然，動機純正」（八期，敬告作家朋友），「文季是一本純正的文學刊物，刊佈純正的文學作品，就是文季的路向」（七期，文季週年的話），這個「純正」的自我宣告貫穿各期，其實這就是〈發刊的話〉中所說的要「超然於現實利害之外」，這當然是由爲人生而文學的理想而來。文季認爲，「海峽兩岸的文學情況，很少能達到這樣的要求」，大陸集權統治，文學無法獨立發展，台灣商業掛帥，物慾橫流，不利純正文學的發展，《文季》的出刊，「實在是當前所需要的」。

文季是一個同仁刊物，所謂「同仁」代表這一群出錢出力辦刊物的文學人（不管誰是主要經費來源，也不管誰直接在負責編務），自有其集體共識，他們更希望結合更多的同道，尤其是年輕朋友。爲達成這個願望，《文季》明顯成了向同道訴求的一個媒體，他們迫切地希望借此去溝通彼此的想法，因此前述的宣告很清楚的是向文學界的作家朋友告知，除此以外，編輯室報告、讀者投書及作者編者的回信以及稿約，都不外乎是立場的說明與雙向的溝通。

② 編輯室報告

在十一期中，除創刊第一期以外每期都有「編輯室報告」（最後一期易名「編輯室手記」），譬如說，《文季》以「創作爲主」，「文季是大家的」等。除了不斷說明刊物立場，表達一些編輯上的理想與願望，譬如說將開設什麼專欄、歡迎投稿等。最重要的是對當期刊載的作者和作品，告知一些狀況、表示編輯人的一些看法，譬如說楊青矗重獲自由、陳映眞出國訪問、楊逵得獎（以上第四期），又如第二期發表黃春明、李南衡、東年、張橫眉的小說，編者說前二人的作品「具體的由親人關係之冷暖，展現今日家庭生活的變遷」，後二人的作品「分別反映海內外華人兩種不同的境遇」，這種含有解題、導讀作用的敘述語句，多少代表了編者的文學品味，並隱含著批評意味，其實是可以全部鈎勒出來論述分析的。

「編輯室報告」中也觀察並評述了當代的文壇及文學發展之狀況，例如：

新詩的發展，近年來呈現可喜的進步情勢。大多數的詩作者，都已從個人的陰暗的小圈子裏解脫出來，走向廣大而開朗的世界。（第二期）

這麼多年來，我們的新文學竟然切斷了歷史的臍帶，因此才使人在心靈上有著孤兒之感。（第六期）

我們不能不承認這兩年來，臺灣文壇呈現著空前的薄弱和貧血，以至於要找到一些夠水準的稿件（特別是創作）真是非常不容易。坊間的刊物正如臺灣社會一般人的現象一樣，外表是打扮得愈來愈漂亮，內裡卻是愈來愈空虛。新鴛鴦蝴蝶派和耍貧嘴派（或美其名曰花言巧語派）充斥於報章雜誌上，而且作者與編者樂此不疲，在這種情形下，我們的讀者所受到的影響，當然也就可以想見了。幾位文壇前輩曾一再陳痛地認為這是臺灣文學的衰敗之預兆，也是這地區中國文學趨向於虛無主義之跡象。找尋這病況之根源，不能不歸結於我們這種消費社會的生活方式，不能不歸結於或隱或現的勢利主義。（第十一期）

把這樣的一些評述還原到八〇年代前期的時況，它代表一群熱愛文學的人對於當下文學現象的觀察，姑且不管其所對應的文壇景觀是否確實如其所述，他們的那種憂懷所透顯出的懇切之態度是不必懷疑的。尤其是站在九〇年代初的此際，面對著社會商業化、功利化的時潮逼使純文學沒落、庸俗作品充斥書肆的惡質化現象，我們更感到《文季》當年針對衰敗之痛陳，倒頗有先見之明。

③「讀者·作者·編者」

除了「編輯室報告」，《文季》大量選刊讀者投書，以編者立場不斷地和讀者對話，發表回信，有些時候也發表作者的答覆信函，充分顯示編者於編務之用心細心。

從媒體活動的整體結構來看，讀者投書是閱聽人向媒體的一種回饋，是檢驗傳播效果的項目之一，對於讀者來說，他之所以投書，可能是自發的，也可能是被誘發的，甚至於可能是編輯技術性的企畫；對於媒體來說，它可能造成干擾，也可能是一種激勵。不過，編輯如何處理讀者的投書，他可能一笑置之，可能一本正經地依投書內容或詳或略直接回信，感謝、說明或辯解，也有可能讓它全部或部分公開，以彰顯媒體的立場，如果要公開，最好的作法是要徵求同意，否則易生糾紛。

根據我們的理解，刊物發佈讀者投書的情況很複雜，有時樂意，有時是被迫的，有時是即興的，有時卻是制度化運作的。依事實表現來看，《文季》大量發表讀者投書是有意要經營這一塊天地，「讀者投書欄將擇要發表或答覆讀者來信，以打開彼此溝通的管道」（第二期，編輯室報告），目的很清楚，重點是在這個「擇要」上面，因此我們更覺得它重要，值得一探。

在十一期中，有九期有讀者投書，由第五期以後易名「讀者·作者·編者」，其溝通的意圖更明顯。總的來看，《文季》在此欄中共發表了三十四封讀者的信，回覆的是二十二封，來信中有一封是作者回答一位讀者，回答中有一封以「編者案」的方式回答（第二期），一封個人回答（王曉波，第四期），其餘大部分以「編者」名義回答，偶有簽署「文季社」或「編委會」。除此以外，在此欄中另刊了一封尉天驄致張良澤的信，一封由《文季》和《夏潮論壇》發行人及尉天驄、陳映眞、王曉波、蘇慶黎共同署名的「致『政治家』發行人函」（第七期，此函其實應另外處理，不宜放在本欄之中）。

綜觀全部的信函，許多是對於刊物風格的認同與激勵，有一些是針對編輯方向提出的建議，也有針對《文季》所發表的文章表示意見，補闕正舛，頗有文學批評的意義，譬如針對《文季》三期發表大陸作家汪曾祺小說〈黃油烙餅〉，第四期有岳仰雲〈黃油烙餅的聯想〉（標題顯然是編者所加，其餘皆同），第四期發表大陸作者張賢亮小說〈邢老漢和狗的故事〉，第五期便有施以寬的信，第六期有成令方信，對於刊載此作及作品本身都有正面的評價。

這裏面也有不少信其實是史料性或評論性的短文，前者如第四期陳梧桐〈關於謝雪紅〉、第五期秦賢次〈關於胡風譯送報伕一事〉，後者如第二期寧曉聲〈爲朱自清先生辨〉、第六期李篤恭函中附給王曉波爲賴和辯護的信。

除此之外，在第七期宋冬陽（陳芳明）與編者的對話，第九期尉天驄致張良澤的信（以及本期張良澤〈戰前在台灣的日本文學——以西川滿爲例，兼致王曉波先生〉文前的致王曉波先生函），都可以看出台灣兩大文學陣營代表性人物的一些想法。[5]

④ 編者案語

「編者案語」通常是媒體編輯人針對個別篇章的背景說明或旨意提要，和宣告式文章、編輯室報告相互呼應，整體表達媒體的編輯觀點。

《文季》「編者案語」運用的次數不多，大體是用在特殊意義的文章，置於篇首，所謂「特殊意義」，譬如說台靜農先生在第一期發表一篇書道論述（書道由唐入宋的樞紐人物楊凝式），編者也許意味著在文學刊物上刊載這樣一篇文章有點突兀，所以以編者案語略作作者簡介，並說本文「談的雖是書道，最有啟發處還在論述藝術家的品格。特刊於此，以期共勉」；兩篇與陳映眞有關的文章，一篇是重刊許南村（陳映眞）〈大衆消費社會和當前台灣文學諸問題〉，是因爲此文「有助於推動全中國現代化的參考」，一篇是刊出兩篇海外論陳映眞，那是因爲「陳映眞出國訪問，引起一陣討論中國現代文學及台灣文學的熱潮；其中也有一些對陳映眞的批評，本刊先刊出兩篇，以見一斑」；另外，只要發表大陸作家的作品都有「編者案」，它們是汪曾祺〈黃油烙餅〉（三期）、李准〈王結實〉（五期）、劉青〈白色的路〉（六期）、張賢亮〈靈與肉〉（七期）、牛正寰〈風雪茫茫〉（八期）、竹林〈網〉（十期）、陸文夫〈萬元戶〉（十一期），這些案語的用意，一方面當然是重點突出，另一方面也是指出主題以爲讀者閱讀之引導，當然我們也了解，這裏面很可能也有一點策略性運用的意味，在解嚴之前幾年，言論的禁忌雖已漸被突破，但是「文季」同仁因有不少前車之鑑，所以可能會適度地保護自己，在這種情況下這些案語裏面都點出是中共統治所造成的扭曲、變形或苦難，不過這些說法確也是事實，否則不是成了謊言嗎？

⑤ 稿約及其他

《文季》雖是一個同仁刊物，但它要求自己「純正」，「超然於現實利害」，「是屬於文學朋友的共同園地」，然而，由於它對文學的性質與功能有非常完整的看法，所以它也不得不明訂稿約，清楚表示他們所歡迎的作品：

1. 發揚民族文學優良傳統，關懷時代、社會和人群，有血有肉之作品。
2. 樹立人性尊嚴、抒寫真摯親情、友情、愛情之作品。
3. 描繪自然，增進人與自然和諧之作品。
4. 報導、評析國際文學情況，溝通民族間認識之作品。

第一條是個總綱，在前面我們已經討論過，重點在「關懷」，發展出去不外乎是：①第二條的以眞情爲中心，這是建立在人性尊嚴基礎上的人我關係之再調節；②第三條的人與自然之和諧關係的呈現。這是從作品的內容主題上作要求，選用與否，當然還有藝術性的問題，亦即在「抒寫」、「描繪」方面要「有一定的藝術水平」，《文季》在這方面較少論述，但也並不是不管，譬如說在一封給讀者的回函中說：「那麼，一篇散文的藝術造詣如何？我們從結構、氣勢、思想、情感、語言等多方面來衡量。這許多條件配合起來，突出了主題，造成了完美的格調韻味，這樣的散文，就是成功的散文」（第二期，頁一七八），至於詩與小說，有關的言論就少了，最多也只是「銳敏的詩感和郁濃的詩味」（二期，編輯室報告），不過已經可以證明編者心中自有一把文學的藝術的尺。

最後一條最困難做到，《文季》也做了一些，著重在第三世界文學的評述，也碰觸了蘇俄的流亡文學。這裏面有一點值得注意的是，由於《文季》「高舉民族文學的大旗」，所以很可能相對會減低對於異民族的關懷。

稿約中另有其他約定，純屬行政，不必多說。至於其他，《文季》以全體同仁名義以整頁祝賀同仁黃春明小說改編拍製的電影榮獲入圍、祝賀陳映真得獎、歡迎「王拓歸來」，以半頁篇幅祝賀編委王禎和電影演出成功等，除了留下記錄以外，也代表了「文季」這個團體的集體性之特質。

刊目內容之分析

《文季》是廿五開本，鉛字活版印刷，除封面、封底雙色，其餘全部黑白，前三期封面羅列「本期作者」名單，套色的部分是出版時間及期數，從第四期起封面取銷「本期作者」，改以半版插圖，三期是畫，三期的畫法，最後一期是楊逵畫像。刊期雙月，第二、三期封底版權頁標明「雙月刊」，第四期以後在封面上標明是「文學雙月刊」，但是「文季自創刊至今，一直未能準時出刊」（第九期，編輯室報告）、「出書日期無法確切掌握，這是文季主要的缺失」（第十期，展望與期待），刊物上所註出版時間及各期頁數是：

期數	時間	頁數
1	72.4	186
2	72.6	180
3	72.8	191
4	72.11	206
5	73.1	214
6	73.3	208
7	73.5	169
8	73.7	174
9	73.9	181
10	73.12	188
11	74.6	216

同仁刊物無法準時出刊，似乎是一種常態，令人不忍苛責。其自始至終能維持嚴肅，素雅的風格，頁數也相當穩定，已是不易之事。

《文季》的目錄，左右兩頁，非常清楚，每篇文章於題下註明文類，樸素中有其細緻之風。經過統計，文章類型分佈情況如下：

「文季是一份創作爲主的文學刊物」（第二期，編輯室報告），大體來說，他們一直遵守這樣的自我定位，不過，由於文季同仁有很具體的文學理念，面對日愈複雜的時代環境與文學社會，面對不同的文學觀點與作爲，他們似乎有很多話想說。前述編輯人的「談話」是「旁白」，是導演親自在解說角色和劇情，除此之外，他們借著舞台上的演出來呈顯角色的定位，劇情的意義以及主題意識等等，甚至自己粉墨登場。這就是除開編輯人「談話」之外的部份，是刊物內容的主體，包括詩、散文、小說等創作文類以及評論、報導等，這正是這裏所要分析的。

期數	論文	文學札記	散文	詩	小說	劇本	童話	訪問記錄對話報導	譯介
一	3	0	7	8	4	1			
二	2	5	7	9	4				
三	3	5	6	11	5		1		
四	4	4	6	6	4			2	
五	4	3	7	5	5	1		1	
六	2	4	5	7	3	1			
七	2	6	7	7	3			1	1
八	3	5	2	5	3			1	
九	3	4	8	8	5				
十	4	3	7	9	3				
十一	3	0	7	7	2			2	

評論、報導等篇幅平均大約佔整本刊物的三成，在比重上頗爲適中。評論部分包括標明是「論文」（或「論述」）以及「文學扎記」，這裏先談前者。

①論述

《文季》的論述文章總共是三十三篇，依其論題內容大約可分成傳統中國和現代中國兩部分，屬於傳統中國的部分，主要的當然是文學，也有一篇書學，在文學方面，有通論性質的〈中國文學之傳統的精神〉（胡秋原，一期）其餘的是唐文標論戲劇（兩篇），莫靈平論紅樓夢（三篇）、齊益壽論〈桃花源記〉。胡秋原在三十年代即是一位文藝鬥士，稱「自由人」，曾和左翼作家聯盟有過一場論戰，在台灣除了風雲於立法院，主辦《中華雜誌》，在鄉土文學論戰中爲鄉土文學講話，可以說是尉天驄、陳映眞輩在精神上的領導，《文季》在創刊第一期刊出他這篇長文，無疑揭示精神標竿，與另文楊逵〈台灣新文學的精神所在〉都具象徵性作用。至於唐文標，他是文季健將，此際他已在病中；齊益壽是文季的朋友（黃春明《我愛瑪琍》書序是他寫的）；莫靈平與文季諸君「素昧生平」（第三期，編輯室報告）。總的來說，除了胡秋原的論文比較有特殊性作用以外，其餘就只是作品發表。

現代中國部分是主體，全部是文學，這裏面「台灣」、一九四九年以後的「大陸」特別又可分出來討論，所以大體可以區分成三部分：①現代中國新文學②台灣文學③大陸文學、文季以「台灣文學」爲重點，傾全力去論述它的歷史與現實，重要的文章有：

楊　逵：台灣新文學的精神所在　（一期）

王曉波：台灣文學裡的中國意識　（三期）
許南村：消費社會和當前台灣文學的關係　（三期）
王詩琅：台灣文學的重建問題　（四期）
陳映眞：中國和第三世界文學之比較　（五期）
許南村：談西川滿與台灣文學　（六期）
郭　楓：高舉民族文學的大旗　（七期）
郭　楓：台灣需要怎樣的文學理論　（八期）
王曉波：殖民地傷痕與台灣文學　（九期）
張良澤：戰前在台灣的日本文學──以西川滿爲例　（九期）
近滕正巳：西川滿扎記　（九期）
尹章義：台灣意識與台灣文學　（十期）
葉芸芸：試論戰後初期的台灣智識份子及其文學活動　（十一期）

楊逵和王詩琅大概是文季最尊敬的文壇前輩了❻，第一期刊出楊逵以自己的經驗口述而成〈台灣新文學的精神所在〉，很顯然，楊逵所說：「台灣新文學，它可以說是中國文化在台灣的延續和發揚」，「台灣新文學……自始至終即以抗日、反殖民統治的武力壓迫和經濟壓榨爲前提；以關懷大多數被欺凌被掠奪的大衆生活爲骨肉；以爭取民族自決，返歸祖國、建立平等合理的生活爲最終目標。」應該就是文季諸君對於台灣文學的看法，他們發表戴國輝的訪問稿〈楊逵的七十七年歲月〉（四期），並在楊逵辭世之後製作紀念特輯，發表論文、詩、散文、訪問稿及座談會記錄。至於王詩琅，在重刊〈台灣文學的重建問題〉一文時，也刊載了茅漢〈黑色青年與台灣文學─王詩琅先生訪談記〉，「茅漢」顯然是筆名，該文開始是「進入王詩琅的書房」，來的是文季的四位朋友：郭楓、尉天驄、李南衡、王曉波，執筆者可能是後二者之一，該文引述王詩琅的話說：「台灣文學的創作總是應以台灣社會爲題材的，反映這個時代和空間的現實。在日據時代，大家最後的目標還是想和整個中國的文學結合…光復後，三十多年來，又與大陸隔絕，但王先生認爲最後台灣文學還是要和整個中國的文學合流的。」稽之該刊發行人李南衡所寫的〈我所知道的王詩琅先生〉（四期）〈王詩琅先生，我們實在感謝您！〉（第十期），可以看出文季同仁意圖建立台灣文學傳統，特別突出如楊逵、王詩琅，實在是角色和觀念的認同，他們渴望從歷史上爲台灣文學發現優美的品質，這和他們在七〇年代後期護衛台灣鄉土文是有其一貫立場的。

楊逵、王詩琅在日據下都抗日，在民族主義者如文季同仁的評價中獲得肯定是理所當然的，可是相對的，面對不反日或皇民化的，甚至於是壓迫者，必然不可能正面給予評價，甚且可能鳴鼓而攻之，這就是爲什麼會有一場以西川滿爲中心的筆戰，筆戰的雙方是陳映眞、王曉波和在日本的張良澤，結合王曉波〈台灣文學裡的中國意識〉，以及具有總結意義的尹章義大文〈台灣意識與台灣文學〉，再把收集在《台灣文學的過去與未來》（陳永興編，台灣文藝叢書，一九八五）一起對照閱讀，則兩大文學陣營（文季／台灣文藝）在言論對立的表象底下的意識對抗是非常清楚的。

大體來說這些都關涉到台灣文學的歷史解釋與定位，可以納入廣義的文學史研究之範疇，其他屬於實際批評者有陳映眞論吳晟的詩（二期）、譚嘉和沈濟論陳映眞（四期）等，都相當程度反應出文季觀點。

「台灣文學」的社論之外的論述有施淑〈二零年代文藝理論的發展與反省〉（二期）、文歷〈談大陸的科幻小說〉（四期）、宋冬陽（陳芳明）〈盛放的菊花—聞一多的詩與詩論〉（六期）非馬〈中國現代詩的動向〉（八期）、陳炳良〈魯迅與共產主義〉（八期）、陳嘉農（陳芳明）〈風暴孕育的新芽—抗紗赫的三冊小詩集〉（十一期），這其中，施淑的論文曾經被編者「處理」過，在第三期的「讀者投書」中，我們知道它原題〈二〇年代左翼文藝理論之研究〉，根據編者的說法是「我們衡量一下四周的環境，也不得不對這篇文章略作改動，並經由編委們增加『四、蘇俄文藝理論對中國的催殘』一節」，對於增加一節則解釋成「增加了一點類似附註的補充」，後來施淑出版《理想主義者的剪影》❼，收錄〈中國社會主義文藝理論的發展〉，在「後記」中她說此文「曾有部分以摘要的形式刊登於復刊的《文季》第二期，但發表時篇末被加了一節不是我寫的結論，這是應該說明的」；而陳芳明以筆名宋冬陽論述聞一多的詩與詩論，由於在該期「編輯室報告」中提及陳文可彌補台灣文學歷史臍帶被切斷的缺憾；這是意識對抗最敏感的地帶，陳芳明有一信提出他投寄此稿的原意是：「主要是爲了表示一位主張台灣意識文學的人，並非如部分人士所指控的是狹隘的地域主義者；相反的，在討論與瞭解中國新文學的工作上，台灣意識論者從不後人。」編者的回信主要是說明選稿原則，有一段話值得一記，編者說：「先生在來信中表示您主張台灣意識。我們以爲台灣人當然有台灣意識，只要不妨礙民族利益，各地方的地域意識都該尊重。」從這裏我們約略可以知道，文季費力分析台灣文學的「中國意識」和「台灣意識」，是有其「中國結」的，類似這樣的對話在八〇年代前期如果可能全面展開，理性且深入，或能彼此互相尊重，共存共榮，惜乎隨著政治對抗的動向激化，兩結愈結愈深，而形成解嚴以後日趨兩極化的發展。

② 文學札記

文季從第二期起開闢「文學札記」欄，每期從三篇到六篇不等，總計到第十期共發表了三十九篇。該刊在第二期的「編輯室報告」中說：「此欄刊布六百到一千字左右的短稿，針對文學的某個問題，予以論述，分析或報導。短文直指要點，歡迎來稿。」基本上是文藝短論，要求「直指要點」，再觀其文章，筆鋒都非常犀利，多的是雜文筆法。不過編者在處理上前後有一些變化，在目錄上，第二期只標「文學札記」，未記文類名稱，第三、四、七期加上「隨筆」二字，第五、八、九期欄名仍在，下標「×則」，第六期標「隨筆四則」，而且列出篇名，第十期是欄名加篇名；而在內文中，前二期反白標出「文學札記」，作者名字置於文末，第四期以後統一刊頭圖案，作者名字移前置於篇名處，可見其重視的程度。

總的來說，這些短文的風格絕接近，大部分作者易其通用之名，似乎有一個執筆團，頗能互相呼應，以論題的範疇來說，主要是文學和電影。電影部分有兩篇類影評（第四期林俊義〈英國殖民主義的電影「甘地」〉、第十期沙漠〈日暮相關何處是—日方「望鄉」觀後〉），其餘有四篇多少與黃春明小說拍成電影有關[8]談影評人、談電檢、談電影和小說等（第三、四期）；文學部分，談文學的本質、功能、現象和批評，談詩，談小說，也談作家的行為與人格問題，幾可歸結到「要如何、不能怎樣」的問題上，簡單的說，要「眞」（二期，熊暉〈「眞」字爲先〉）；要有「情」—廣大之情（九期，熊暉〈情是何物〉）；要有寬廣的視野，爲人生而藝術（三期，古彭〈文學的視野〉）；要有社會胸懷（七期，桂芝〈展開文學的胸懷〉）；要拿出作品，不要只談主義（六期，古彭〈拿出作品來〉）；要繼承五四的傳統（七期，古彭〈五四的呼喚〉），不能庸俗（五期，何祖敏〈放逐庸俗主義〉；七期，熊暉〈什麼是庸俗文學〉）；不能難懂（二期，古彭〈晦澀與不得已〉，齊然〈詩難懂嗎？〉）；不能如政客。（十期，余文〈作家與政客〉）；不能當文棍（六期，熊暉〈作家與文棍〉）；不能不立足於泥土之上（八期，余文〈田園文學與泥土〉）等等。當然涉及文學作品實際批評的也有，譬如談張賢亮小說〈靈與肉〉（五期，張益〈從苦難中看一個民族〉）、談席慕蓉的詩（九期，非馬〈文學糖衣是怎麼樣產生的〉）、談大陸的短篇小說（十期，程步奎〈屠夫與教師〉）等。

大體來說，這些文章，諷刺性、批評性兼而有之，但充滿了理想性，仔細體會，結合前面所述可合觀文季的主張與理想。

③報導

這裏的「報導」，準確地說應該是有關文學的報導，用法是比較廣義的，在文季裏頭，包括訪問報導、座談記錄，是一般大衆性刊物中運用最廣泛、也最方便的文章形式，配上圖片，或有關附件，可以完整而深入地報導人或事。在文季中，比較單純，只有文字，量不多，總共才七篇，訪問稿最多，分別是戴國輝訪問楊逵（四期）、陳映眞訪問菲律賓作家阿奎拉（五期）、文季社訪問王詩琅（四期，茅漢記錄）、陳國富訪問日據時代台灣電影辯士林越峰（七期）、戴國輝、若林正丈訪問楊逵（十一期），對於文季諸君來說，受訪者具有典型性是無庸置疑的，他們受到肯定與尊重，有助於文化之薪傳，同時這類訪問稿呈現不少可資參考的史料，提供研究者採擷。

唯一的篇報導是日本學者山田敬三的〈日本的台灣文學研究現況〉，原是作者在台灣政治大學中文系一個座談會上的講話，這是一篇較早出現的相關報導，值得參考。

至於也是唯一一篇的座談會記錄〈海外紀念楊逵座談會〉，是楊逵先生紀念特輯中的一篇，主持人許達然也是文季同仁，出席的有張系國、李歐梵、非馬等三十人，這種海外觀點對於國內文學界很重要。提供海外的資料與資訊，文季在這方面做得不錯。

④ 創　作

前面說過，文季以「創作」爲主，文用大量的篇幅發表作家的文學作品，從前面所統計的表看來，散文、詩、小說的量分別是六十九、八十二、四十一，詩量多的原因是因爲篇幅小，所以整體看來還算均衡。由於文季訂有清楚的稿約，所以發表的作品，題材多樣，在主題傾向上是時代、社會、人群的關懷，著重去寫人際之間眞摯的情感關係，不論敘事、抒情、詠物，基本上比較不可能是曲折複雜的現代主義作品。

以作者來說，文季同仁是主力，非同仁部分佈海內外，大體是文季之友。文季在刊物中各種可能的地方都不斷地向文學作家朋友訴求，承如前面說過的，他們呼喚同道，目的無非加速實踐其文學理想，似乎也有不少認同者與追隨者，但總覺得局面不夠寬闊，即連他們所津津樂道的「年輕朋友」，不過楊渡、李疾數人而已，這一方面其實很值得深入調查分析。

除這三類之外，文季發表過王小棣（〈新兵〉，一期）、蔣勳（〈地〉，五期）、王禎和（〈嫁粧一牛車〉，六期）、林婉玉和劉森堯（〈台北街頭多女郎〉，七期）、古蒼梧（〈奔月〉，八期）等五部劇本，以劇本的大篇幅，這樣的作品量算很大，可見編者關愛這一個孤獨的文類。此外，尚有一篇童話（〈失去的樂園〉，三期）是尉天驄本人的作品，偶一爲之而已。

選文已定編，原來就有編者之所以選定的理由，背後更存有一套文學作品的檢驗標準，雖然不是非常「科學」，但一般來說還算清楚，透過所發表作品的內在主題和書寫方式的考察，原可歸納印證編輯群的文學主張，由於本文已無力於此，再加上文季的主張已經講得很徹底了，論證似嫌蛇足，於此不再細作分析。

結語

後期文季自我定位成一個「純正」的文學刊物，其純其正，因爲是本之「文學」立場，但文季諸君嫉「惡」如仇，「是」「非」分明，充滿「戰鬥性」。其中自有有關文學的「道德」、「使命」，在這樣的時代，能夠如此已經非常難得，而且他們有相互扶持的同道，譬如說《中華雜誌》、《夏潮論壇》、《春風詩刊》，乃至於在圖書出版上的「帕米爾書店」（尉天驄負責）「新地出版社」（郭楓負責）、「明潭出版社」（李南衡負責），都和它關係密切，甚至於稍晚的《人間雜誌》（陳映眞負責），《新地文學》（郭楓負責）都有延續其生命的意義。然而，這整個結合起來的力量於今似已逐漸式微，值得觀察。

但不管怎麼樣，這後期文季在八〇年代前期台灣文學本土論高揚之際，一方面肯定台灣本土文學的傳統，一方面把台灣文學納入中國文學的大傳統之中，同時又勇敢批判當代文學的不良現象，自成系統，至少可以視爲一個強勢文學流派來看待，值得再深入探索。

附註

❶「文季」的發展經過，詳吳浩〈文季研究資料〉，《台灣文學觀察雜誌》第一期，一九九〇年六月。

❷《文季》從第四期起在卷首列出編輯委員及執行編輯名單，編委有何欣、王禎和、李魁賢、林俊義、唐文標、郭楓、陳映眞、黃春明、尉天驄、蔣勳、許達然、張錯、葉笛、鄭臻、李南衡、許國衡、王曉波，等十七名；第五期多出了姚一葦、吳晟；第七期少了吳晟；第九期，多出王津平、王拓、楊青矗，總計是三十一名。至於執行編輯，第四期所列有福蜀濤、楊渡、官鴻志、李疾、吳福成、郭力昕，第六期起少了吳、郭二人，第九期起又不列執行編輯了。發行人爲李南衡。看雜誌的狀況，主導者應是尉天驄、陳映眞、郭楓、王曉波；第十期「編輯室報告」說：「現本刊已決定將擴大行政人員編組」，可能是指雜誌由郭楓「接辦」（從本期起雜誌總經銷由「帕米爾書店」改爲「新地出版社」，沒想到新地僅利用它做了一期廣告就停刊了）。

❸ 這裏括弧引言其實都是篇名，分別是〈高舉民族文學的大旗〉（郭楓，第七期）、〈台灣文學裏的中國意識〉（王曉波，第三期）、〈中國與第三世界文學之比較〉（陳映眞，第五期）。

❹ 見《我的探索》，中國論壇叢書，一九八五年十月。

❺ 陳芳明長期居住美國，張良澤長期居住日本，兩位是主張獨立、自主的台灣文學本土論者；尉天驄、王曉波等文季同仁主張台灣文學有其獨特傳統，但卻是中國文學的現成部分。前者是「獨派」，後者或可稱爲「在野統派」，政治上如此，文學上亦是如此。

❻ 應該再包括葉榮鐘先生，第三期載有李南衡〈葉榮鐘先生的風格〉，以及葉先生的回憶錄。

❼ 此書由郭楓主持的新地出版社出版，一九九〇年四月。

❽ 黃春明小說〈兒子的大玩偶〉、〈小琪的帽子〉、〈蘋果的滋味〉拍成電影，〈兒〉乃獲選電影金馬獎入圍，〈看〉乃獲選美國芝加哥國際影展入圍。

從當前傳播媒體的發展看文學的困境

路 況

導 言

本文的思考開始於兩個明顯的社會事實。其一，當前的大衆傳播媒體正處於日新月異的高度發展之中，對整個社會的影響已到了無所不至，鉅細靡遺的地步。其二，當前的文學發展卻處於蕭條慘淡的困窘境地，對整個社會的影響日趨黯然沉寂。由這兩個事實引發了一個基本的問題意識：爲什麼大衆傳播媒體的高度發展非但無助於文學的傳播流通，反而還加速其萎縮沒落？當前媒體的工具形式對於整個文學環境究竟發生了什麼不良的影響？

一般的社會事實均源自某種區域性的本土情境，但是有關當前傳播媒體的思考卻不可免的會同時把我們帶到一個世紀性的「國際情境」（international situation），因爲我們已置身在一個「瞬息千里，尺幅天地」的電子傳播（telecommunication）時代。電子傳播日新月異的工具形式對於整個社會和文學深刻鉅大的影響，將是本文思考探索的主題。

(一) 傳播媒介與文學

傳播思想家麥克魯漢（Marshall Mcluhan）的名言：「媒介即訊息」（the medium is the message）爲我們提供了一個「一體兩面」的思考角度。一方面，這句名言強調，傳播媒介與其所要傳播的「內容」是不可分的，因爲，「一種傳播媒介的內容經常即是另一種傳播媒介。書寫的內容是說話，手寫的字是印刷的內容，而印刷則是電報的內容。」（McLuhan pp.14-13）換言之，並沒有一種獨立於媒介之外的「內容」作爲最終傳達的訊息，一切總已經進入某種媒介的形式與傳播的過程。但是另一方面，「媒介即訊息」更意味著，傳播的效應其實並不在於內容如何，而在於媒介本身的工具形式。麥氏寫道：「傳統上，我們對媒體的反應，只在於評價如何使用它，此乃是對科技懵懂無知的一例。傳播工具的『內容』，就像是夜行盜用來引誘看門狗的上肉一樣。傳播工具的影響力所以如此強大猛烈，就是因爲隨著媒體而來的『內容』又是另一種媒體。電影的內容可能是一部小說，一齣戲劇，或是一齣歌劇。但是『電影』本身的影響力與其節目的『內容』毫不相干。」（McLuhan p.22）。

對於思考傳播媒介與文學之關係，「媒介即訊息」提供了兩個切入面。一方面，媒介作爲一種傳播工具與文學作爲一種傳播內容是不可分的。相對於不同形式的傳播工具，諸如口語、書寫、印刷等等，文學作爲與之相應的「內容」傳達了不同的訊息意義。另一方面，爲了徹底思考傳播媒介對文學的深刻影響，我們又必須先將二者分離開來，分別考察傳播媒介的功能效應與文學表現的特質，才能進而追索出二者之間影響互動的因果。

麥克魯漢的一個基本洞見是：媒介是「人的延伸」（the extensions of man），它是人之身體與器官的延伸，知覺與感官的延伸，意識與中樞神經系統的延伸，不斷擴展塑造著人的認知與經驗。它是物質性與精神性的，亦是社會性與歷史性的，「一種傳播工具對個人與社會的影響，是由於新的尺度所造成。這種新尺度，係由我們身體的延伸，或由新的科技引進到我們的事務之中。」（McLuhan p.13）譬如說口語可視爲人身體的延伸，亦可視爲人的第一種「科技」。人藉著這種「科技」，傳遞、轉化了他的經驗，開啟了他的環境。一部人類傳播的歷史即是「人的延伸」在幅度、速度與準確度的技術演進。按照一般傳播理論的歷史分期，此一「人的延伸」可大致畫分爲口語、書寫、印刷、電子傳播四個階段。

就文學作爲一種「語言的藝術」而言，口語、書寫、印刷三種傳播媒介各自在不同的歷史時空階段將文學語言塑造成不同的社會功能與文化意義。譬如說在口語傳播的部落社會或封建社會，發展出吟遊詩人或說書人的口述文學傳統，說者與聽者面對面傳遞溝通源自當地傳統或來自遙遠城外的經驗與智慧；而印刷術的發明普及，無論是中國宋朝的畢昇或西洋十五世紀的古騰堡（Gutenberg），皆促進了近代商業文明的興起，以及「小說」文類的流傳。法蘭克福學派的班雅明（Walter Ben jamin）指出：「唯有印刷術的發明使小說的傳播散布成爲可能。……小說的誕生地是孤獨的個體（solitary individual）。」（Benjamin, p.87）這個「孤獨的個體」就是孤獨創作小說的「作者」以及孤獨閱讀小說的「讀者」，他們的孤獨形象瓦解了口述文學傳統的共同體（community），構成了現代世界的文學人口。

但是無論如何，無論口語、書寫、印刷帶給文學多麼鉅大深遠的衝擊與轉型，它們畢竟都還是一種語言的傳播媒介，它們使文學作爲一種「語言的藝術」在歷史上一步步地「延伸」了它的表現空間與公共舞台、電子傳播則不然。時至今日，電子傳播媒介的高度發展已形成一個超乎語言表達的「聲光影像」（sound image）的資訊世界網路，就如同電視牆螢幕或電腦終端機不時幻現的系列畫面。電子傳播媒介的「聲光影像」和語言符號所形成的意象——無論是語音符號的「聲／像」或書寫符號的「視／像」——有著根本的不同。電子傳播時代的來臨，似乎已使文學這們古老的語言藝術在不知不覺間跨過了一道終局性的歷史門檻，一個不可逆的時代臨界點。置身在一個非語言性與超語言性的傳播時代，似乎也正是重新徹底思考語言與傳播之本質的歷史契機。

(二)語言與傳播的模型

讓我們對照兩個傳播模型（model of communication），一來自蘇俄語言學家巴赫汀（Mikhail Bakhtin），一來自捷克語言學家雅克森（Roman Jakobson）。

巴赫汀	雅克森
對象（object）	脈絡（context）
說者（speaker）表達（utterance）聽者（listener）	發訊者（sender）訊息（message）接收者（receiver）
互指涉（intertext）	聯絡（contact）
語言（language）	符碼（code）
	（Todorov p.54）

這兩個模型標示了「語言」與「傳播」其實是兩種頗異其趣的行爲。雅克森的「傳播」模型就如同電報員的操作：他有一個「內容」需要傳遞，他借助密碼索引（key）將其製碼（encode），發送出去，收到者借助同樣的索引來解碼，還原出原初的「內容」。這是一個「形式主義」（Formalism）的模型，完全抽離了具體的情境脈絡，巴赫汀寫道：「這可以表達爲如下的圖式：有兩個社會成員，A（作者）和B（讀者）；他們的社會關係在一段時間內是固定不變的。有一個既定（ready-made）的訊息X要從A傳遞給B。在這既定訊息中，必須區別「什麼」（內容）和「如何」（形式），……這個設定的圖式是極其錯誤的。……實際上，A和B的關係是處於一種不斷形塑（formation）與轉化的狀態；它們就在溝通的過程中持續改變。並沒有一種既定的訊息X，訊息是在A和B的溝通過程中成形的。它並不是從第一人傳遞到第二人，而是在他們之間建構起來的，如同一座意識型態的橋樑；它在他們的互動過程中建構起來。」「符號學（Semiotics）偏愛處理訴諸既定符碼（code）之既定訊息的傳遞，然而，在活生生的談話中，嚴格說來，訊息是在傳遞過程中首度創造出來。究極而言，並無符碼存在。」（Todorov pp.55-56）

巴赫汀的模型與雅克森的模型二者之間的根本差異在於：對雅克森而言，com-munication就是「傳播」，就是資訊的傳遞；對巴赫汀而言，communication 不只是資訊的「傳播」，更是意義的「溝通」，是對話主體之間語言的表達、互動與創造。communication 一詞之「傳播／溝通」的歧義性正標示了在一個資訊傳播高度發展的時代，人類語言的溝通型態面臨了前所未有的危機與轉型。當此之際，極易引生一種語音主義（phonetism）的「鄉愁／

懷舊」（nostaglia），嚮往在文字未發明以前初民社會面對面的口語溝通狀態，直接、透明、具體、豐饒、充滿生命。從班雅明到麥克魯漢，均曾投射出一個未受書寫文字污染的「語音中心」的烏托邦「原鄉」。巴赫汀亦然，其語言模型明顯的是訴諸口語溝通的具體對話情境，有別於形式主義之打電報式的操作模型。語言不是抽象的符碼，而是具體的言說。每一言說都指涉至少兩個主體，以及潛在的對話。巴赫汀指出：「『風格即人格』；但我們可以說，風格至少是兩個人，或更多。人及其社會集結，具現於委派的代表，聽者主動參與了說者內在與外在的言說。」這段頗爲隱晦的隱喻描述的主要意思是，任何言說表達都是一種溝通，任何溝通都蘊涵著某個「共同體」以及某種「共同主體性」（intersubjectivity）。但是巴赫汀的對話模式還蘊涵了一層比「共同主體性」更爲激進徹底的意思：「對話的取向明顯的是所有言說的特徵現象。它是所有活的言說的自然企圖。言說在其引向其對象的所有路上碰上了其他的言說，它不得不與其進入強烈生動的互動。只有神話中完全孤獨的亞當，到達一個處女地與未被說破的世界的第一句話，才能完全免於此一與其他言說的交互取向。」（Todorov, p. 62）所有的言說都和其他的言說交互指涉，這就是比「共同主體性」更爲激進徹底的「互文指涉性」（intetextuality），因爲它已超乎主體意識的言說情境，指向無意識的衆聲喧嘩。但是從「所有的言說都和其他言說交互指涉」這一點，還可以推出更進一層的意思，那就是，所有的言說已經被其他言說書寫過了，或者只是在重新書寫其他言說。並沒有什麼原封未動的「第一句話」或「鶯啼初試」，所有的語言表達都是重複性的、物質性的、不透明的、歧義曖昧的，換言之，所有的語言都是一種廣義的書寫符號，包括口語在內。甚至於內在的意識獨白以及無意識的狂譫囈語，亦是一種「原書寫」（arche-writing）的痕跡。這是德希達（Jacques Der-ida）的「書寫學」（Grammatology）所提示的基本洞見。在這意義下，所謂「文」學，在本質上亦是文字性與書寫性的。

將口述文學傳統過度理想化自然化，視書寫與印刷的傳播流通爲語言與文學墮落敗壞的表徵，渴望重返原始社群的透明溝通情境，這種種姿態是論者在反省當代世界語言與文學之危機時常有的語音主義懷鄉症。這不僅是無濟於事，而且根本就是不相干的。今日語言與文學所面臨的危機，可歸結爲一個「意義的溝通」逐漸淪爲「資訊的傳播」的偉大轉換，這既是一個全球性的，同步流行徵候的鉅觀過程，更是一個內在的、隱微的，不可知覺的微觀過程，就如麥克魯漢所描述的：「科技的效果不會發生在各層次的見解或概念上，卻會緩慢地、無阻地改變知覺的比例或認知的型態。」（McLuhan p.23）所以問題不僅是人們已日益悄然失落了溝通對話的「聲音」，更耐人深思的是，無數「孤獨的個體」曾經據以創作與閱讀的「書寫」也日益消亡了。

後結構主義者德勒茲（Gillies Deleuze）宣稱書寫的死亡：「書寫從來就不是資本主義的事物。資本主義是深刻地文盲的（illiterate）。書寫的死亡就如同上帝的死亡或父親的死亡：事情總已經發生很久，雖然事件的新聞很緩慢地抵達。我們仍使用這熄滅的書寫符號，仍殘留著它的記憶。……當有人宣稱「古騰堡星系」（the Gutenberg galaxy）的崩潰，那意味著什麼呢？當然資本主義曾經並且繼續使用書寫；不僅是書寫被應用於作爲普遍等值物的貨幣，而且貨幣在資本主義的特殊功能是藉諸書寫及印刷，並且在某些尺度上持續如此。然而事實保持著，書寫在資本主義扮演著典型的復古主義（archaism）的角色，古騰堡印刷術正是賦予此一復古主義流行功能的要素。但是資本主義的語言使用在本質上是不同的，語言被實現或具體化於資本主義獨有的內存性領域（field of immanence），以一種相應於普遍化的解符碼之流（decoding of flows）的表達技術工具之外觀。」（Deleuze p.240）。

所謂「解符碼」並不是一般所說的「解讀密碼」，而是解構摧毀符碼。電子傳播的電訊之流（electric of flow）才是眞正資本主義解符碼化的「語言」，它不是任何聲音或書寫的指意符號，而是「聲光影像」最小單位的「形」（figure），一種非指意性的「點－符號」（points-signs），同時兼有數個面向（dimension）。它們是「流動–斷裂」（flow–break）或「分列繁衍」（schizzes）的單位，當集結聚合爲整體時會形成某種影像意象，但是從一個整體到另一整體，從不維持任何同一性（identity）。它們就像螢幕上的螢光微粒：「電視每秒傳遞三百萬點，僅有極少的些許被保留下來。電子語言並不訴諸聲音和書寫，資料處理程序無須二者，就如同流體學（fluidics）的運作只須憑藉氣體之流。計算機是一瞬間性與普遍化的解符碼機器。」（Deleuze p.241）電子語言的「點-符號」作爲「分裂繁衍」的單位是一「拓璞結」（topological knot），可延著各個面向通向各種計算機系統的網路空間。

此一解符碼之流的電子語言導致了傳統的語言社群（linguistic community）前所未有的解體，無論是口語溝通的部落共同體，或是書寫印刷流通的現代市民社會的原子個體集結，都在電子語言的「聲光影像」中解體爲「大衆／團塊」（mass）的微分子之流（molecular flow）。但是電子傳播網路無所不至的串連羅織又將其聯結爲一個「尺幅天地，瞬息千里」

的「地球村」。在「地球村」中形成了一個新的「電子語言社群」，無疑的，他們已成爲佔據今日世界舞台前景的「新人類」。要展望今後的文學命運，當然要先勾勒出這批電子語言新人類的形象風貌。

(三) 傳播的出神抓狂

法國後結構主義與後馬克思主義者布希亞（Jean Baudrillard）對電子傳播的形象風貌作出了最徹底的「描述」：「但是今日，場景與鏡子不再存在，替代的是螢幕和網路。取代鏡子與場景之反射性的超越性（reflexive transcendence），存在著一種非反映性表面（nonre-flecting surface），一種操作於其上開展的內存表面——傳播的平滑操作表面。……某些事物已經改變，浮士德式，普羅米修斯式（或伊底帕斯）的生產與消費時期讓位給網路的「蛋白酶」紀元，讓位給自戀的與變幻無常的連結、聯絡、毗鄰、回饋的紀元以及平行於傳播宇宙的普遍分界面（interface）。藉著電視的影像——電視是這個新紀元終極而完美的對象——我們的身體以及整個環繞的宇宙成爲一操控的螢幕。……它是我們今日唯一的建築：大螢幕，其上反映著運動中的原子、粒子、微分子。沒有公共場景或眞正的公共空間，只有循環流通的鉅大空間。……整個宇宙任意的展現在你家中的螢幕上（所有無用的資訊從整個世界到達你面前，就如同宇宙的放大鏡春宮照，無用，過剩浪費，就如同春宮片中的性特寫鏡頭）。」（Foster pp.126-130）。

一個過度資訊化的世界是一「猥褻之幕」(ob-scene)，抹消了任何「公共／隱私」，「外在／內在」，「客觀／主觀」，「眞實／想像」的界限，一切都變成透明的與直接可見的，每件事物都曝露在粗糙刺眼、不留餘地的資訊與傳播的強光中。這是一種出神抓狂(ecstasy)的狀態。這不是異化(alienation)，因爲異化總是預設某種可以贖回的主體、本質或中心。出神抓狂則是一種完全粉碎主體的脫中心狀態。布希亞指出：「商品形式是現代世界第一個偉大的媒介，但是物體經由它所傳播的訊息過於簡化，總是相同的：交換價值。因此徹底而言，訊息總已經不存在了；是媒介把自己塞入它的純粹循環流通。這正是我所謂的出神抓狂。……必須延伸馬克思主義的分析……掌握住傳播宇宙的透明性與隱晦性，把商品宇宙的相對分析抛在後面。所有功能都消解在一個單一向度，傳播的向度。那是傳播的出神抓狂。所有秘密、空間、場景消解於資訊的單一向度。那是猥褻。」(Foster p·131)。

對這一切，布希亞最後作出了病理學的珍斷描述：「假如歇斯底理(hysteria)是主體過度演出的病態，一種表現的病態，一種身體的劇場與歌劇式轉變的病態。假如偏執妄想狂(paranoia)是一種組織欲的病態，一種將僵化與嫉恨世界結構化的病態。那末，藉著傳播與資訊，藉著所有網路的內在混亂，藉著它們持續的連結，我們目前正處於一種新的精神分裂形式(schizophrenia)。適當的說，不再有歇斯底里，不再有投射的偏執妄想，而是精神分裂特有的恐怖狀態。每件事物太過龐大的逼近性，每件事物被觸摸、投注、沒有抗拒的貫穿的不潔的雜亂性。……精神分裂者剝除了每一場景，不由自主的向每件事物開放，生活在最大的混亂之中，他自身就是猥褻，是世界之猥褻性的猥褻的獵物。」(Foster pp. 132–133)

在布希亞的世界圖像中，去詢問文學能有什麼位置顯然是多餘的。文學作爲一種「互文指涉性」的表達已消融於「聲光影像」過度資訊化的猥褻螢幕表面；文學作爲一種「共同主體性」的溝通已解體於精神分裂的出神抓狂狀態。

無論我們把布希亞的「描述」視爲一種「科幻虛構」，一種「抽象表現主義」，或是他自己說的，一種「過度寫實主義」（hyperrealism），我們都不得不承認，他的確逼顯了電子傳播時代之日常生活世界的「極限狀況」（limit-situation）。「極限」意味著，我們不可能百分之百的到達，但同時也總已經或多或少的置身其間。如果說「傳播的出神抓狂」只是一種極限狀況，語言與文學的消亡亦然。文學不會眞的全然消亡，但總已經進入一個日趨萎縮凋零的衰頹狀態。

處於如此衰頹的狀態，文學還有重獲生機的可能嗎？就目前所能看得到的，文學重獲生機的唯一可能就是拚命寄生於電子傳播媒介主導的文化工業，成爲其他媒介的輔助裝飾工具，呈捨離本源式的散布游離（dissemination）。典型的例子就是小說一旦改編成電視電影，立刻水漲船高，身價百倍。更典型的例子是目前非常流行的由電視電影改編而成的「電影小說」「電視小說」，比起一般的文學書仍好賣得太多。所以作家紛紛轉行。詩人轉行寫流行歌詞與廣告詞，散文家轉行爲明星名流捉刀寫書立傳。小說家轉行當電影電視編劇，甚至於漫畫編劇。美國實用哲學家羅提（Rorty）嘗提出「後哲學文化」，台灣似乎已更進一步達到一個「後文學文化」的境界。文學自身的領域日益流失，但同時也透過捨離本源式的散布游離擴散滲透到社會文化傳播的每個領域。

當然，不要忘了文學在資本主義時代最原初的角色：復古主義。目前一些名嘴作家紛紛錄製講鬼、說書、談禪論道的錄音帶，正好稍慰失落口述文學傳統的鄉愁。至於一些已走進當代文學史的名著與刊物，每隔一陣子都要重行刊布，以供典藏，亦是不可免俗的復古儀式。復古主義就如同各種趨附時髦的新流行，將不時給日益衰頹的文學帶來些許賴活下去的生機。

參考資料

Benjamin, Walter,《 Illuminations 》trans. by Harry Zohn (New York: Schocker Book, 1969)

Delezue and Guattari,《 Anti-Oedipns; Capitalism and Schizophrenia 》(New York: Viking, 1977)

Foster, Hal (edited)，《 The Anti-Aes thetic: eassays on postmodern culture 》(Washington: Ray Press ,1983)

Todorov, Tzvetan,《 Mikhail Bakhtin. The Dialogical Principle 》trans. by Wlad Godzich (Minneapolis..University of Minnesota Press, 1984)

McLuhan, Marshall,《傳播工具新論》葉明德譯。巨流圖書公司，台北一九八七。

人文教育與電視傳播

李　瞻

壹、人文教育的含義

要瞭解「人文教育」的含義，應先說明「人文」與「人文主義」的含義。

根據「辭海」記載：「人文」乃人類之文化也。易經：「觀乎人文，以化成天下。」十三經註疏：「言聖人觀察人文，則詩出禮樂之謂，當法此教而化成天下也。」❶至於「人文主義」，歐美稱爲Humanism，亦稱人生主義。係指歐洲文藝復興時期之一種學風。以理性思考，崇尚眞理的精神，脫離教會約束，復興古代文明、提倡健全的思想自由爲宗旨。此種學說，於十三世紀末起於義大利，以但丁（Dante Alighieri）、佩脫拉克（Francesco Petrarch）等爲先驅；隨後傳入德、法、英、荷諸國，致引起一五一七年馬丁．路德（Martin Luther）之宗教革命。

由上可知，「人文教育」乃以「人文」與「人文主義」爲本的一種教育，歐美通稱爲Liberal Arts Education，其內容以哲學、文學、歷史、與藝術爲主，通稱爲人文學科（Humanities）。目前，世界各國大學中，均設立文學院（College of Liberal Arts），其教育內容多爲「人文教育」。

貳、電視制度與人文教育

電視是二十世紀最重要與最大衆化的一種傳播媒介，是以民主先進國家都用電視推廣人文教育。

但電視由於建立的目的不同，故電視制度有很多類型。

根據聯合國教科文組織前大衆傳播處處長索慕蘭教授（E. Lloyd Sommerlad）之意見，各國電視制度之類型，計分三種：[2]

一、國營電視制度（State Ownership Television）：包括公共電視（Public Television）、政府電視（Government Television）與共黨電視（Communist Television）。此種制度之特點，主要認爲電視負有特定使命，而不得以營利爲目的。如「政府電視」即威廉斯（Raymond Williams）所稱之極權傳播制度；「共黨電視」即父權傳播制度；而「公共電視」即爲民主傳播制度。

二、商營電視制度（Commercial Television）：此種電視，純以營利爲目的，亦即威廉斯所稱之商業傳播制度。

三、公商並營電視制度（Mixed Television）：此種電視，係以國營電視爲主，而以商營電視爲輔。

根據聯合國教科文組織之統計年鑑（Statistical Yearbook）記載，各國電視制度之類型如左：

一、實行公共電視者：計有英國、法國、西德、義大利、奧地利、瑞典、挪威、芬蘭、丹麥、比利時、瑞士、以色列、紐西蘭等二十餘個民主先進國家。

二、實行政府電視者：計有韓國、泰國、新加坡、馬來西亞、印尼、緬甸、印度、巴基斯坦、伊朗、科威特、約旦、敘利亞、沙烏地阿拉伯、土耳其、希臘、塞浦路斯、西班牙、埃及、伊拉克、阿爾及利亞、利比亞、摩洛哥、蘇丹、象牙海岸、薩伊、烏干達、奈及利亞、肯亞、上伏培、馬達加斯、南非等七十餘國。

三、實行共黨電視者：計有蘇聯、中共、波蘭、東德、捷克、匈牙利、羅馬尼亞、南斯拉夫、保加利亞、阿爾巴尼亞、北韓、越南、古巴、尼加拉瓜、安哥拉等二十餘個共黨國家。（按蘇聯、東歐共黨政權，已於一九九一年崩潰）

四、實行商營電視者：僅有十四個國家與十個殖民地。

㈠亞洲地區：僅有黎巴嫩、香港（殖民地）與中華民國。

㈡歐洲地區：僅有葡萄牙、盧森堡、摩納哥（保護國）與英屬直布羅陀。

㈢拉丁美洲：計有哥斯達黎加、薩爾瓦多、瓜地馬拉、海地、千里達、宏都拉斯、巴拿馬、智利、厄瓜多爾、巴拉圭、荷屬安地列斯、美屬維京尼亞與英屬百慕達、安地瓜及聖路西亞等殖民地。

㈣太平洋地區：僅有美屬關島與太平洋群島兩地。

五、實行公商並營電視者：僅有日本、菲律賓、美國、加拿大、墨西哥、多明尼加、阿根廷、巴西、秘魯、烏拉圭、委內瑞拉、澳大利亞等十餘國與美屬波多黎各。

英國之BBC與IBA均爲公共電視公司，故英國僅有商營電視節目製作公司，並無商營電視台，與其他國家之公商並營制，完全不同。

日本NHK原與BBC相同。二次大戰後美國佔領日本，強迫開放商業廣播電視。目前急欲消除商營電視之流弊，苦無良策。所以日本之公商並營制，並非自然形成的。

美國係商營電視之鼻祖，流弊最爲嚴重。自一九六七年十一月七日，已正式建立公共電視制度，但由於三大商營電視網之壓力，致迄今仍未發生預期之效果。依他加拿大、墨西哥、澳大利亞與拉丁美洲等國，均受了美國商營電視之影響，而建立了公商並營制。

政府電視與共黨電視，均爲極權電視，必將隨極權與共黨政權之崩潰而沒落。而實行商營電視之十四個國家，僅有我國人口達兩千萬人，葡萄牙人口九百萬人，其他均爲小國寡民與殖民地。由此證明，這種電視制度，實在值得國人警惕！

根據研究發現，在上述五種電視類型中，僅有公共電視人文教育，而商業電視的實際表現，則恰恰與人文教育的目標相反，理由如後。

參、商業電視破壞人文教育

電視制度，共計有公共、政府、共黨、商營與公商並營五種類型。其中政府與共黨電視，均爲極權制度的產物。主要目的在宣導政令、教育人民與鞏固政權。這種制度，違反民主政治的基本原則。而公共電視，多係從政府電視演變而來。即政府實行眞正民主政治，則公共電視就會隨之誕生。現在先分析商營電視與公商並營制之利弊。

在理論上，商營電視不受政府任何檢查，應該是最自由、最進步的電視制度。但由於商營電視係由資本家與廣告客戶所控制，「營利」爲唯一目的，並以色情、暴力、低俗娛樂與鬼怪離奇節目做爲營利之手段，因此商業電視產生了極大流弊。

一、商營電視破壞了教育功能❸

根據美國「全國暴力原因及其防止調查委員會」（National Commission on the Causes and Prevention of Violence）的研究，發現由於兒童看電視的時間太多，先入爲主，致改變了兒童的學習過程（Learning Process）。即現代兒童自六個月開始，就接受商業電視的「教育」，而教育內容又多與傳統教育之價值標準相背離，因之使傳統之家庭教育、學校教育與其他之社會教育事倍功半，甚至無能爲力。芝加哥大學社會學教授懷特博士（Dr. Llewllyn Whithe）曾說：「廣播電視如不擔負教育責任，則其他家庭、學校與社會教育都無成功的任何希望！」❹

二、商營電視改變了社會價值標準

根據美國「全國暴力原因及其防止調查委員會」的研究發現：

㈠傳統社會之價值標準：是勤儉、守法、寬容與仁慈；

(二)商業電視之價值標準：是揮霍、享受、色情與暴力。

該委員會認爲，商營電視教育兒童與青少年之社會價值標準，係與文明社會相矛盾（Inconsistent With a Civilized Society），其結果必然導致社會的暴力充斥、色情氾濫與道德崩潰，同時也是形成現代所謂代溝（Generation Gap）的主要原因。

三、商營電視販賣色情、宣揚暴力、誘導社會犯罪

該委員會認爲，美國原是一個自由民主、和平幸福的社會，目前之所以充滿色情、暴力與犯罪，主要原因有三大罪魁：(一)商業電視；(二)成人電影；(三)黃色雜誌與報紙。

美國FCC前主席米諾（Newton Minow）認爲，這些商業低俗娛樂節目，大部分都是誘導犯罪。賓州大學教授邁勞德（William Melody）指出，商業電視之目的不在服務觀衆，而是如何利用低俗娛樂節目，引誘多少觀衆，將其轉售給廣告商，進而獲得廣告客戶的支持。

色情、暴力與鬼怪離奇，是商營電視的三大法寶。尤其暴力鏡頭，具有高度的摹仿作用，這是當前社會充滿暴力的主要原因。伊利諾大學電視學教授史考尼博士（Dr. Harry J. Skornia）認爲：「電視節目與廣告內容，與正規教育背道而馳。……商業電視一再刺激人們的享受慾望，但未同時教導人們賺錢的正當方法，這是青少年犯罪率不斷上升的主要原因。」

❺綜括這些學者的意見，他們認爲商業電視計有左列流弊：

(一)新聞供給不足，沒有解釋性報導，缺少內行的分析評論家；

(二)有關公共事務的討論不夠，此種節目時間太少，節目主持人欠缺方法；

(三) 一般社會團體沒有發言機會，地方團體發言機會更少；
(四) 娛樂性與婦女兒童節目品質低劣，暴力犯罪節目，成爲社會與青少年犯罪之導師；
(五) 優良文化藝術節目，一去不復返；
(六) 廣告太多、太少、太鬧、插播太多，而且詐欺觀衆。

政論家李普曼（Walter Lippmann）與史考尼博士認爲，實行商營電視是根本錯誤的。

由於我國實行商營電視已有三十年，其流弊亦早已一一出現，未知政府何以讓商業電視之悲劇一再重演!?

基於上述，商業電視不僅未能擔負教育責任，而且徹底破壞了人文教育。

肆、公商並營電視制度的困難

一般認爲，電視實行「公商並營制」，是十分自由而開明的想法。因爲這種制度，不僅可享有商營電視娛樂性的好處，同時亦可發揮公營電視教育性的功能。

目前實行「公商並營制」的主要國家，計有加拿大、澳大利亞、日本、美國與菲律賓等國。前三國以前均實行獨佔性的「公共電視」，二次大戰後，因受美國遊說、壓力與佔領，而開放商營電視，乃成「公商並營制」（請參閱拙著「比較電視制度」）。至於美國與菲律賓，原實行「商營電視」，至一九六七年，因鑑於社會暴力充斥，色情氾濫，道德崩潰與種族動盪不安，乃由國會立法建立「公共電視」，以期挽狂瀾於既倒！

但以上諸國，近年實行「公商並營制」之結果，仍覺弊端叢生。他們發現由於收看電視之獨佔性（一人不能同時收看兩家電視），以及文化教育性節目無法與娛樂性節目競爭，所以結果使公共電視無法保持它的廣大觀衆，以致逐漸失去公共電視的教育功能。同時公共電視爲了保持及爭取觀衆，其節目品質亦日趨降低。此種現象，又與公共電視的目的衝突，這是「公商並營制」失敗的主要原因。

目前美、加、日、澳等國，仍實行公商並營制，主要由於他們的商業電視早已根深蒂固，政府已經無能爲力；如果可能，他們早已將商營電視根除。近年他們國會不斷成立專門委員會，研究限制商營電視與加強公共電視的具體辦法，就是最好的證明。

伍、公共電視制度的優點

由前所述，可知共黨電視已日趨沒落，商營電視與公商並營電視均已失敗，而實行政府電視者，雖仍有七十餘國，但絕大多數都是極權國家。這是世界多數民主國家，先後採行公共電視的理由。

但什麼是「公共電視」？公共電視不是由政府經營電視，也不是國營企業。「公共電視」是由政黨、政府代表、地區人民代表與全國人民專業團體代表，共同經營管理之公益事業（Public Utility）。其目的在使電視完全爲社會公益而服務，免於政治控制與商業威脅，進而使電視眞正達成「爲民所有、爲民所治與爲民所享」的理想目標。

什麼是「政府電視」？政府電視就是由政府獨資經營的電視事業，其目的在宣導政令、教育人民與鞏固政權。

「公共電視」是由民主政府經營之政府電視演進而來的。換言之，它是電視經營之民主化，這是最進步、最自由的一種電視制度。例如法國、比利時、荷蘭、西德、義大利、以色列等國，最初都是政府經營電視，但現在都演變爲「公共電視」。目前世界民主先進國家，絕大多數已建立了公共電視，理由如下：

一、商業電視流弊太多，危害社會太大。

二、公商並營制，使公共電視難以發揮預期之效果。

三、根據過去四十年之經驗，發現公共電視具有左列優點：

(一)公共電視，可保證政黨公平使用媒介，促進國家團結；

(二)公共電視，可做大衆意見論壇，健全輿論，服務民主政治；

(三)公共電視，可提供新觀念、新方法與新技術，促進國家發展；

(四)公共電視，可擔負人文教育責任，提高國民文化水準，增加人民自治能力；

(五)公共電視，可提供高尚娛樂，維護國民之身心健康；

(六)公共電視，可根據觀衆需要，專心服務公共利益；

(七)公共電視，可鼓勵文學、藝術發展，提高生活品質，防止文化侵略；

(八)公共電視，可排除色情、暴力及一切不良節目，以免做青少年犯罪之導師；

(九)公共電視，可免於廣告影響，以免電視節目迎合低級趣味；

(十)公共電視，可免於插播廣告與不良廣告，以免虐待觀衆及詐騙觀衆；

(十一)公共電視，可不播或大量減少廣告，藉以維護報紙、廣播與雜誌事業之均衡發展；

(十二)公共電視，可達成「民有、民治與民享」之理想，使電視眞正成爲全民之傳播工具。[6]

陸、公共電視擔負人文教育的途徑

各國公共電視，均以闡揚人文教育爲目標，其中則以英國之ＢＢＣ、西德ＡＲＤ、與日本之ＮＨＫ最著成效，茲分述於後。

一、英國ＢＢＣ的具體做法

ＢＢＣ第一任總經理雷斯勛爵（Lord Reith）認爲，廣播電視爲文化公益事業，不是營利娛樂事業，必須擔任教育文化責任。一九五四年，英國國會又成立獨立電視公司（Independent Broadcasting Authority, IBA），與ＢＢＣ有互補作用。一般人誤認ＩＢＡ爲商營電視是不正確的。爲方便起見，在此一併敘述。其具體做法如下。

(一)確認廣播電視爲文化事業，杜絕營利行爲：

1.ＢＢＣ不播廣告，公司開支由電視機執照費（License fee）支持。目前每架彩色電視機，每年付費七十二英鎊，約合台幣二、八〇〇元。

2.ＩＢＡ可播少量廣告，但絕對不准插播。同時限制每年盈餘不得超過廿五萬英鎊，否則

課徵所得稅百分之六十七。❼

(二) 重視文化傳播，開闢人文講座：

1.ＢＢＣ有四個廣播網：即新聞網、娛樂網、社教網、與文化網。四個網內容不同，但均以提高人民文化水準爲目的。

2.ＢＢＣ與ＩＢＡ各有兩個電視網，兩台第二網均爲文化網。文化網除新聞報導、分析、評論與現代社會問題分析外，通常均有哲學講座、歷史講座、文學講座、科學講座、醫學講座、與文學藝術批評。這些講座就是人文教育的典型。主講人均爲英國權威學者，講稿內容通常刊載於ＢＢＣ出版的聽衆週刊（Listener），世界各大學與主要圖書館都有訂閱。

3.ＢＢＣ與ＩＢＡ的娛樂節目，亦以闡揚文化與傳播人文教育爲目的。如電影節目多爲人文電影（Humanity movie）。電視影集多爲世界文學、歷史名著，如莎士比亞全集、雙城記、狄更斯全集、戰爭與和平、二次大戰秘史、西方文明發展史、孤雛淚、睡美人、劫後英雄傳、傲慢與偏見、塊肉餘生、人類的故事、世界著名動物園、與世界著名博物館等。沒有色情暴力、光怪離奇、畸戀小說、打情罵俏、猜謎猜獎、與自認有趣的胡鬧節目。

(三) 設立電視開放大學（Open University），強化人文教育：

1.ＢＢＣ於一九七一年設立電視開放大學，主要爲未完成大學教育之成人而設。教學內容乃以前述ＢＢＣ文化網之人文講座科目爲主。學生須正式註冊，除廣播電視教學外，每週面授一次。教師均由全國著名大學權威教授擔任，水準與一般大學相同。

2.電視開放大學創校已二十年，註冊人數約十五萬人，畢業人數約八萬人。是電視推廣人文教育的典型。

二、德國ARD的具體做法

二次大戰後，德國由英、法、美、俄四國佔領。一九五三年，漢堡西北廣播公司，在英國BBC與美國伊利諾大學廣播電視學教授史考尼博士（Dr. Harry J. Skornia）之協助下，聯合其他各邦廣播公司建立全國電視網。一九五八年，正式成立德國廣播電視事業協會（ARD）。

德國採行了英國BBC的光榮傳統，爲公共電視，以闡揚文化與人文教育爲目的，杜絕商業行爲。具體做法如下。

㈠ARD爲公共電視，主要經費由電視機執照費（License fee）負擔。每架電視機每年執照費約一五〇馬克，約合台幣二、五〇〇元。

㈡ARD有三個電視網，第一與第二個爲一般電視網，每週一至週五，下午七：〇〇—七：一〇與七：二〇—七：三〇各播兩次廣告（共二十分鐘），週末與國定假日不得播放任何廣告，並規定廣告絕對不得插播。

㈢第三電視網爲文化網，與英國BBC之文化網相同。茲將其節目內容列表如下：❽

西德第三電視網一週節目內容統計表

節目類別	節目名稱	時間	百分比	各類節目時間	各類節目百分比	備考
新聞節目	新聞報導	4小時10分	七·七	11小時10分	20.3%	
	新聞評論	1小時0分	一·八			
	新聞分析	2小時30分	四·五			
	國會辯論與公共事務討論	2小時0分	三·六			
	現代社會問題分析	1小時0分	一·八			
	新聞人物介紹	30分	〇·九			
教育節目	學校教學	23小時20分	四二·五	35小時40分	64.9%	週一—週五每天上午八時半至十二時四十分下午六時至六時半播出分三次播出
	語文教學	1小時30分	二·七			週二—五下午六時半至七時播出週六下午三時半至五時半重兩小時均由醫師專家主講
	衛生保健與醫藥常識	4小時0分	七·三			內有各國著名兒童故事
	兒童節目	1小時0分	一·八			系統介紹各國社會、經濟、政治、文化與藝術等情形。
	認識友邦	50分	一·五			
	學術講座	2小時0分	三·六			
	文學藝術批評	2小時0分	三·六			
	農業知識	1小時0分	一·八			

娛樂節目	體育	1小時0分	一·八	8小時10分	14.8%	放映奧斯卡或票房紀錄前五名之影片一次放完無廣告。
	電影名片欣賞	3小時0分	五·五			
	古典戲劇音樂舞蹈	4小時10分	七·五			
共計		55小時0分	一〇〇·〇			

西德第三電視網的新聞、教育、與娛樂節目，均以人文教育的角度播出，如公共事務討論、現代社會問題分析、新聞人物介紹、兒童節目、認識友邦、學術講座、文學藝術批評、電影名片欣賞、與古典戲劇、音樂、舞蹈等，均以哲學、文學、歷史、藝術與社會問題爲主要內容，其目的都是推展人文教育。

西德第三電視網沒有廣告。除教學節目於每週一至週五上午八時半至十二時四十分，及下午六時至六時半兩次播出外，其他節目大致均於晚間六時半至十時半「黃金時間」播出。西德電視節目，均經專家設計研究，很有深度。尤其「衛生保健與醫藥常識」節目，除週二至週五晚間六時半至七時播出外，並於週六下午三時半至五時半，連續重播兩小時，均由醫學專家主講，由此證明他們對國民健康的重視。而且電視節目之播出，特別注意配合國民之作息時間。他們平日白天僅有學校教學節目，晚上節目亦不太晚，以免影響觀衆睡眠。目前三個電視網之播出時間，平均每天都不超出八小時，這是很富智慧的安排。

三、日本NHK之具體做法

日本NHK於一九二四年成立，一九五三年播出電視節目，一九八四年二月開始電視衛星直播，是世界最進步的公共電視制度之一。

日本雖屬公商並營制，但NHK有三個廣播網，兩個電視網，又負責日本國際廣播，並所有節目，均以衛星直接播送，所以在日本具有絕大優勢。

NHK爲公益財團法人，與BBC相同，不播任何廣告，所有經費由電視機執照費支持。目前彩色電視機每月付日幣一、〇七〇元，黑白月付日幣七〇〇元。約合台幣各年付二、五〇〇元與一、七〇〇元。

NHK之廣播電視節目，特重新聞、教育、與文化節目，而教育、文化節目，又以人文教育爲中心。茲將各廣播、電視網之節目內容統計如下：⑨

由下表，可知NHK之廣播，電視第一網，均重視新聞。第二網特重教育。五個廣播電視網則均重視文化節目，而文化節目又特重歷史、文學、與藝術，也就是人文教育的核心科目。

日本政府爲加強人文教育，特於一九八五年四月成立空中大學（University of Air），由NHK以衛星電視教學，僅設一個文學系（Department of Liberal Arts），主講學科仍以歷史、文學、藝術爲中心，對象爲未受高等教育的成年人，修滿學分授予文學士學位，目前註冊學生已有數萬人。此與英國BBC的「開放大學」，均爲以電視教學推廣人文教育的典型，十分成功。⑩

日本NHK廣播、電視網節目內容統計表

網別		新聞%	教育%	文化%	娛樂%	共計%
TV	NHK$_1$	40.5	11.4	24.8	23.2	100
	NHK$_2$	2.0	80.0	18.0	0	100
Radio	NHK$_1$	42.8	1.4	30.8	25.0	100
	NHK$_2$	12.3	70.5	17.2	0	100
	FM	13.7	4.2	43.5	38.6	100

美國三大商業電視網，通常新聞節目僅佔百分之八，娛樂節目竟高達百分之九十，其他百分之二，沒有教育文化節目。而娛樂節目絕大部份是色情暴力、西部武打、鬼怪離奇、應景喜劇（肥皂劇）、猜謎猜獎、觀衆表演、與卡通影片等。[11]這類節目，不僅違反人文教育，而且徹底破壞人文教育。不幸目前我國已採行商業電視，其節目內容及其對社會之影響，深值三思。

柒、結論

人文教育是以「人」爲本的教育，其目的在培養愛心，關懷人類，關懷社會，增進和諧，進而提高人類的生活品質。

電視是二十世紀最重要與最有效的傳播媒介；但商業電視志在營利，不僅與人文教育之目標背道而馳，而且破壞人文教育。

公共電視特重教育文化節目，故只有公共電視才能發揚人文教育的光輝。

我們如希望強化人文教育，改變社會風氣，提高人民生活品質，並保障人文教育的成功，我們便必須建立公共電視。

附註

❶ 熊純生編，《辭海》（增訂本）（台北：中華書局，民國七十七年）頁二七七。

❷ 李　瞻，《新聞學原理》（台北：黎明文化，民國八十一年）頁二七六。

❸ Milton S. Eisenhower, Commission Statement on Violence in Television Enterainment Programms (Washington, D. C. National Commission on the Causes and Prevention of Violence, 1969.)

❹ Llewllyn White, American Radio (Chicago: University of Chicago Press, 1947) pp. 3-4.

❺ Harry J. Skornia, Television and Society (N.Y. McGraw-Hill, 1965) pp. 143-226.

❻ 同❷，頁三一七—四一。

❼ BBC Handbook（London: BBC, 1989）.

❽ 李　瞻，《電視制度》（台北：三民書局，民國七十七年）頁八三—四。

❾ Japan's Mass Media（Tokyo: The Foreign Press Center, 1986）pp. 57–58. This is NHK（Tokyo: NHK, 1989）pp. 4–6.

❿ Ibid. pp. 48–49.

⓫ 同❽，頁一二四—六。

從文化角度看大衆傳播的社會責任

廖峰香

一、前言——文化與傳播

文化是人類交往的結果，是社會互動的結果，它有我們看不見的部份，也有我們可以感覺到、看得見、聽得到，甚至嘗得到的部份。

傳播是人類一切事務發展的動力，是一種社會過程。

所以，可以說，文化使人由「生物的個體」成爲文明世界中的「人」，傳播則是實現這個過程的重要因素之一。

傳播對文化之所以重要，正因爲它允許人類把過去的經驗與知識累積起來，由此而漸漸進化，漸漸產生文明。如果，沒有了這個能力，人類將和其他動物一樣，停留在原始不前的階段。

傳播對文化的形成功不可沒，但正如文化影響了人格、價值觀，以至於社會組織的結構與運行，文化也影響了傳播行爲的模式與傳播系統的演變。

近數十年來，科技的發達使傳播活動由個人擴張到群衆，由一個社會裡的群衆又擴張到國際的層面，再由國際性的傳播到今天所流行的「資訊社會」（Information Society），把資訊視爲一種產品，一方面可以自由買賣，一方面又是國家發展的最新階段。

科技的快速發展，已將傳播活動推到時代的最尖端，文化對於傳播的影響及意義，反而成爲科技的影子，時隱時現。甚而，現代大衆傳播事業也在科技浪潮的衝激與社會結構改變的影響中，逐漸淡化了文化傳承的功能。

事實上，由於尖端傳播科技在促進開發中國家現代化方面遭遇了嚴重的困難，暴露出媒介分佈不均勻及國際間消息與資訊流通不平衡的兩個現象，才引起傳播學者關注媒介帝國及文化侵略的問題，文化也才受到傳播研究的重視。

以文化的觀點分析傳播、期望傳播，不僅在企求平衡國際傳播與國家發展，尤其更在強化傳播所擔負的傳遞文化的社會功能。傳遞文化的功能就是把一個社會的傳統文化傳交給社會新的份子，新的一代，即是將上一代的文化傳給下一代。其實大衆傳播不僅傳遞文化而已，更甚而使文化發生變化。

美國傳播學者Bernard Roseuberg在「大衆文化—美國通俗藝術」一書中指出：大衆傳播媒介對於人的「自主性」（autonomy）形成威脅。因爲傳播媒介的出現，替代了人們的感官。人們透過報紙、電視等各種傳播媒介觀看環境，媒介並爲閱聽人（Audience）解釋環境，使大家對世界的看法漸趨一致。這種無可避免的通俗性，破壞了一切藝術、知識、倫理的形式，造成文化的損傷。

加拿大學者Marshall Mcluhan則從另一角度觀察傳播媒介與文化的關係，他是一個「技術決定論者」，認爲媒介的內容不足以影響文化，眞正影響文化的是媒介的本身。就是透過不同感官接受訊息，會有不同的結果。例如印刷時代人們透過書籍獲取訊息，思想方式呈有先有後的思想特質。電子媒介時代，各種訊息同時出現刺激各種官能，使人好像受到按摩，看世界的方法乃大異於印刷媒介的人。

不論從大衆媒介的內容層面或是技術層面看，即使與文化的互動關係略有不同，但不能否認，大衆傳播是一種個人意志和行爲的影響過程，也是一種社會的行爲，必然對文化的發展有一定程度的影響。

大衆傳播組織化的媒介，具有極大的公共影響力，由於媒介本身力量之宏大，及媒介操縱者是人，容易發生角度的偏差。故而大衆傳播媒介必須受各種社會規範約束、道德力量制裁，以及從事者本身之自我約束，以求得最理想的功能發揮，推動社會的進步。

總之，大衆傳播在現今社會、在文化內涵和社會大衆之間，扮演著歸納、整合和投射、擴散的作用。就歸納、整合方面而言，不論在人文現象或文化實物的表現，傳播媒介是一個公開的資訊管道，它歸納專家的觀念和技術，整合專業知識，透過媒介傳送，吐納文化傳播所涉及的觀念和脈動。就投射、擴散作用而言，由於傳播媒介是工業化的產品，它本身必須適應工商社會的本質，不能脫離於商業性。而媒介之主控者是人，投多數人之所好是難免的趨勢，在努力創造精緻文化與擴散大衆文化的同時，傳播媒介應該隨時調整其運作方向。

期望傳播媒介具有文化的內涵，正如把漂亮的瓶子裝入香醇的美酒般相得益彰。從文化的角度要求大衆傳播媒介的社會責任，無非就是如同我國古代對文人有「文以載道」的期許，具有同樣的意義。

二、大衆媒介與文化傳播

傳播媒介是現代行爲科學中一門新興的學問，它代表著加速傳送訊息的觀念，與激發大衆共鳴的方法。利用文字、形象、符號、聲光等的視聽媒體，經過刻意巧飾技術的設計，冀圖從扣人心弦的感性濡化過程中，收到甘心接納的效果，故亦可稱其爲社會心理衛生與心理作戰之利器。

其實傳播媒介的本身，祇是一種方法、一種手段或一種工具而已。它必須仰賴題材資料以豐富其內容，必須接受政策導向始不致誤入歧途。它必須在正確的文化導向、與豐富的文化內涵融會結合中，才能產生光輝活力的輿情，和啟迪人性向上的節目。

就文化層次分析，傳播媒介藉精巧設施而製造娛樂性節目，以達縱情歡樂的目的，予人感官一時之滿足，畢竟都僅止於感性文化層面。傳播媒介可提昇到文化的知性境界，發揮社會教育的功能，建立全民文化共識、培養奮發意志，促進社會安和繁榮。傳播媒介進而與精緻文化相結合，也就達到了理性的層面，是爲文化傳播。因爲精緻文化有其豐富的內涵與格調，從哲理而科學，從文學而藝術，從人類學而行爲科學，揉合傳統到創新，融合古典與文明，展現出民族風格、國民氣質、生活態度、思想信仰，以鑑往知來的高瞻遠矚、追求人生眞理、散發人性光輝，以啟迪內在心靈之美。

事實上，就文化的意義而言，文化可以說是民族存亡絕續的命脈，原不必分層次。但自從大衆傳播媒介隨著科技的發展，而有無遠弗屆的效果以後，使各民族甚至同一民族各階層之間所固持或欣賞的文化，彼此產生交流，本土的傳統文化，可能發生變動，甚或喪失其原來面目。故關懷文化發展的學者們，提出「文化侵略」的警告，呼籲保持固有文化，準此將文化區分層次，正可以提醒社會重視大衆傳播對文化發展的影響。

在以基層民衆爲組成重點的社會，中等文化和粗俗文化所佔比例當然遠比精緻文化要多，然而如前所言，精緻文化乃反映一個社會之優秀份子表現在美感、知識和道德上所從事嚴肅認眞的創造和修飾成果，這與通俗化、鄉土化的大衆化自然有所不同。一個社會的文化典範往往是以精緻文化的傳統爲其表徵：而其文化素質也以其所表現之精緻文化的傳統爲評價基礎，這是自然的現象。

傳播科技陸續發明與精進，帶給人類生活的衝擊，一如工業革命，由於資訊的迅速流通，使人類社會結構產生了快速變化；在傳播媒介發達的社會，人們交往的速度加快，接觸範圍擴大，心胸因而開闊，並因而培養了每一個人的群性與社會觀念。

以此社會情境，就理想而論，人們原可以寄望於傳播媒介的擴散力量，將文化生根、將文化擴散，原植文化基礎，提昇文化水準。然而，就實際來說，由於傳播媒介經營受到商業化的影響，報紙講發行份數、電視講收視率、電影講賣座、出版商講暢銷，一切傳播內容不免成爲商業文化的產物。大衆傳播迎合大衆品味，遂形成所謂大衆文化，其特性就在重感性，只有感性文化才能獲得大衆共鳴，間接輕忽了高級文化所重視的創造與天才。

更甚者，大衆文化具普及性，不需特別秉賦與訓練，往往是感官的追求與滿足，好逸惡勞與追求簡易等特性，往往抹煞個性、創作力衰退，而凡此種種卻正是人類創造精緻文化與高級文化的原動力。

再則，如傳播媒介的內容產生誤導與偏差，促使人們講求現實功利，淪落追求慾望的深淵，則社會本身不但缺乏主動力量來鼓勵和培養欣賞精緻文化的性向和能力，反而直接地打擊了創造和使用精緻文化的動機。若依麥克魯牟媒介技術決定論的觀點，則每一種媒介都是「人的延伸」，不止劇烈地影響到人類的感官能力，而且觸發社會組織的巨變，也再次印證了大衆傳播媒介是助長大衆文化繁衍的主要擴散者。

然而傳播媒介卻不可因爲精緻文化難以被大衆接受爲理由，而不去從事發掘其豐富的文化資源，尤其就文化傳播的觀點看，相反的應該更加重視，大力引導社會大衆去學習精緻文化，去體認自身的文化，進而影響大衆對傳統文化建立共識，爭取傳播的自主導向。

當然，如果過度閉關自守，必然使我們失去許多文化交流的機會，也會錯失學習參考外人文化長處的良機，但毫無選擇的流入，其所滋生的流弊恐亦不堪聞問，故如何保持資訊的合理流通，又能爭取文化自主權的獨立自主，卻是今日大衆傳播媒介必須面對的問題，也是大衆媒介在現代社會中克盡其文化傳播的角色功能時，值得深思的課題。

三、大衆傳播與社會責任

社會責任（social responsibility）的概念，原來是在一九四七年由美國霍金斯委員會首先提出的。其主要觀點認爲新聞界是爲促進社會進步而運作，以刺激讀者產生對社會負責的行爲。這也就是說，大衆媒介的內容應該反映社會良知（social conscience）；媒介工作人員應該參與政治過程，而不只是報導既成的事實；媒介應作大衆福利之守護者，在必要時應鼓勵政治行動。

簡言之，社會責任的概念，暗示新聞事業須先承認一個前提，即它們必須服務社會，才能保障它們的存在。其主要概念在強調下列原則：

1. 報業應該接受並完成對社會的責任。
2. 報業的社會責任有賴於教育性、告知性、眞實性、正確性、客觀性與平衡性之專業標準來達成。
3. 報業應在法律與現成之機構的架構之內作自律。
4. 報業內容應避免導致犯罪、暴力、破壞社會，更不可侮辱少數種族或宗教。
5. 報業應反映社會的多元層面，報導各種不同的觀點，並給公衆有答辯的權利。
6. 社會大衆有權利要求報業提高品味，而且可基於公衆之利益，干預報業的運作。

在社會責任的概念內，新聞自由是要受社會大衆與報業自律之約束。至於報業自律之緣起，乃由於對新聞自由的爭議而引發。通常認爲，新聞自由的目的，在保障個人權利與社會公益。所以顯然不能爲了享有新聞自由，而危害個人與社會的權益。但如何才能使三者保持適當的平衡，則是一個甚爲複雜的問題。

因爲，報業是以自由報導與自由批評爲生存的行業，而報導與批評的內容，又均以個人及社會爲主要對象。故報業要維護新聞自由，而不危害個人與社會的權益，便必須在新聞報導與批評意見方面，建立嚴格的專業標準（professional standards），才不致逾越新聞自由的範疇。而這種嚴格的專業標準，就是報業自律（press self-regulation）。報業自律的理由，主要認爲外力強制，僅能消極防止報業腐敗的傾向；但優良報業，必須積極求諸掌握報業人員高度的道德感與責任心。

報業自律的觀念，導源於報業強大的影響力；而社會責任的概念，就在建立自由而負責的報業：報業享受新聞自由的特權，便必須擔負社會責任。

社會責任的理論乍起時，亦曾遭遇阻撓與反對。但自一九五六年，三位最孚聲望的大衆傳播界泰斗希伯特、皮特森施蘭姆，出版「報業的四種理論」（Four Theories of the press）一書，以哲學、政治學與歷史學的眼光，研究報業理論後，社會責任論乃成爲理想自由報業的燈塔。

事實上，在「社會責任」的概念被接受之前，報業提出自律的主張之後，其他的傳播媒介，如電影、廣播、電視等，也都分別制定信條，實施自律，雖然此等信條主要目的都是防禦性的，而不完全爲積極的服務社會而定，但起碼可以確知大衆傳播媒介的事業者，早已有社會良知的共識，也更進一步確定「社會責任」的觀念事實上不僅祇適於報業，同樣適用於其他大衆傳播事業，尤其是廣播、電視等媒介，其所使用傳播的頻道、頻率等，是屬於公共的資產，是公有的，自然需要在進行任何傳播活動時，不論是新聞的、戲劇的、文化的等節目，思考並注意到其負擔的社會責任。

從「社會責任論」提出的背景觀察得知，其主要是探討自由報業的新聞自由問題，認爲美國的新聞自由已危及社會大衆，理由爲：㈠社會大衆接觸媒介、發表意見之機會愈來愈受限制；㈡新聞界未能滿足社會之需要；㈢新聞媒介的業主所從事的活動，往往違反社會道德。因而，「社會責任論」被提出確定後，其要求政府確保新聞自由，要求新聞界履行服務公衆的責任，要求公衆協助提昇新聞界服務社會。尤其是在針對新聞事業方面，皮特森在「報業的四種理論」中，更具體地提出社會責任論的報業應具有三大前題：㈠自由與義務相伴而生，報業在享有特權的情形下，必須對整個社會負責，以履行當代社會中大衆傳播的基本功能。

㈡報業要了解其應負擔的社會責任，並以此爲營運政策的根本。

㈢如果報業沒有負起社會責任，則其他機構需負責使傳播媒介的基本功能得以實現。在社會責任論下的報業，與自由主義理論一致，有六大基本功能：㈠供給有關公共事務的消息、討論、辯論，以利民主政治制度之實施；㈡啟迪民智，使民衆有自治能力；㈢保護個人權益，免受政府干擾；㈣透過廣告媒介，促進經濟制度之發展；㈤供給消遣娛樂；㈥維持經濟上的自給自足，以免受特殊利益之壓力。

社會責任的概念雖然來自於美國，但是演變至今，仍然是不分東西方，大家認爲比較理想的傳播哲學。而且以當今大衆傳播科技之突飛猛進，其對社會、對公衆、對個人影響之大，更有甚於過往，相對的要擔負的社會責任與公共義務就應該較過去爲殷。大衆傳播事業亦當深信除了追求企業本身的個別利益外，更應自動服務社會公益，負擔社會責任。

大衆傳播媒介是社會之公器，也是反映民意、教育民衆之重要工具，故大衆傳播工作者與傳播媒介更應恪遵傳播道德規範與專業知識，時時自我約束，以善盡對社會之義務與責任，換言之，大衆傳播機構與從業人員應以自由與責任並重，商業與文化並行，才能享受充分的新聞自由。

四、大衆傳播與「文化化」（Enculturation）

「文化」的定義可能難以統一定義，但大致上一般人都同意社會科學家們對「文化」給予通俗的意義爲：文化是由人類經由一代又一代相傳、累積而成的總和，也就是文化是個人作爲社會上一個成員所得到的，包括知識、信仰、藝術、法律、道德、習俗和任何其他能力的一個複雜整體。因此，文化固然有其延續性，有其複雜面，各文化之間自然也就有其獨特的差異。換言之，任何一種文化都強調某一種思想和行爲的型態，同時也忽略或根本缺乏一些其他的。

文化是沒有完全相同的，具有不同文化背景的個人，當然也應該比來自同一文化的人差別更大。而就以文化通俗的定義看，文化與個人之間的關係極爲密切，文化影響個人，但創造文化、使得文化改變、興盛或衰落的，也是個人，或一群個人。

根據社會科學的研究綜合可以得知，文化提供了個人學習的環境和學習的內容，文化也影響了個人人格的形成和社會價值系統的建立。這一切的影響與作用，都可視爲是「文化化」（Enculturation）的結果。

「社會化」（Socialization）是一個大家所熟知的觀念，「文化化」則較少爲人提及，因此多數研究大衆傳播對社會與個人的影響，則大半從「社會化」的角度著手，較少注意及「文化化」。事實上，正如「社會」與「文化」間的關係密切，「社會化」與「文化化」也是不可分的，其間唯一的不同，是「文化化」除了將社會的價值觀念、行爲準則傳給下一代，還包涵了更深刻的內容。我們甚至可以說，「文化化」包括了「社會化」，但是範圍比「社會化」更廣，在「社會化」的過程當中，一個人學習如何在他所身處的社會中生存、與人交往、取得立足之地。在這同時，他也漸漸了解孕育了這些價值觀念與行爲標準的整個背景與過去的歷史。這由許許多多世代所累積下來的經驗、習俗、信仰與人生哲學是個人所身處的社會的基石，也是個人的「根」。由此可見，文化對人的重要性是不容置疑的，只是因爲「文化化」的過程與日常求生存與求知識的事務如此緊密地相連，所以我們通常渾然不曾感覺文化在無形中的影響。

當傳播蓬勃之後，在實現「文化化」過程中所佔據的因素更重要，所扮演的角色功能也愈直接。尤其在高科技大量運用於大衆傳播媒介的今日，大衆傳播與文化化的互動，則更是一個刻不容緩的任務。

早期研究傳播的學者拉斯威爾曾提出的傳播社會功能的說法，認爲傳播有三種重要的社會功能：第一是守望環境，其次是協調意見，第三是傳遞文化。其實這三種功能，廣義言之，都與「文化化」有關聯，如果以較狹義且直接的觀點看，則「傳遞文化」的功能則更進一步說明了大衆傳播對「文化化」實在具有義不容辭之功能，當然再從「社會責任論」對傳播事業的要求與期望而言，大衆傳播自是理所當然要肩負起「文化化」的社會使命。

如同前面提及，美國學者Bernard Roseuberg強調大衆傳播媒介對於人的「自主性」形成威脅，這種特性不但造成了通俗文化的繁衍，也說明了大衆傳播媒介在現代社會中對人與社會的影響，如同「第二個上帝」，有形無形地主宰了人的生活與社會的轉向。從文化的角度看，鑒於大衆傳播媒介無遠弗屆、大衆傳播無所不及的影響力，期望其能在文化化過程中發揮衆面的功能，提昇文化的品味，實不算苛求。但是要探討其對文化的可能影響，也許也應該就大衆傳播媒介的性質加以分析。

一般而言，大衆傳播媒介具有下列幾種性質：

㈠單方向的傳播：大衆傳播媒介是單方向的，因此大傳媒介無法得到立即的回饋，媒介必須從其他方面來推測閱聽人對其訊息如何反應。

㈡必須出售閱聽人之注意：在自由經濟制度下，營利是傳播媒介經營的必要手段，而它的方式有二：出賣產品本身及出售閱聽人的注意，這就是廣告。

㈢科技的倚賴：所有大衆傳播媒介都必須依賴科技，而每一個社會都少不了大衆傳播媒介，一個國家科技的強弱及傳播環境都直接影響到大衆傳播事業的發展。

㈣屬於文化的上層建築：電影、電視等這些文化產品是文化的上層建築，這些上層建築要靠基層建築—包括文學、音樂、戲劇、舞蹈、繪畫等作爲基礎。所以大衆傳播事業的良窳，必須依賴基本文化建設。

從以上四點特質看來，大衆傳播對文化的影響，將衍生四種結果：

㈠單向傳播：傳播媒介由於不能由直接的方式得到回饋，只有從別人的「成功」中，去推想、揣測某些「模式」而一窩蜂的仿效，根本無暇顧及文化問題。

㈡出售閱聽人的注意：通俗易懂、訴諸基本感官的東西，比較能得到人們的注意，所以造成傳播媒介普遍的通俗化。

㈢科技的依賴：科技弱的國家必須仰賴科技強的國家來發展本身的大眾傳播事業。影響所及，弱國出產的文化產品，必然次於強國的產品。而這些先進國家的文化產品以強勢地位侵入落後國家，使得落後國家不得不以「保護政策」來維護自身大眾傳播事業的生機。

㈣文化的上層建築：我國雖有豐富的文化資產，但似乎並未有整體的文化政策，長期規劃維護及宣揚，故今後祇有從加強基層文化建設為當急課題。

文化對人的重要性不容置疑，大眾傳播對社會的影響也是有目共睹，因此可以確定，大眾傳播與文化化不能分離的關係，即使大眾傳播媒介的特質多少顯露其對文化影響的潛在弱點，但並不意味大眾傳播可以逃避其傳遞文化的功能，也並不能以此減免社會大眾要求其服務文化的社會責任。

五、結語

文化使人文明化，而傳播則是實現文化化過程的重要因素，兩者之間，基本上，亦將文化與傳播媒介看成一體兩面，相輔並行而不悖。文化重於理想層次的提昇，傳播媒介具有引人注意的技巧，文化需要運用傳播媒介以擴大其影響，傳播媒介需要文化的內涵，而增進其品質與水準。是故，大衆傳播即使有其現實的侷限，仍應極力突破，與文化充分配合，共同致力於移風易俗的文化傳播使命。

何況，在傳播的良知與共識上，社會責任的概念也建立起大衆傳播應以服務社會爲目標，同時亦應將大衆傳播視爲一種教育工具，必須負起像教育家一樣的責任，澄清社會的目標與價值，充分利用傳播媒介所具有相當的滲透力，普及文化，造福社會。

以文化的角度，期望於大衆傳播媒介的自當是發揮其文化功能，在傳播的過程中，能有心地注意到民俗文化的整理及普及，也能在傳遞的訊息中講求健康生活文化，並逐步提倡和推動精緻文化，樹立強烈的文化傳播的社會責任及使命感。

文化傳播是一項細水長流的工作，是持續不斷的，文化傳播的使命是不容因時間、地點的不同而間歇止息。不論就國家和民族的命脈看來，或者就社會和個人的需求而言，文化傳播的重要性，都是不亞於其他任何物質層面的傳播。但媒介是中性的，科技是冰冷的，而文化是有血有肉的，缺乏了文化的豐盈充實，傳播媒介再怎麼運用進步的資訊科技，傳播出去的總是情趣與內涵。因此，結合文化與媒介（事實上是媒介主宰者），才能使大衆傳播比較明確地朝「文化商業化、商業文化化」的方向發展。

參考資料

中文部份：

1. 王洪鈞：大衆傳播與現代社會，台北：台北市新聞記者公會，民國六十四年初版。
2. 李　瞻：新聞道德，台北：三民書局，民國七十一年增訂版，新聞理論與實務，台北：國立政治大學新聞研究所，民國七十三年初版。
3. 汪　琪：文化與傳播，台北：國立政治大學新聞研究所，民國七十一年初版。
4. 徐佳士：從文化角度評估我國大衆傳播事業，台北，民國七十四年。
5. 張植珊：文化建設與傳播媒介，台北，民國七十四年。
6. 黃新生：媒介批評，台北：五南圖書公司，民國七十六年初版。
7. 鄭貞銘：大衆媒介與文化傳播，台北，民國七十四年。

外文部份：

1. F. Balle: Médiaset Sociétés, Paris: Mentchrestien, 1988.
2. F. Balle, G. Eymeri: Les nouveaux média, Paris: call. "Que sais-je?"PUF, 1987.
3. Le monde, dossiers et documents, La feleirsion en 1987.

傳播與文化

從一支籃球隊談起

沈文英

從十九世紀中期開始，美國籃球與報紙的成長是平行的，一直到今天，都維持一種共生的關係。籃球已成爲全國性的娛樂，不論是職業或業餘比賽已成了美國最大的社會組織之一。如果我們說美國人對於誠實及公平遊戲的文化價值經由報導籃球賽的種種而得以一再加強亦不爲過。

一個針對一九八四年籃球季的研究顯示，芝加哥論壇報用了以下六對相對的價值去描述籃球賽的成功及失敗：贏和輸、傳統和改變、團隊精神和個人主義、工作和遊戲、年輕和經驗、合理和運氣。有關芝加哥小熊隊的運動報導反映了美國文化價值集叢，對於小態隊的成功提供一個解釋的架構。每一對的價值都爲對立的另一方提供解釋。例如，用輸來解釋贏，表示輸球只是暫時的挫敗，因爲再好的球隊偶而也會輸幾回。結果這支受歡迎的小熊隊籃球的輸贏，往往被拿來做爲人類本身人生際遇的隱喻，比方說即使最好的人也難免會有失誤。（Trujillo and Ekdom,1985）

爲什麼要談傳播與文化

文化是限制行爲者及他們行動的一套決定性的規範、價值、意識型態及習慣的綜合體。它也可以是一個政治名詞，意指把一個社會中在集體經驗中所發現的意涵結合起來。這些涵意及涵意的產生就建構了文化。

當代的西方社會是介入社會權力爭鬥的不同團體所組成的綜合網。依據人口統計或心理描繪的性質如：性別、種族、宗教、年齡、出生地、職業、教育、政治取向可區分這些團體的特質。文化的政治面是動態的，主導團體盡力去維護他們的影響力，而次級團體嘗試去獲得文化意涵的控制權。

現象與文化是密不可分的，受它原生的文化所存在之事物的影響。也就是說母文化中的原素是用來解釋及評量該文化中有意涵行爲的可能標準。現代傳播批評體系正是如此。因爲當我們的文化是被大衆傳播媒體所主導，文化批評體系便經常與用來評量大衆媒介的有意涵產物的模式有關。（Rybacki, 1991）

以文化爲基礎的批評體系能解釋、分析及計算像在美國歷史中能引發民權、女性主義、反核、環保運動的抗爭及行動。同樣的，以文化爲基礎的批評體系也能解釋、分析、計算大衆文化產物的普遍性，譬如：電影、歌曲、電視、節目、書及報紙，因爲經由這些媒體，視聽衆能夠學習或加強文化規範、價值、意識型態、習慣，就像前面所提到小態隊的體育報導所解釋的價值觀念一樣。

文化如何探討傳播

就像麥克魯漢的宏論「媒體就是訊息」所言，以文化爲基礎的批評關心的是一個訊息是如何被它的媒體模塑出來。因此當我們要做文化評斷時，我們會考慮促成這個文化規範、價值、意識型態及習慣的社會、政治、經濟力量，從而在判斷有意涵行爲及其傳播媒介時也同時考慮這些背後的驅使力量。

經由文化來探討傳播是因爲有意涵的行爲——特別是那些經由大衆或通俗媒體所傳遞的，可以說就是一個文化的社會記錄。這種文化探討所關心的是訊息及媒體如何反映社會價值以及大衆媒體的通俗文化工業如何剝削這些價值（Wander,1981）。一個文化批評也許會爲某一抗議歌曲下評論，視它表現了違反價值的建立，而音樂工業也許正好相反的，經由大量管銷及演出促銷這首歌的流行而建立了另一套可能很矛盾的價值觀。

經由文化探討傳播並不依賴單一的理論，沒有任何探討能被認定是唯一的文化探討，因此文化的探討比較起來是最有機的。但是雖然從文化的觀點會使我們在進行探討時有很大的可能性，所有的研究路都跟從一個基本過程。通常這個過程都是以「訊息」開始，我們可以叫它做「內容」，然後展開什麼在訊息中可以發現的研究方法。之後，再檢視在有意涵行爲及傳播媒介所發現的正面事實與負面事實能建立什麼樣的觀點。

文化探討中的正面事實是我們經由對內容及媒體的直接觀察可以發現的（Wonder, 1981）。比方說，我們可以計算一個恐怖電影中對女性的暴力頻率有多少，對男性的暴力又有多少。負面事實就是我們在內容及媒體中沒有看到的，但是對文化探討卻同樣重要。比如說，在美國的黃金時段的影集，很難看到西班牙裔、亞裔、老人的角色。

但是單單計算這正面及負面事實只是一個開始。除了蒐集這些資料，我們必須去解釋它。這是文化探討中最主觀的部分。因爲我們如何詮釋一個事實是很主觀的由我們自身的信仰、態度、價值所決定，因爲這本身就是自我文化的一部分。比方說，如果你是一個比利時裔的高加索人，對於你所觀察到的電視節目缺乏亞裔英雄的角色這種負面事實可能並不重要。但是，如果你是一個亞裔，缺乏亞裔英雄的角色可能可以告訴你一些亞裔美國人在美國文化的社會、政治、經濟狀態。不論正面的揭露或負面的遮蓋，你因此能決定它們反映了它們所源自的文化。

由文化觀點來探討以及發展的方法論是一個推理的過程。在我們觀察到的「有」和「無」中，經由文化推理來解釋我們的發現。就像研究者觀察芝加哥論壇報有關芝加哥小熊隊，在這些報導中發現到成對的價值，而據以歸納這些報導能告訴我們美國人是如何借重這些對立的價值去解釋他們的人生際遇。

與歸納的方式相反的是用推理的方式來開始。譬如一個馬克斯信徒或女性主義者可以以這些社會結構爲前題做推論，過濾掉在有意涵行爲中所見的正面及負面事實，並爲這行爲所顯示出的母文化提出結論。

以文化出發批評傳播的可能模式

不管是推理或歸納，對意涵行爲的解說爲傳播批評體系有機地創造出一個文化模式。所謂的模式是一個個別的探討，它是能對一個富涵意行爲舖陳出問題及回答的原型，我們可以使用自己選擇的文化觀念創造自己的模式。也可以參用現代傳播批評體系所衍生的文化模式。這些模式可歸納成以下三種：主題模式、徵候模式、教義模式（thematic models, symptomatic models, and didactic models）。

主題模式是以修辭學理論爲基礎。它們可能是歸納也可能是推論。目前以推論法用得較多。像傳統的、戲劇的、趣味型以及口述型是今天學者及學生經常使用的。因爲他們的發展非常新，歸納型的發展直到最近才在一些專論中出現。

徵候模式則主要是歸納式的。他們認爲有意涵的行爲是更大的社會論題的索引或徵兆。特別是那些深植於通俗或大衆文化的行爲是社會意識的象徵，能夠證明什麼價值對一個文化是重要的。這個模式可以從一個歸納到好幾個，當用在別的地方時，也可以用來推論。這個模式常被用來建立社會價值模式或社會心理模式。

教義模式則主要是推論型因爲他們經常是從一個意識型態的觀點來引發的。他們認爲有意涵行爲是用來傳遞一個文化中的觀點和理念的手段。藉著整合傳遞這些觀點和理念，這種模式也可以歸納型進行，就像一些對社會運動的分析及批評。

之所以要將文化對傳播批評體系的探討抽離出來是爲了凸顯文化模式的價值取向或一個研究的意識型態本質。文化是一個綜合體並且經常隨著社會、政治、經濟的驅動而演化。因此在我們的文化及次級文化中有許多的選擇可以創造我們自己探討的模式。

傳播影響文化的時代趨勢

「傳播媒介對我們的影響是以我們感知以及我們和週圍的其它人及環繞著我們的世界相互互動的方式進行。」這是麥克魯漢在七〇年代革命性的新論。到了八〇年代，兩本有關文化思潮的書——「第三波」及《大趨勢》則以更大的轉變來看待廣播、電視這些傳播媒體一律成了凸顯「電子革命」特性的證明。為仍停留在第二波思潮的人們帶來不同的世界觀，對自然、演化、進步、時間、空間的觀念有深刻的改變。因為第二波文化強調的是將事情抽離出來個別研究，而第三波文化強調脈絡、關係、完整性。（Toffler, 1981）

在一九八二年出版的《大趨勢》這本書中，作者列舉了一〇個美國前瞻性的趨勢，有許多仍然可以做為我們的參考：

1. 我們已從一個工業社會轉移到一個資訊社會。資訊不是只告訴我們產品而已，它會告訴我們所有的關係，特別是社會及工商業界的研究。

2. 我們是向高科技邁進，把高科技與人類的反應相補相成——這是對觀照人類經濟、社會關係重要性的體認。

3. 我們必須體認我們是全球經濟的一部分，不再會在一個自己國內、隔離運作的、自給自足的經濟系統獨享奢侈生活。傳播及運輸科技的發展會使我們放棄國際關係中——特別是西方與東方溝通——的基本立場，使得本土性的經濟運作成了沒有必要的障礙。

4. 我們將會從只考慮短期報酬的社會轉為長期的。這正是日本、中國、非工業化人們（

包括我們祖先）經常採用的經營方式。

5. 在城市或各洲的小組織或分支機構，我們重新發現基層拓展及成就的能力，這也能解釋爲何對品管圈的興趣最近上昇（這原是美國人發明的，被自家人拒絕，而被依賴心重的日本人撿來用）。

6. 在我們生活的各方面更追求自立而非過度依賴組織體系。

7. 代表民主制在資訊立即可得的時代已經過時。也許我們不是很同意這種強烈論調，但是我們至少需要重新檢視在資訊改革後我們的政治下層架構是否恰當。

8. 我們會放棄對階層制度的依賴而較喜好非正式的組織網，這種趨勢對商業界特別重要。並非全然放棄而是尋求正式與非正式的組織網間一個最好的混合以使一起工作者雙方都得到互利。

9. 更多的美國人離開北部老舊的工業城，遷徙到南部及西岸。這使得太平洋區域更顯重要，因爲就是他們的投資幫助了美國西部和南部的發展。

10. 在某些特定範圍內，我們已經進展到多元化社會，我們也許不喜歡被按上多頭馬車的標籤，但至少我們必須承認傳統的「將蛋放在幾個不同的籃子裡」是一個保險的做法，並有它的智慧道理。（Naisbitt, 1982）

這些改變的趨勢與工業時代主要的不同是強調整體而非片段、完整的系統化而非單一元素，次級系統的回饋關係而非隔離；並修正工業時代以線性、不相關、數據的方式去分析跟世界有關的事務而發展出一種更直覺、非科技導引的系統。這種趨勢反映在傳播文化上可以用麥克魯漢對視覺藝術的一段描述來形容：「……立體主義，讓我們在兩度空間裡看到裡面和外面，上面、下面、背面，以及前面和其它部分，以透視的幻覺手法使我們很快地感受到整體的意涵。」（Mcluhan, 1964）從而我們可以觀察到最近傳播科技的發展趨勢是以非單一、非線性觀點的多重化、多元化、整體化的媒體整合走向發展的。

在《大趨勢》的分析當中，可以看出二十一世紀時，亞洲及太平洋地區的重要性相當被看好。因此西方對東方的研究與溝通也勢必更加頻繁。過去溝通可以被定義成「個人與個人間經由一套符號系統交換想法」，而現在可以再加上團體與團體間，西方與東方間的定義。但是，東方與西方不只是符號系統不同，連語言應如何使用都大不相同。因此，在進行文化間傳播（intercultural communication）時，很難避免不把因爲文化而產生的預設態度和心理帶進來。從而發生心理學家所提人際間傳播（interpersonal communication）會產生的「認知不協調」（cognitive dissonance）。這時，我們要關注的不只是訊息和媒介而已，還必須關注人們在送出及接收訊息時所表示的意涵。（Walls, 1988）

當西方媒體遇上東方文化

我們可以舉泰國做爲例子，說明西方的傳播媒體碰上東方文化時，會遭遇到的問題。泰國是東南亞國家中，少數未淪爲歐美殖民地的國家，也是一個歷史悠久具有傳統獨特文化的國家。值得我們關注的是泰國希望能躋身爲新興工業國家，因此這有可能使它成爲一個外銷導向的經濟，在國際貿易上提供各種商品，而使它原本自足的農業社會結構受到根本上的衝擊。

大衆媒體在泰國呈壓倒性的成長。一九八一年的統計顯示，那裡有二一三家日報及周報，一三〇家雜誌，二六二家廣播電台，九家電視台，四七五家定期放映的電影院，成百的流動電影單位，及相當普遍的錄影帶及錄音帶。雖然，廣播與電視台是由政府控制的，但除了非常的少數是完全由政府補助，其餘的全靠商業經營來運作。

商業運作導致競爭，結果現代的通俗節目比傳統節目，在製作技巧、播放時間、成本投資上都獲得更多的照顧。因此傳統節目不是數量遞減就是爲了迎合大衆口味而改變演出內容。不論是正面還是負面，大衆媒體對於觀衆對傳統的價值觀、行爲模式、演練帶來大量的改變。在一些特定的領域例如：宗教、性、暴力、教育、語言及傳統表演藝術，尤其可看到明顯的影響。

現在，我們舉一些在宗教方面的實際例子來檢視泰國文化所受到傳播媒介的影響。既然百分之八十以上的泰國人是佛教徒，因此，將針對佛教來討論。傳統上，寺院和尚傳授教義是在滿月、半月及缺月的日子。今天，著名的和尚卻被邀請在星期天上電視上課。更甚的是，爲了吸引更多的觀衆，他們把具特色的傳道方式改成現代的演講形式。

有一些佛教寺廟則利用大衆媒體來傳佛教。最著名的例子是聖阿蘇卡教派（santi Asoke group），它結合六個省的總部，不用直接的講授而用錄音帶、海報、期刊來解說佛教教義。而注重靜坐的泰瑪開教派（The Thama kai group）則在星期天早上教人靜坐。還有的是在收音機播放寺廟梵音以提醒忙碌的聽衆的慈悲心。（Virulrak, 1983）

從大衆傳播對宗教的影響可以反映出泰國傳統價值及行爲型態有許多改變，雖然在教育、社會及環境上，大衆傳播媒介帶來較好的改變，但是因爲大衆媒體商業化的剝削對泰國傳統有許多負面效果。另一方面，大衆傳播媒體在泰國快速成長，政府計劃爲泰國所有的村落裝上電力。這意味廣播及電視會到達最偏遠的鄉野。而他們傳統式的生活型態會隨著現代化的發展而產生變化。

隨著泰國人愈來愈暴露於大衆媒體下，如果大衆媒體一直以商業化運作，泰國的傳統文化的存活將是一個嚴肅課題。

移植傳播科技的反思

再一次，泰國經驗提供了我們對移植傳播科技多方面的思考。在一九八五—一九八六年的經濟衰退之後，泰國經濟以前所未有的比例成長，工商業界及政府官員都希望泰國經濟能在一九九〇年代繼續保持這種指標。但是一九八八年泰國發展研究院的研究卻發現，雖然工業化的水準提高了，國民所得分配卻未改善。有錢的更有錢，沒錢的更沒錢。換句話說，經濟成長未帶來國民所得平均的分配，特別是泰國是這麼重視階層組織的社會。如果我們知道拉丁美洲在一九六〇—一九七〇年代的發展過程就知道要改善國民所得平等是很難做到。如果社會及政治不平等，經濟平等是不適合做爲一個國家的發展目標。

之所以會針對傳播科技的轉移來討論是因爲傳播科技特別是電子通訊（包括衛星及電腦）

是世界成長最快的經濟活動。OECD—經濟合作及開發組織估計世界年成長率爲百分之八，亞洲爲百分之十．一，另一方面電子通訊科技被許多大規模發展計劃認爲是一定必須的。

科技對一個社會的經濟發展、政治組織、及社會文化價值體系有直接的影響。然而，科技是存在在塑造它及定義它的特定歷史環境裡。如果我們想要促成科技與社會的效益關係就一定要了解那特定的歷史條件。因爲科技是在社會中發展的，與社會的原素及因果相互運作。因此，引進西方科技，而不會同時帶來西方文化是不可能的。科技不是一個能借出再歸還的工具，政治決策者如果只是把它當成手段，認爲它不可能影響自己的文化又同時能獲得西方的進步，幾乎是不可能的。因爲西方科技所顯示之價值很可能與東方既存價值相衝突。（Servaes, 1990）

西方學者也指出架構電腦的意涵所隱喻的觀念與西方工業文化主流的一些基本觀念是吻合的。我們可以很容易的將電腦所推銷的觀念和個人主義、理性、通訊自由、重社交、重健康、拓展及物質進步這些價值觀念聯想在一起。電腦所代表的價值也正好與美國通俗媒體比方「超人」系列電影有驚人的吻合。（Rahim & Pennings, 1987）

另一個值得關注的是跨國合作生產及分配科技。事實上，對第三世界國家而言，跨國合作主要受益者爲供應者及資助者。而且大多數的第三世界國家全然依賴他國發展自己科技能力。這種科技轉移有下述特質（a）求過於供，也就是需求的一方依賴極少數的供應者（b）轉移了過時的技術。（c）缺乏專業人才來整合及推展（d）以相當便宜系統來管銷並提供壓低的硬體價格，然而卻附帶高利潤的軟體合約。（Hamelink, 1984）因此，對泰國而言科技轉移的隱藏成本是值得注意的。

在一九四〇及一九五〇年代許多學者認爲未開發的或「落後」的問題多多少少可機械化地引用西方國家的經濟或政治系統。這是假設文化的不同只是程度上的不同而非種類的不同。這種觀念最後導致現代化及成長理論。用可觀察到的數據來界定一個國家的貧富、社會的傳統或現代，並暗示模倣西方發展可彌補這種鴻溝。

事實上，新的觀點認爲發展並沒有放諸四海皆標準的途徑。它必須是一個整合的、多面的，推理的過程，每個國家都不一樣，因此自己必須找出自己最適合的路線。同時跨國合作的科技轉移應該由地主國導引及控制，創造出本土的科學及技術能力。並且也不要讓跨國科技的進口成了獨斷了最重要的管道。

然而，非常遺憾的，在資訊科技上東南亞協無一採取全盤的政策，並且只有非常少數的研究討論在東南亞推行電腦化或傳播科技會引發的文化問題。

結語

傳播與文化的研究與討論，不論是訊息還是媒介，不論是由其產生的社會來看其發展，或是觀察其本身意涵及影響，都是值得探討的課題。本文僅爲一些基本觀念及例證的初探，希望能引發更多對本土性傳播與文化的關心。

從泰國文化受傳播媒體的影響以及傳播科技移植所引發的隱憂，希望也能讓我們反思在面對我國發展目標及需求時，任何技術的轉移都必須經過審慎的分析及評估。

參考書目

Servaes, Jan. (1990) . Technology Transfer in Thailand: For whom and for what?

Telematics and Informatics, Vol.7, No.1.

Rahim, S., & Pennings, A. (1987) . Computerization and Development in Southeast Asia. Singapore: Asia Mass Communication Research and information Centre.

Virulrak, Surapone, (1983) . Mass Media, Tradition and Change: an overview of Thailand. Media Asia, 1983.

Walls, Jan W. (1988) . Culture and Communication–Aperspective on Asian studies for tomorrow's stadents. Horizon, Vol. 26.

Naisbitt, John. Megatrends, (1982) . New York: Warner Books.

Toffler, Alvin. (1981) The Third Wave, Toronto: Bantam Books.

Rybacki, Karyn & Rybacki Donald. (1991) . Communication Criticism. Belmont: Wadworth Publishing Co.

Wander, P. (1984) The rhotoric of American foreign policy. Quarterly Journal of Speech, 70.

Trujillo, N., & Ekdom, L.R. (1985) Sportswriting and American Cultural values: The 1984 Chicago Cubs. Critical Studies in Mass Communication, 2,262–281.

偏義複詞的文化意義

沈謙

世界各民族的語文，既有共同相通的修辭方式，如譬喻、雙關、夸飾、映襯、擬人、反諷等，也有獨具特有的修辭方式，如漢語中的讓嵌、藏詞、對偶、析字、回文、頂針等。漢語在語言分類上，屬單音節的「孤立語」，一字一形體，一字一音節，一字一本義，兼具音符、形符、義符的作用，較之歐西的拼音文字，不可同日而語。因此，漢語的語言文辭之美與各種辭格之豐美多姿，堪稱舉世無雙。本文針對「配字——偏義複詞」，闡論其義界、運用及其中所含蘊的文化意義。

一、偏義複詞的界義

用兩個相反意義的單詞合組成一個複詞，其中一個詞素的本來意義成爲這個複詞的意義，另一個詞素只是作爲陪襯，這種複詞稱作「偏義複詞」。

在修辭學上，偏義複詞就是「鑲嵌」格中的「配字」。依黃慶萱《修辭學》的分類❶，鑲嵌有四種：

1.鑲字：以無關緊要的虛字或數目字，插在有意義的實詞中間，拉長音節使語氣完足的修辭方式，是爲「鑲字」。

2.嵌字：故意用特定字詞嵌入語句中，詞涉雙關，暗藏巧義的修辭方式，是爲「嵌字」。

3.增字：同義字的重複並列，藉以加強語意的修辭方式，是爲「增字」。

4.配字：異義字的重複排列，僅偏取其中一字的意義的修辭方式，是爲「配字」❷。

「偏義複詞—配字」在各家修辭學專著中，名稱並不一致：

㈠楊樹達《中國修辭學》稱「連及」❸，楊氏舉了若干辭例：

《史記·吳王濞傳》：「擅兵而別，多他利害。」按：利害，害也。

《通鑑》云：「虞翻作表示呂岱，爲愛憎所白。」按：愛憎，憎也。

傅隸樸《中文修辭學》稱「媵詞」❹：古者諸侯嫁女必以娣姪或同姓之女爲媵，媵者主婦之陪伴也，無地位身分可言，故今以爲連類相及之詞之名焉。此類詞本與題不生關係，只因其與題所關涉之主要詞語常相連成辭，有助足語氣之功用，故常以之爲伴詞，不取其義也。

㈡傅氏所舉辭例如：

陸機〈弔魏武帝文序〉：「日食由於交分，山崩起於朽壞。」按：日月相交則食，分則不食也。分字蓋媵詞也。

㈢黃永武《字句鍛鍊法》稱「配字」❺：配字在句中並沒有實際的意義，但由於中國古來語言的習慣，單單一字不能成詞，必須用一配字，語氣方才完整。

黃氏所舉辭例如：

《舊唐書·裴知古傳》：「知古能聽婚夕環佩之聲，知其夫妻終始。」既是「婚夕」，是終始二字意義側重在「終」字。

㈣　黃慶萱《修辭學》稱「配字」：在語句中，用一個平列而異義的字作陪襯，只取其聲以舒緩語氣，而不用其義的，叫作「配字」。

黃氏所舉辭例如：

中央日報社論〈隱憂重重的塞島問題〉：「土希兩個，恩怨已深，累有衝突。」案：「恩怨」之「恩」是配字。

黃氏又明言「配字」之稱，創自黃季剛所云：「古人文多配字，如出師表：『危急存亡之秋』，存字係配字；游俠傳序：『緩急人所時有』，緩字係配字。」

綜而論之，修辭學上的配字，即「偏義複詞」，顧名思義，偏義複詞的名稱及界義也比較明白易曉。

「偏義複詞」的產生，緣於修辭上的「配字」，原本要表達的詞義往往是負面的，用平列的異義詞作陪襯，旨在增加音節以舒緩語氣，同時可以減輕負面詞的不良的感覺，使心理上平衡一些。等到構成習以爲常的複詞之後，就成爲僅僅偏取負面詞義的「偏義複詞」。在漢語語法中，屬於「聯合式合義複詞」的變例；在言辭與文辭的傳播上，尤具獨特的意義與作用。

二、偏義複詞的運用

「偏義複詞──配字」雖然淵源甚早❻，但一直到明代末年顧炎武才在《日知錄》中歷舉古書中的辭例，予以闡論：❼

> 虞翻作表示呂岱：「爲愛憎所白。」（語出吳書）註曰：「讒佞之人有愛有憎而無公是公非，故謂之愛憎。」愚謂：愛憎，憎也。言憎而並及愛，古人之辭寬緩不迫故也。又如：得失，失也。史記刺客傳：「多人不能無生得失。」利害，害也。史記吳王濞傳：「擅兵而別，多他利害。」緩急，急也。史記蒼公傳：「緩急無可使者。」成敗，敗也。後漢書何進傳：「先帝嘗與太后不快，幾至成敗。」同異，異也。吳志孫皓傳注：「蕩異同如反掌。」晉書王彬傳：「江州當人強盛時，能立異同。」贏縮，縮也。吳志諸葛恪傳：「一朝贏縮，人情萬端。」禍福，禍也。晉歐陽建臨終詩：「潛圖密已構，成此禍福端。」皆此類。

顧氏不但列舉古代史書中的許多辭例，且指明配字的原因──古人之辭寬緩不迫故也。清俞樾《古書疑義舉例》也會引以爲「因此以及彼例」❽。楊樹達稱作「連及」，當本於顧氏、俞氏之說。

「偏義複詞──配字」爲漢語中所特有，淵源甚早，流傳廣遠，且先從古書中舉例：

1. 死生契闊，與子成說。

執子之手，與子偕老。（詩經．邶風．擊鼓）

契闊，契也。契，合；闊，離。偏取契義，以形容永不離別，闊爲配字，無取其義。這是戰士離家時對妻子的誓約，早已發誓相約，無論生死永不分開；握著對方的手，一定要白頭偕老。

2.苟利社稷，生死以之。（左傳．昭公四年）

生死，死也。偏取死義，生爲配字，無取其義。意謂：只要有利於國家，必全力以赴，雖死不足惜。

3.外內蔽塞，可以成敗。（管子．禁藏篇）

成敗，敗也。偏取敗義，成爲配字，無取其義。

4.鳳凰上擊九千里，絶雲霓，負蒼天，翱翔乎杳冥之上，夫藩籬之鷃豈能與之料天地之高哉？（宋玉：對楚王問）

天地，天也，地不能言高。天與地相對，偏取天之義，地係配字，無取其義。

5.養老幼於東序。（禮記．文王世子）

老幼，老也。偏取老義，幼爲配字。東序係養老之所，非育幼之處。

6.罵其妻曰：「生子不生男，有緩急，非有益也。」（司馬遷：史記．文帝紀）

緩急，急也，緩係配字，無取其義。又〈游俠傳〉：「緩急，人之所時有也。」

7.唶！我人民生各有壽命，死生何須復道前後？（漢樂府．烏生篇）

死生，死也。意謂：夭壽全屬天命，死亡遲早不足計較。

8.越陌度阡，枉用相存。

契闊談讌，心念舊恩。（曹操：短歌行）

契闊，契也。契是投合，闊是疏遠，此偏用契字的意思。曹操此四句想像賢才遠道來歸的喜不自勝之情。契闊談讌，謂兩情契合，歡宴談心。

9.劉公雄才蓋世，據有荆土，莫不歸德，天人去就，已可知矣。（諸葛亮：與劉巴書）

去就，就也。偏用就義，去爲配字。既言歸德，當然指「就」的意思。

10.先帝創業未半，而中道崩殂！今天下三分，益州疲弊，此誠危急存亡之秋也。

宮中府中，俱爲一體；陟罰臧否，不宜異同。若有作姦犯科及爲忠善者，宜付有司論其刑賞，以昭陛下平明之治；不宜偏私，使內外異法也。（諸葛亮：前出師表）

危急存亡之秋，存亡，亡也，存係配字。不宜異同，異同，異也，同係配字。存、同無取其義，只取聲以舒緩語氣，淡化語意。如不用配字，將句子改成「危急覆亡之秋」「不宜有異」，就欠委婉了。尤其是臣下對君王說話，不宜尖銳，不便直言指斥，故配字之運用，實有其必要。

11.奉事循公姥，進止敢自專？

晝夜勤作息，伶俜縈苦辛。（無名氏：孔雀東南飛）

作息，作也。作，勞動；息，休息。此謂勤奮工作，那有勤於休息的？此顯然是偏取「作」的意思，息是配字。

12.王子敬病篤駕，道家上章應首過：問子敬由來有何異同得失？子敬云：「不覺有餘事，唯憶與郗家離婚。」

異同，異也；得失，失也。偏取異字、失字的意思。同字、得字係配字。

13.金籠共惜好毛羽，

紅嘴莫教多是非。（羅鄴：詠鸚鵡）

是非，非也。諺云：「是非只為多開口。」勸人不要惹事生非。

14.華綵衣裳，甘香飲食，汝來受此，無少無多。（李商隱：祭小姪女寄寄文）

無少無多，無少也。意謂衣食不曾匱乏。由此例可見配字也有不僅二字者，又如「三長兩短」，意在兩短，三長係配字。

15.多少恨！昨夜夢魂中。還似舊時遊上苑，車如流水馬如龍，花月正春風。（李煜：望江南）

多少，多也。意謂有許多恨。李後主另一闋〈虞美人〉詞云：「春花秋月何時了，往事知多少。」意謂往事許多，與此用法相同，少係配字。

16.你往那裏去了？這早晚纔來？（曹雪芹：紅樓夢第四十三回）

早晚，晚也，意謂這麼晚。

接著再看現代語文中的辭例：

1.大凡憂之所從來，不外兩端：一曰憂成敗，一曰憂得失。（梁啟超：為學與做人）

成敗，敗也；得失，失也。成、得係配字，無取其義。所憂者在敗與失，倘使有所成、有所得，尚何憂之有？

2.天到多早晚了？還跟著去遊魂！（朱西寧：狼）

早晚，晚也。偏取晚義，早是配字。用「早晚」要比直接說「天到多『晚』了」，語氣上更加深刻。

3.幾番得失，我已失卻一切。（林懷民：變形虹）

得失，失也，得係配字，無取其義。但是若直言「幾番失」，則音節不暢適，語氣欠完足；若逕言「失敗」，則語言太尖銳，有欠委婉。若有所得，下文就不會說「失卻一切了！」

4.五十年前吧，文化界有一很著名的官司。就是現在還在台灣已八十歲的梁實秋與左派自封自命的大宗師魯迅打筆仗。在筆仗中，梁先生說了一句：「把某一件事褒貶得一文也不值。」

魯迅抓住辮子不放，用像匕首一樣鋒利的詞句閃電似的向梁先生劈過來：「你梁實秋，究竟是在說『褒』，還是說『貶』？褒是褒，貶是貶，什麼叫做褒貶得一文不值？」梁先生竟然無詞以對，只解釋說，北京城裏大家所說的褒貶，都是貶的意思，並沒有褒的意味。（陳之藩：褒貶與恩仇——民國七十年八月七日中國時報人間副刊）

陳之藩這篇文章，由於看到魯迅的詩句「相逢一笑泯恩仇」而哈哈大笑，特別申明是替梁先生笑的。原來魯迅自己不知不覺也有梁實秋類似的想法，泯「恩仇」者，泯的當然是「仇」，「恩」有什麼好泯的呢？恩仇者，仇也；正如同褒貶者，貶也。陳之藩的一笑不但替梁先生報了一箭之仇，而且是「以其人之道還治其人之身」，非常有趣。然而，真正的問題癥結並未徹底解開：爲何「褒貶」只有「貶」的意思，「恩仇」就沒有「恩」的意味呢？

從梁實秋、魯迅，到陳之藩等文壇名家都感迷惑的問題，在修辭學的觀點來看，可謂茅塞頓開，渙然冰釋，那就是「鑲嵌」中的「配字」，褒、恩，是配字，無取其義。若從表達方式上而言，則是「偏義複詞」——並列相反的異義字。只偏取其中一義。

三、偏義複詞的文化意義

釐清偏義複詞的義界，考察偏義複詞在古今語文中運用的情況之後，再從現代漢語和文化意義的角度予以考量，理應可以獲得兩項認知：

第一，偏義複詞仍然活躍在現代漢語社會

「偏義複詞」雖然是漢語裏特有的表達方式，但並非獨特的偶稱現象，而是淵源甚早，流傳廣遠。不但古書中常見，現代語文中也不乏其例，在現代漢語社會裏仍然十分活躍。日常生活中，隨時可以接觸到，如：

1. 我們應該互通有無！
2. 你真是不識好歹，不知輕重！
3. 騎機車不戴安全帽，萬一有個什麼好歹，叫家裏的妻小怎麼辦？
4. 老爺飛機還是少搭爲妙，萬一有什麼三長兩短，可不是鬧著玩的！

5.當面批評，才是真誠的朋友，請勿在背後說長道短，搬弄是非！

6.凡事豈能盡如人意？但求當下心安，只要做得有意義，毀譽我所不惜，又何必計較得失？

7.西線無戰事，戰場上一點動靜也沒有！

有無，其義偏在無；好歹、長短、是非，其義偏在歹、短、非；毀譽，其義偏在毀，得失，其義偏在失。甘苦是苦的意思；動靜，是動的意思。如此偏義複詞的運用，不但是約定俗成，自然產生，而且使現代漢語更加豐盈富美，多采多姿，鮮活而耐人尋味。

第二，偏義複詞流露了溫柔敦厚的民族性

中國自古以來，一直以溫柔敦厚的詩教自詡自豪，然而，溫柔敦厚的詩教不僅顯在詩教中。中國語文既是表情達意的最佳傳播工具，又含蘊了豐盈的文化精神內涵，偏義複詞藉異義字的並列，在表達功能上可以使語氣舒緩，語意委婉❾。如諸葛亮〈出師表〉的「此誠危急存亡之秋也」，「宮中府中，具爲一體，陟罰臧否，不宜異同」，以「存」配「亡」，以「同」配「異」，可使語意蘊藉委婉，較適合大臣對君王的身分語氣，堪稱分寸拿捏至佳，也是智慧的流露。

然而，從文化背景的角度考察偏義複詞的運用，則不僅是爲漢語特有的表達方式，表情達意巧妙得體而已，尤其難能可貴的是反映了中華民族溫柔敦厚的特性。中國的民族性中正和平，行事不愛走極端，說話不喜太直率。往往是「高手過招，點到爲止」，俾免尖刻傷人。運

用「偏義複詞」，可使語氣舒緩，語意委婉，留下迴旋的餘地。說話保留彈性，至少在字面不會太刺耳，以免將對方逼入牛角尖。譬如，得失、成敗、緩急，語義上沒有完全落實，比較和緩，如直言失、敗、急，難免觸霉頭。用「褒貶」和「恩仇」，起「貶」和「仇」來，比較不會太刺激對方。再如「生死」和「存亡」，更避免了「死」「亡」的不祥預兆。由此也可領悟到，「偏義複詞」多偏取負面詞的緣由；作者眞正要表達的原本就是負面字的意思，並列的異義字僅係「配字」，藉使語氣舒緩，語意委婉而已。「偏義複詞」的運用，其實含蘊了不少耐人尋味的至理。

附註

❶ 見黃慶萱《修辭學‧第二十一章鑲嵌》。（台北三民書局，一九七五年）。

❷ 詳見沈謙《修辭學‧第十五章鑲嵌》。（台北空中大學，一九九一年）。

❸ 見楊樹達《中國修辭學‧第十四連及》。（台北啟明書局，一九六一年）。

❹ 見傅隸樸《中文修辭學‧第五章足氣》。（新加坡友聯出版社，一九六四年）。

❺ 見黃永武《字句鍛鍊法‧運字法‧以配字成詞》。（台北洪範書局，一九八六年增訂版）。

❻ 如三國時魏人王肅《左傳昭公十三年注》，宋人陳騤《文則‧卷上乙第四條》，即曾提及配字。

❼ 見顧炎武《日知錄‧卷廿八‧通鑑注》。（台北明倫出版社，一九七〇年）。

❽ 見俞樾《古書疑義舉例‧卷二‧三十六因此及彼例》。（台北泰順書局，一九七一年）。

❾ 黃慶萱《修辭學‧第二十章‧鑲嵌》論配字的原則：「配字必須藉正反的詞義構成委婉的語意。」

〈文學與傳播關係研討會〉議程表

八十一年四月二十五日

時間	場次	主持人	主持及論文題目	講評人
9:10~9:30	開幕	李瑞騰	陳義揚校長致詞	
9:30~12:00	第一場	王洪鈞	李　瞻：人文教育與電視傳播 廖峰香：從文化角度看大衆傳播的社會責任 林明德：文學與傳播的關係 ——以梁啟超《新民叢報》爲例	張錦華 馬驥伸 康來新
14:00~15:40	第二場	王熙元	唐翼明：魏晉南北朝學術與文學傳播的新方式 簡恩定：五四新、舊文學傳播的評議	王文進 顏崑陽
16:00~17:40	第三場	黃啟方	周彥文：宋代坊肆刻書與詩文集傳播的關係 李豐楙：屏東東港温王神話與王船祭 ——兼論民間文學的傳播及其社會功能	劉兆祐 李殿魁

八十一年四月二十六日

時間	場次	主持人	論文	講評人
9:00～10:40	第四場	傳錫壬	蔡詩萍：台灣文學的傳播模式的觀察 李瑞騰：後期文季研究 ——文學媒體編輯觀點之考察	邵玉銘 呂正惠
11:00～12:40	第五場	皇甫河旺	向　陽：副刊學的理論建構基礎——以台灣報紙副刊之發展過程及其時代背景爲場域 白　靈：媒介轉換 ——文學書寫與空間展演	周玉山 瘂　弦
14:00～16:30	第六場	蔡信發	沈　謙：偏義複詞的文化意義 沈文英：傳播與文化 路　況：從當前傳播媒體的發展看文學的困境	黃慶萱 鄭貞銘 林燿德
16:30～17:00	閉幕	林益勝	觀察報告	劉兆祐 李殿魁

＊每一篇論文平均用時間五十分，計主二十分，講評人十分，其餘爲綜合討論，每一人次發言限時三分鐘，按鈴計時。

＊兩天早上有專車由台北開往蘆洲，時間是八時二十分，發車地點是北市重慶北路、北平西路口（鐵路警察局門口）；會後亦備有專車由學校開往早上發車地點。

國立中央圖書館出版品預行編目資料

文學與傳播的關係／中國古典文學研究會主編.--初版-- 臺北市：臺灣學生，民84；

面；　公分. --

ISBN 957-15-0679-6（精裝）

ISBN 957-15-0680-X（平裝）.

1. 文學 - 論文, 講詞等 2.大衆傳播 - 論文, 講詞等

810.7　　84005125

文學與傳播的關係（全一冊）

著作者：中國古典文學研究會

出版者：臺灣學生書局

發行人：丁文治

發行所：台灣學生書局

臺北市和平東路一段一九八號

郵政劃撥帳號○○○二四六六八號

電話：三六三四一五六

FAX：三六三六三三四

本書局登記證字號：行政院新聞局局版臺業字第一一○○號

印刷所：國利印製有限公司

地址：中和市中山路二段五六八巷26號

電話：二二五二八一七

定價　精裝新臺幣三六○元　平裝新臺幣三○○元

中華民國八十四年六月初版

82803

ISBN　957-15-0679-6（精裝）

ISBN　957-15-0680-X（平裝）

臺灣學生書局出版

中國文學研究叢刊

①詩經比較研究與欣賞	裴普賢著
②中國古典文學論叢	薛順雄著
③詩經名著評介	趙制陽著
④詩經評釋（二冊）	朱守亮著
⑤中國文學論著譯叢（二冊）	王秋桂編
⑥宋南渡詞人	黃文吉著
⑦范成大研究	張劍霞著
⑧文學批評論集	張　健著
⑨詞曲選注	王熙元等編著
⑩敦煌兒童文學	雷僑雲著
⑪清代詩學初探	吳宏一著
⑫陶謝詩之比較	沈振奇著
⑬文氣論研究	朱榮智著
⑭詩史本色與妙悟	龔鵬程著
⑮明代傳奇之劇場及其藝術	王安祈著
⑯漢魏六朝賦家論略	何沛雄著
⑰古典文學散論	王熙元著
⑱晚清古典戲劇的歷史意義	陳　芳著
⑲趙甌北研究（二冊）	王建生著
⑳中國兒童文學研究	雷僑雲著
㉑中國文學的本源	王更生著
㉒中國文學的世界	前野直彬著 龔　霓譯
㉓唐末五代散文研究	呂武志著
㉔元白新樂府研究	廖美雲著
㉕五四文學與文化變遷	中國古典文學研究會主編

㉖南宋詩人論	胡明著
㉗唐詩的傳承——明代復古詩論研究	陳國球著
㉘中外比較文學研究　第一冊（上、下）	李達三、劉介民主編
㉙文學與社會	中國古典文學研究會主編
㉚中國現代文學新貌	陳炳良編
㉛中國古典文學研究在蘇聯	俄・李福清著 田大長譯
㉜李商隱詩箋釋方法論	顏崑陽著
㉝中國古代文體學	褚斌杰著
㉞韓柳文新探	胡楚生著
㉟唐代社會與元白文學集團關係之研究	馬銘浩著
㊱文轍（二冊）	饒宗頤著
㊲二十世紀中國文學	中國古典文學研究會主編
㊳牡丹亭研究	楊振良著
㊴中國戲劇史	魏子雲著
㊵中外比較文學研究　第二冊	李達三、劉介民主編
㊶中國近代詩歌史	馬亞中著
㊷近代曲學二家研究——吳梅・王季烈	蔡孟珍著
㊸金元詞史	黃兆漢著
㊹中國歷代詩經學	林葉連著
㊺徐霞客及其遊記研究	方麗娜著
㊻杜牧散文研究	呂武志著
㊼民間文學與元雜劇	譚達先著

㊽文學與佛學關係	中國古典文學研究會主編
㊾兩宋題畫詩論	李　栖　著
㊿王十朋及其詩	鄭定國　著
51文學與傳播的關係	中國古典文學研究會主編